萬城目學

巴別九朔

涂愫芸—譯

目錄

第一章

抄水錶、電錶的度數、放老鼠藥、交付明細表

是烏鴉帶來了巴別的早晨。

我一開門，就響起了等待這一刻似的一聲「啞」，接著又是一迭聲的「啞啞、啞」。在牠們自天而降的叫聲中，我走上頂樓，鑽過晒衣竿上鬆弛成弧形的晒衣繩，走向了牆邊的梯子。鐵管上的塗漆像枯乾的樹皮掀起來，裡面爬滿了鐵鏽。我把涼鞋踩在鐵管上，使勁地抬起身子。

爬上梯子，就到了這棟大樓的最上部。我跨過一束粗大的管子，用鑰匙打開變電箱的門。所謂的變電箱，也不過是兩個大書架並排的大小。門裡面密密麻麻地塞滿了儀表、操縱桿、線路等東西。悶在門裡面的熱氣，伴隨著低沉的機械聲拂過我的臉。我最討厭這種微溫的餘熱。也討厭隨後飄來的帶點苦澀的機械臭味。我憋著氣，從短褲口袋裡拿出便條紙和原子筆，從寫著「高壓危險」的牌子下面，查看兩個儀表的數字。貼在儀表上的紙條分別寫著：

「巴別招牌」

「巴別共用部分」

我把數字抄在便條紙上，在快速起身的同時，順便用涼鞋把門踢回去，吐出憋住的氣，鎖上鑰匙。

這樣頂樓的工作就完成了。

聽見電車靠近的嘎咚嘎咚震動聲，我回過頭，看到電車正要進入長長橫亙在頂樓斜下方的車站月台。早上五點四十分的月台，乘客還不多。我對著剛開始翻魚肚白的天空，打了個大呵欠。烏鴉啞地鳴叫起來，彷彿想把叫聲塞進我的嘴巴裡。緊接著，粗俗的啞啞輪唱聲此起彼落，與剛才的叫聲相呼應。我非常清楚，牠們是在對話。彼此啞啞傳遞消息，告知有沒有餐館扔出來的塞滿殘羹剩飯的垃圾袋破了。這個聯絡網告知的地方如果正好是這棟巴別大樓就慘了，因為這樣我就必須在前往車站的通勤族的冷漠目光下打掃垃圾場。
發車的音樂旋律像開始洩氣的氣球，從月台有氣無力地傳來。我看著電車慢吞吞地離站，試著思考被我中途扔下的稿子的後續，但思緒被濃濃的睡意打斷，腦袋瓜子已經不管用了。
我原本打算接著走完每個樓層，抄完錶的度數再睡覺，但爬下梯子時就想：「算了，不去了。」把洗完後在曬衣竿上掛了兩天的衣服收起來，離開了頂樓。走下樓梯的第一個門，就是我的房間。我打開重甸甸的鐵門，脫掉涼鞋，鑽進了被窩裡。
巴別的五樓，是我的住處。
我是出租大樓「巴別九朔」的管理員。

人有歷史。
建築物也有歷史。
我有自知之明，知道替作品取書名是我最不擅長的一件事。每次都想不出來，就先擱著不管，直到要寄給出版社時才慌慌張張地取書名。但是，這樣根本行不通。在那之前就想不出來了，怎麼可能在最後關頭幸運地想出什麼好點子。上個月寄去參加新人獎的書名也取得很爛。快到徵稿截止日時我才絞盡腦汁思考，可能想過了頭，中途方寸大亂，不知道該取什麼好。但我對自己解釋：「不，這會不會是引導我邁向高度集中力、讓我更上一層樓的所謂『進入化境』（Zon）的狀態呢？」於是，我排除矯飾，取了一個力求簡單的書名寄出去了。結果完全適得其反。隔天，熟睡醒來，在清醒的頭腦裡回想自己的決定，一股絕望油然而生。

「Totem Pole」（圖騰柱）

怎麼會選這麼古老的用語呢？我都好幾年沒見過什麼 Totem Pole 了，最糟糕的是，故事裡連一根 Totem Pole 都沒出現。

這樣的我實在沒資格挑別人的毛病，但我還是不禁要想，在決定蓋這棟大樓時，是不是該再多思考一下呢？

巴別九朔。聽起來多麼諷刺啊！

但是，在三十八年前，這棟大樓的確是「巴別[1]」。

那是距今將近七十個年頭前的事。當時九朔家的當家，也就是我的祖父，來到這個城市，開啟了巴別的歷史。

戰爭結束，被徵調去當兵的祖父從滿洲回來，與相親對象結婚，就在這個城市定居了。他在城市郊外開了一家小小的零件工廠，與祖母兩人胼手胝足，辛勤地工作。刻苦十五年，成功開發電動縫紉機馬達的專利，一舉拓展了事業。在順利擴展工廠規模的同時，為了發展新的事業，也買下了車站後面的土地，在那裡開畫廊，做起了買賣畫作的生意。我不知道是什麼緣由，讓他想到要跨足這個完全不同的領域。但是，不知為何，他鑑定的眼光似乎很準，在這個生意上賺了大錢。他向無名畫家便宜收購畫作，等五年、十年後，價錢翻升十倍就賣出去。靠賣畫賺來的錢，又開了一家保險代理店。正好遇上城市人口急劇增加的時機，在短短幾年間就創造了豐潤的營收。祖父靠畫作、保險等本業之外的收入，進行了大採購。

這就是「巴別九朔」的誕生。

當時，這個城市的真正價值還沒有被發現。與都心之間的便利交通，也只強調了作為住宅區的生活機能，與現在的熱鬧相比，還在連「蛹」都不是的狀態。

祖父就在這時候一口氣蓋了五層樓的商業大樓。車站周邊第一次出現的高樓建築，在這個區域大大吸引了大家的目光。據母親、阿姨們說，祖父絕對不是暴發戶型的人物，但肯定是個很有個性的人。要不然，不會替自己蓋的大樓冠上「巴別」這麼誇張的名稱。

我暗自把這樣的祖父稱為「大九朔」。

以前在學校讀的世界史，出現過「大丕平」、「中丕平」、「小丕平」的名字。好像也出現過「大西庇阿」、「小西庇阿」的名字。我不記得這些人物做過什麼事，只記得老師教過，他們是從老到小，以「大」、「中」、「小」來稱呼同家族的人。所以，我把祖父稱為「大九朔」。祖父從零件工廠白手起家，在自己這一代就積攢了龐大的家產，我認為這個稱呼很適合用來表示我對祖父的敬意。

雖然現在已經無法想像，但是，聽說以前從這棟巴別的頂樓，可以望盡這一帶的風景。當然，那時候還沒有車站大樓，車站是簡陋的平房，現在走高架的電車也是老老實實地在地面嘎咚嘎咚地跑著。所以，即便只是五層樓的建築，也能自詡為「巴別」。

然而，大九朔的巴別可以歌頌美好青春的時間很短暫。

車站前面的主要道路，有從戰前延續至今的歷史悠久的商店街，祖父卻寧可將畫廊原地改建，也要把巴別蓋在車站後面的馬路上，因為他已經看出城市的中心將會轉移。果然如他所見，進入八〇年代後，站前的道路與權狀錯綜複雜，很難取得土地，所以大型店鋪放棄那

1. Babel，《舊約聖經．〈創世紀〉》中蓋起通天塔的地方。

裡，接二連三在車站後面的區域展店。城市一如祖父的想像，進入了擴大時期。

但是，眼光獨到的祖父，也有兩大失算。

一是城市的發展速度，遠超過祖父的想像。二是祖父的壽命，比他想像中短了許多。我才兩歲的夏天，祖父腦中風發作，突然離開了人世。

祖父與祖母之間有三個女兒。分財產時，祖母繼承了畫廊、長女繼承了縫紉機零件工廠、次女繼承了保險代理店、三女繼承了巴別。

黃昏時，從五樓窗戶往馬路看，會看到被夾在左右大樓之間，侷促地縮成一團延伸出來的巴別的陰影。與隔壁大樓比較，高度就不用說了，連寬度都只有一半的陰影，就像描繪出了大九朔的夢想的殘渣。即便是大白天，陽光也會被周圍的大樓遮蔽，幾乎照不到我的房間。建設當時的雄姿，已是過往的榮光。以前的巴別之王，就像比他人早一步成長，中途卻說停就停的少年，只能落寞地抬頭看著聳立四方的大樓。

不過也因為這樣，我才能在陽光照不到的房間睡得那麼香甜，不管天是不是快亮了。大樓後面與車站的高架相連，電車車輪的煞車聲也就罷了，連震動都會直接傳過來。之外還有大早的烏鴉、白天的公車、晚上的醉鬼等，大樓前面一整天都是噪音不斷。到了半夜，警車、救護車會肆無忌憚地鳴警笛，以飛快的速度從馬路直奔而去——顯然不是適合人居住的環境。剛搬來這個房間時，我還擔心人能不能在這麼喧囂動盪的地方活下去，結果不到幾天我就睡得鼾聲大作了。人很快就能適應所有東西。

我就在這棟歷史悠久的「巴別九朔」的五樓，以主人的獨子的身分，擔任大樓管理員，過著以作家為目標的寫小說的生活。

度過二十七年不算長也不算短的人生，直到最近我才明白一件事。
那就是睡過頭不好。

現在，我沒上班。說白了，就是所謂的「無業遊民」。雖有管理員的身分，但沒有足以稱為職業的事可做。最好的證明就是不論睡到幾點，都不會被苛責、也不會挨罵。所以即使醒了，我也會想繼續窩在被子裡，直到睡意全消。

然而，睡意並不會消。睡意這種東西，不下床就不會消。要下床、動動身體，才會在不知不覺中忘記。只要待在被窩裡，就不可能趕走睡意。

我竟然花了二十七年的時間，才悟出這麼簡單的道理。若能早點醒悟，我一定會把以前浪費在被窩裡的龐大時間，投注在更有意義的活動上。「啊，想到這樣我就後悔不已。」從剛才我就窩在被窩裡這麼想，明知趕快起來洗把臉，頭腦就會馬上清醒，身體卻動不了。床邊的時鐘指著下午三點，算起來我已經整整睡了九個小時以上。

又掙扎了二十分鐘，才鑽出棉被，把臉洗了。

坐在餐桌旁，呆呆望著面對馬路的窗外好一會，才烤了麵包、喝了紅茶。我是那種掛在洗臉台旁的毛巾連續用兩個禮拜也不在乎、食物過保存期限一個禮拜也照樣往嘴裡塞的人，唯獨紅茶例外。即使沒錢，我也想喝像樣的紅茶。茶包的味道太淡，我不喜歡。為了品嘗香郁的味道，我會買上好的茶葉。今天是喝阿薩姆茶。即使不清楚阿薩姆與大吉嶺的差異，我對紅茶還是有我的堅持。我不喝咖啡，是紅茶派，而且一定要加牛奶和砂糖。

用完餐，我喝著第二杯紅茶，想著老鼠的事。最近，大樓有老鼠出沒。

上禮拜，我來巴別後第一次在大樓旁邊的垃圾場看到老鼠。垃圾場設在與隔壁大樓之間，寬約五十公分。我一打開門，就看到老鼠在那裡，而且有兩隻。眼睛骨溜溜地轉，身體非常小。但是，我一點都不覺得可愛。牠們看到我也不跑，因為靠近入口處的地方，堆滿了各家承租店丟出來的垃圾，牠們可能是知道我不會跨過那些垃圾去抓牠們，所以動也不動地仰視著我。

兩天前，我打掃樓梯時，在地下一樓的承租店「SNACK HUNTER」前面，千加子媽媽桑也從門探出頭來對我說：

「喂，管理員，昨天有老鼠呢。」

快七十歲的媽媽桑，沒有化妝的尊嚴超駭人，嚇得我退後一步聽她說話。她說有隻跑很快的老鼠，闖入她店裡，引起了大騷動。

「客人把老鼠逼到角落，用鞋子扔牠，扔到牠不動了，就把牠放進垃圾袋裡丟出去了。」

媽媽桑說完，鑽進店裡一會，又拿著一個小盒子出來。

「還剩下很多，你拿去用吧。」

盒子上面有老鼠的剪影，是老鼠藥。我告訴她，我不久前也在垃圾場看到了老鼠。「真討厭，會不會變多了呢？」這麼說的媽媽桑眉頭深蹙，又問了奇怪的話：「對了，你有沒有看到米奇？」

「米奇……嗎？」

「對，牠是這附近的老鼠的老大。」媽媽桑說：「有這麼大呢。」她的雙手比出來的身體長度將近四十公分，怎麼看都不像是老鼠的大小。

「客人之間也都傳說，有一隻超大的老鼠。你也知道，我這裡很多是關了自己的店以後才來玩的客人，大多住在這附近，所以都知道。我聽說後，不久前也在垃圾場前面看見了。真的是很大一隻呢，嚇得我拔腿就跑，有這麼大——」

描述老鼠大小的媽媽桑的手，又更拉開了將近十公分的寬度。想到這裡，我一口喝乾了紅茶。她給我的老鼠藥放哪去了呢？我的視線四處搜索，看到還扔在地上的便條紙和原子筆，想起：「對了，要繼續抄電表。」而且，這個月是六月，偶數月必須把水費也算進去。終於到六月了。

數數剩下的日子，我深深嘆了一口氣。距離月底的新人獎截止日，只剩下三個禮拜了。我摸著放在餐桌上的一疊稿紙。因為重看過很多次，角落都掀起來了，厚度看起來似乎增加了不少，花三年時間寫下來的大長篇的最新部分，大約是一百張。

我把便條紙、原子筆，以及在玄關旁找到的老鼠藥，通通塞進短褲的口袋，走出了房間。

等門關起來，我就「嘿喲」一聲蹲了下來。

兩個榻榻米大的樓梯平台的正中央，有個三十公分的正方形蓋子，被嵌在地面上。我拉起蓋子，拆掉藏在地面下的水錶的藍色塑膠套子，抄寫上面的度數。可能是房間裡的洗衣機正在洗衣服，所以水錶最右邊的數字慢慢地轉動著。水費每兩個月抄一次、電費每個月抄一次，是巴別的規定。承租店的水費和電費差很多，幾乎花不到多少錢，因為水頂多用來沖廁所、洗碗。要洗衣服、洗澡，嘩啦嘩啦用水的家庭，水費會比較高。

把門邊電錶的度數也抄完後，我往下走到四樓。在那裡，以同樣的做法抄完錶的度數，再走到三樓時，聽見癡呆的鳴叫聲。「啞——」

顯然是來自樓下。也就是說，有烏鴉在大樓的入口處附近徘徊。路上行人特別多的這個時間，怎麼會有烏鴉呢？總不會是垃圾又散落一地了吧？不祥的預感湧上心頭，我豎起耳朵仔細聽了一會，所幸只有那一聲。我鬆口氣，拉起地上的蓋子，放到一旁，快摸到水錶的套子時，樓梯又響起了尖銳的聲音。

「鏘！」

是鞋跟的聲音吧？「鏘、鏘」敲打樓梯的冷硬鞋聲往上移動，在樓梯挑空結構的推波助瀾下響徹整棟大樓。下午三點半的巴別，只有一樓的「RECO 一」和四樓的「HAWK・EYE・AGENCY」在營業。所以，鞋聲的目的地是四樓。不，也未必——

「三樓、水錶、1020。」我抄完度數，提起了地面的蓋子。正順著地面空洞的邊緣，要把蓋子嵌上去時，清晰的鞋聲突然震動了耳膜，我不經意地往樓下看。

最先映入眼簾的是很深、很深的乳溝。

鞋跟踩著響亮的聲音，往樓上走的女人，穿著胸部大敞的衣服，敞開到令人懷疑是不是衣服的布料不夠。「烏鴉也有乳溝啊。」

看到這一幕，腦中會湧現這麼怪異的想法，是因為對方穿著一身黑色的衣服，或許是布料的關係，在光線反射下，浮現出黏膩般的銀色光澤，沿著衣服緊貼的身體線條流動，那個色調就跟黎明時在天空看到的烏鴉一模一樣。

女人戴著大太陽眼鏡，遮住了臉的上半部。應該是個年輕的女人。看到我拿著蓋子蹲在地上，她停了一下，但鞋跟很快又若無其事地踩過地面，響起「鏘」的銳利迴響。

「啊，請、請等一下。」我發出可能是這幾天都沒開口說話而嚴重分岔的聲音，趕緊把蓋子放回原來的位置，站起身來。

女人轉過狹窄的樓梯平台的內側，從我前面走過去。

也不知道有沒有看到我緊靠牆壁空出路來，她發出「咔答」聲走上通往四樓的樓梯，完全沒理會我。是個很高的女人。也可能是穿著高跟鞋的關係，大概比我高五公分。害我不得不屏住氣息，看著雄偉的乳溝從我眼前經過。燙著波浪捲、光滑柔順的長髮隨風飄搖，銀色光澤宛如攀附在背部的線條上，無聲無息地浮現又消失。我呆呆看著同樣裹著黑色緊身褲襪的一雙美腿，從緊緊包住身體的短洋裝下襬修長地伸出來，踩著黑色高跟鞋往樓上走。

這時，女人停下腳步，回過頭說：「你是誰？」

我沒來得及撇開視線，隔著太陽眼鏡與她的眼睛對上了。女人俯瞰著我，說話的聲音不可思議地缺乏抑揚頓挫，宛如積木倒塌般走了調。

「管理員嗎？」

「是、是──是的。」

塗滿口紅的嘴唇微微動了一下說：「這樣啊。」女人用手指摸著形狀漂亮的下巴，默默看著我的臉。她的指甲當然也是塗著黑色指甲油。

這時我才了解女人會那麼問，以及那個視線的意義。我待在這裡，她不就不好意思去四樓了？因為她恐怕是有什麼非常複雜的私人問題──

「對、對不起。」

我急忙抄下牆壁上的電錶度數，一口氣從樓梯跑到了地下一樓。站在做過隔音設備的「SNACK HUNTER」的門前，讓狂跳不已的胸口平靜下來。然後盡量拖長抄一樓、二樓的水、電錶度數的時間，再回到自己房間。也順便把老鼠藥放在所有樓梯平台的角落了。巴別沒有電梯。途中，沒在樓梯碰到任何人，也沒在四樓的門前看見女人的身影，可見是進了那扇門。

用毛玻璃做的門，上面有老鷹把翅膀向左右張開的威武圖案，以及「HAWK・EYE・AGENCY」的文字。

那個女人到底來做什麼呢？我明知這是俗話所說的「好奇心」，卻還滿腹猜疑，當然有我的理由——四樓的「HAWK・EYE・AGENCY」是偵探事務所。而且是一家徹頭徹尾都沒在營業的偵探事務所，就快歇業了。

地下一樓是「SNACK HUNTER」

一樓是「RECO一」

二樓是「清酒會議」

三樓是「畫廊蜜」

四樓是「HAWK・EYE・AGENCY」

巴別的承租店是一層一家。我正在做各樓配置的水費、電費，加上商店會費的明細表時，黑色電話鈴鈴鈴地響了。

是母親打來的。

母親是九朔家三姊妹的老么，從她繼承這棟大樓到現在，已經四分之一個世紀了。但是，自繼承以來她沒有直接管理過這棟大樓。因為我的老家在離這裡五百公里遠的地方。住在那裡的母親，要管理大樓的業務有點困難。所以，長期以來，母親都把大樓交給經營保險店的富二子阿姨管理，她是三姊妹的老二。原本，自巴別落成以來，保險代理店的事務所就是設在我現在住的五樓。祖父死後，繼承代理店業務的阿姨，在這個房間工作，順便代替母親管理大樓。但是，到了六十歲的花甲之年，阿姨就把保險代理店收了，決定搬出巴別。沒了專職的管理員，只能付高額手續費，把管理業務委託給房屋仲介公司。在母親開始這麼考慮時，我就冷不防地接下了這份工作。

我辭去大學畢業後做了三年的家具公司的行政工作，隻身來到這個城市，把行李從公司宿舍搬到房間剛空出來的五樓，自行宣佈要成為巴別的管理員。

從向公司提出辭呈到搬進巴別這期間，我沒有跟母親商量過半次。兒子擅自辭去工作，搪塞幾個理由就從阿姨手中接過鑰匙，占據了房間，母親當然非常生氣。她對我說了一堆大道理，說在這樣的世道，放棄大公司的工作，想成為小說家，根本是瘋了。然後越說越難聽，要我馬上回公司下跪道歉，撤銷辭呈，明天就從房間搬出去。但是，覆水難收，我顧不得母親生氣，照樣遷戶籍，與各個承租店打過新上任的招呼、換掉樓梯不亮的燈泡、擦拭樓梯的扶手、打掃，造成許多既成事實，以行動表示我不動如山的姿態，硬是讓母親閉上了嘴。

結果把母親惹火了。我住在巴別快兩年了，母親到現在氣還沒消，即使難得這樣打電話來，也總是會越過五百公里遠，飄來帶刺的氛圍。

「你在做什麼？」

「在計算這個月的電費、水費等等。」

「那就辛苦你啦，不過，小說寫得怎麼樣了？有進展嗎？」

「不能說有進展，也不能說沒進展。」

「你不久前不是投了什麼獎嗎？怎麼樣了？」

「這世上沒有叫什麼獎的獎。」

空氣很快就被搞得又僵又刺，每次都是這樣。我不喜歡她提起小說的事。連一咪咪都沒進展的現狀，我自己最清楚。硬要我說出口，對我很傷。說白了，就是沒面子。對方卻完全不顧慮我這種心情，每次都先問同樣的事，根本沒得商量。如果事情進行得順利，我當然會第一個告訴她。沉默就是現狀的反映，就是勝過雄辯的答案。

「說吧，找我什麼事？我正要把明細表送去給四条叔。對了，租金的事怎麼樣了？我最討厭這種事了，妳大概不知道吧？催錢時的空氣有多沉重、有多令人窒息、有多凝結。對方看我的眼神，就像把我當成了壞人。明明是對方自己不付房租，還死賴著不走。我每次去四条叔的事務所，都覺得那裡充斥著快完蛋的氣場。那裡是不行了。」

「啊，房租的事已經解決了。」

「咦，妳是說欠繳的房租都付清了？」

「不久前我們通過電話，已經解決了。」

「那麼，他果然要收了？」我不由得壓低了嗓門。

「不是那樣啦。」從話筒傳出斬釘截鐵的否定聲。

「他說他最近接到了不少生意。」

母親這句話，讓我瞬間想起在樓梯與我擦身而過的女人的身影。從整片黑色的胸口露出來的白皙肌膚，在我腦中鮮明地浮現，連現在都還覺得耀眼。那天回到房間後，我重複回想過很多次，所以烙下幾乎是黑白抽象畫的影像。

「哦？會不會是在哪登了廣告呢……既然不是四条叔的事，那是什麼事呢？」

「是檢查的事，月底要檢查消防設備和供水的水塔。」

「咦？那麼，初惠阿姨又要來了？」
「是啊。」
聽到母親的回答，我皺起了眉頭。初惠阿姨是久朔家三姊妹的老大，現在也還一個人掌管從祖父繼承的零件工廠，是個現任的女社長。可能是職業病，作風強硬，習慣命令他人。不管我做什麼，她都要干涉，而且不給我考慮的餘地，總之就是會一一跟我唱反調。
「我最不會應付初惠阿姨了，她說話很大聲，而且不管我說什麼，好像都會惹她生氣。對了，她從以前就是那麼明顯的鷹勾鼻嗎？平時又老穿黑衣服，真的很像巫婆呢。最近，她開始上健身房，體格也越來越壯碩了。那股氣勢好強，看起來很可怕。」
「我姊姊從小就是那樣的鼻子啊，那是爺爺的鼻子，跟你一樣。」
「我的鷹勾鼻又沒那麼明顯。」
「你在說什麼啊，你的鼻子怎麼看都是鷹勾鼻啊，不過，總比你爸爸和我的蒜頭鼻好吧？」
看就知道，母親是繼承了祖母非常一般的鼻子。三姊妹當中的富二子阿姨，鼻子也比較像祖母。父親的鼻子也不會留給人深刻的印象。這麼想來，我的鼻子的確不是父母的遺傳。從我姓「九朔」就可以知道，我父親是入贅的女婿。兩個阿姨都沒結婚，所以父親進了九朔家。
「對了，我在網路上查過，要成為小說家，門路還是很重要吧？像你這種沒有任何門路的孩子，根本成不了小說家。不要寫什麼小說了，快去職業介紹所——」
話說到一半，我就悄悄放下了話筒。為了緩和混亂的情緒，我泡了紅茶。慢慢喝完一杯，才拿著一疊明細表出去。走下樓梯，先到四樓，說了聲：「對不起。」打開了「HAWK・EYE・AGENCY」的門。

偵探在辦公桌前，四平八穩地坐在椅子上看報紙。不愧是標榜「HAWK・EYE（鷹眼）」的偵探，落在報紙上的目光十分犀利──當然不是這樣。偵探軟趴趴地垂著頭，正在打盹。發亮的不是偵探的目光，而是他的頭。我站在辦公桌前，盯著光禿禿的光頭反射著電燈的光線好一會，才緩緩地叫了一聲：「四条叔。」

偵探抖抖身體，發出「喔、喔喔」的呆滯聲音。

「這是這個月的電費、水費，拜託你了。」

我把明細表放到辦公桌上。四条叔瞥了明細一眼，一副沒事的樣子，問了我奇怪的問題。

「我說九朔老弟，你都待在上面做什麼？」

「做什麼？當然是做管理員的工作啊。」

「可是，不會一天二十四小時都有管理員的工作吧？」

「呃──這個嘛。」

「譬如說，交付明細表這件事，一個月也只有一次吧？」

「我的工作不只這一項，還要巡視垃圾、換燈泡、每天打掃樓梯。」

「那也花不到一整天的時間吧？」

「還要滅鼠啊，最近經常有老鼠出沒。我在垃圾場遇見過，地下一樓的『HUNTER』也出現過。剛才我在樓梯平台的角落放了老鼠藥，千萬別碰。」

搬來巴別後，我當然沒有對任何人說過我在寫小說。其他時間，我總是假裝忙著管理業務。四条叔翻著白眼問我：
「你來九朔多久了？」
「七月搬來到現在快兩年了。啊，這個月要檢查消防設備，麻煩你了。」
「哦，這樣啊。」四条叔點點頭，拿起桌上的明細表，指著總額那一欄，「嗯哼」一聲，皺起了鼻頭。
「對了，你最近好像生意不錯呢。」
聽到我這麼說，四条叔皺著鼻子抬起了頭。
「什麼意思？」
偵探毫不掩飾充滿懷疑的眼神，把背靠向皮製的椅子。
「沒什麼，我剛才偶然看見有客人來你這裡。」
「客人？」
「是啊，一個女人，而且是個——不得了的女人。」
「怎麼樣不得了？」
「我不好在這裡說。」
發現嘴巴不自覺地歪斜，我慌忙收斂起表情。
「今天還沒有人來過啊，九朔老弟，你是第一個訪客。」
「可是，有個人跟我在三樓的樓梯平台擦身而過呢。」
四条叔冷漠地搖搖頭說：「跟我沒關係。」上下替換蹺著的腳。我暗自「喲、喲」地佩服，心想不愧是專業偵探、不愧是「HAWK・EYE・AGENCY」的代表，雖然是沒有其他員工的個人公司。他堅決不洩漏委託人的資料，即使我親眼看見了，他也不承認。這就是所謂的「守密義務」吧？

「喂，九朔老弟。」

「什麼事？」

「改天一起喝酒吧？」

「啊？」

聽到意想不到的邀約，我不禁發出奇怪的叫聲，直盯著四条叔的臉。他的年紀應該將近五十吧。臉有點圓，坐著也看得出啤酒肚。是典型的中年體型，但看起來又不是那麼典型，因為他有一顆光溜溜的光頭，鼻子下面還有傲人的嘴鬚。每次看著他，我都會懷疑這麼容易辨識的一張臉，可以跟蹤人嗎？

「為什麼突然約我？」

「因為你都沒吃什麼好東西吧？九朔老弟。從兩年前第一次見到你到現在，你瘦了不少呢。」

原來如此，真不愧是有偵探的洞察力。比起從公司辭職剛來到巴別時，我的確輕了五公斤。現在跟上班族的時代不一樣，不必在下班時去喝酒，生活費又拮据，還有創作上的無盡煩惱，當然會瘦。

「所以，我想請你吃頓大餐——」

「為什麼突然這麼想？」

這回換我露骨地擺出懷疑的表情，盯著偵探的臉，試圖找出答案。

「是接到了什麼很好的工作嗎？」

「不是那樣啦。」

「上個月你不是自己說，欠了兩個月的房租，面臨被三振出局的危機嗎？既然這樣，為什麼要在這種時候請我吃大餐呢？」

四条叔忽然顯得有點浮躁，屁股動來動去，摸著鼻下的厚厚嘴鬚說：「有很多原因。」

進駐九朔的承租店所簽的契約書裡，記載著「積欠三個月的房租，就要解除租賃契約，儘速離開」。偵探事務所再繳不出這個月的房租，就會被三振出局，陷入必須立刻撤出的困境。但是，聽母親在電話裡那麼說，應該是逃過了最糟的情況。順道一提，各承租店的房租都是直接匯入母親的銀行帳戶。偵探可能是匯了一個月的房租，採取了拖延的措施，也可能是一口氣繳了三個月的房租，我無從確認。

「我們已經當樓上、樓下鄰居兩年了，就去喝喝酒吧。」

「謝謝，我會考慮。」

之前沒有特別意識到，在巴別的承租店的店主當中，最能自在交談的就是這位四条叔。一定是人生不順遂的感覺，產生了無形的共鳴吧。去聽聽偵探這個職業是在做什麼，或許也不錯。聽說實際上並不像電影演的那樣，都是轟轟烈烈地解決案件，而是以調查外遇等行為的簡單案件占大部分。說不定可以從中找到用來寫小說的好題材——

「先說好，我二十日來收錢。」

四条叔陰鬱地回了一聲：「好。」把明細表收進抽屜裡。我繞過擺在辦公桌前的會客沙發，走向出口。我每個月都會來這裡兩次，一次是送明細表，一次是收錢。到目前為止，從來沒看過有客人坐在這套會客沙發上。

「你可能礙於職業上的規定，不能告訴我，但是，剛才那個女人是來委託什麼案子呢？」

在打開毛玻璃的門之前，我還是忍不住發問了。可能是打盹時的睡意還沒消，正要開始打呵欠的偵探，維持張大嘴巴的姿勢停止了動作。
「那是什麼時候的事？」
「大約兩個小時前。」
「那就不是來找我的。」
「怎麼說？」
「我一直外出不在，這裡也鎖上了。你親眼看見她打開門進來嗎？」
說得也是，我並沒有親眼看到女人走進偵探事務所。
「可是，她既然不是來找我，就應該是來找你吧？」
四条叔故弄玄虛似的說：「問我也沒用啊。」開始撫弄嘴鬚。我看著他假惺惺的動作好一會，說：「我知道了，告辭了。」走出了事務所。
拿著給下一家承租店的明細表走下樓梯時，我暗罵：「可惡的偵探！」更加確定他一定是接到那個女人的工作，才會突然跩了起來。
好，改天就跟他去喝酒。

沒想到喝酒之約這麼快就實現了。
在被邀約的第二天，我就與四条叔並肩而坐，熱絡地喝起了日本酒。
地點當然是選在巴別九朔二樓的承租店「清酒會議」。這裡是名叫雙見的年輕人與打工的女人，兩人一起經營的和風居酒屋。

在吧台後面準備蘘荷小黃瓜的雙見，總是帶著爽朗的笑容。他今年二十五歲，只比我小兩歲，卻已經有自己的店，擔任店長，從下午六點工作到凌晨四點，做得很辛苦，而且一個禮拜營業六天。比起利用大樓主人的兒子的地位，沉溺在成為作家這種虛無夢幻裡的我，他有出息多了。坐在俐落搓揉蘘荷的雙見的正前方的四条叔，滔滔不絕地說著關於日本酒的知識。說自己非常喜歡日本酒的四条叔，原來是這家店的常客。

「譬如說酒杯吧，你看杯緣。這裡的形狀不同，碰到舌頭的地方就各自不同吧？看酒最先碰到哪個部位，香氣、味道的感覺也會跟著改變。」

「哦，是嗎？」

連隨聲附和都比我想像中相隔更長的時間才從嘴巴發出來，我自己都覺得驚訝。看來是太久沒碰酒精，強烈的後勁發作了。

那是沒幾個小時前的事。

我正專心打掃樓梯時，四条叔從樓下走上來。可能是刻意喬裝，戴著沒見過的黑框眼鏡，但頭還是一樣光禿禿。「嗨！」他揮著手上的娛樂報紙，隨口約我說：「今天去喝吧？」我也不禁隨口回他說：「哦，好啊。」

「原來如此——所以，久朔老弟，你是把自己現在的煩惱投射在裡面了？」

「咦？」四条叔的聲音突然敲響耳朵，我不由得發出假音般的叫聲。

「我是說久朔老弟寫的小說。」

我凝視著浮現在我旁邊的偵探的臉。

「剛才……我說了那種話嗎？」

「說了啊，說得很激動呢。」站在吧台後面的雙見，對我淡淡一笑。我仔細觀察桌面，發現剛才雙見做的蘘荷小黃瓜已經吃光光了。
怎麼會這樣呢？我完全沒有記憶。
「那麼，你搬到我上面後，兩年來都在寫小說？總共寫了幾本？有世上第一個做出美乃滋的男人的故事、還有世上第一個吃海參的男人的故事吧？」
「沒有啦，那是寫好玩的極短篇。」
「說得也是，你怎麼會把自己的煩惱投射在世上第一個吃海參的男人身上呢。」
「我太崇拜管理員大哥了，原來你正為了追求那樣的夢想而奮鬥啊，一定要成為作家哦。對了，趁現在先請你簽名吧。」
雙見幫我們更換了空酒壺。
「不、不，雙見，像這樣在現實社會中奮鬥的你，比我偉大好幾倍呢。我太沒用了，沒有提升日本的GDP一毛錢。」
「你投剛才說的那個獎的作品，結果公佈了嗎？呃，作品的書名是什麼呢——對了、對了，是 Totem Pole。」
我到底說了多少呢？不論我在記憶中如何搜索，都想不起任何事。
「呃，下個月會在雜誌宣佈結果……啊，不過，只是第一次評選結果。」
「那麼，現在在寫什麼？」
「一整年都有各種小說新人獎在徵文，我正在寫的長篇小說，截稿日是這個月的月底。」
「這樣啊……你真的在寫呢。」
「咦，什麼意思？」
「沒、沒什麼。那麼，你是用什麼寫呢？電腦嗎？」

「我都是手寫，寫在稿紙上。」
「哇，好像大文豪。」
我搖著手說：「哪像啊，重寫就要花很多時間呢。」
「投稿時是把手寫的稿子直接寄過去嗎？」
「不是，以後可能會想重看，所以是寄影印本。不過，你為什麼一直問這種問題呢？」
我把視線定在四条叔紅通通的臉上。再怎麼想，我都說太多了。原本是想來問偵探都在做什麼，這樣豈不是完全相反了。在樓梯跟我擦身而過的女人的事，他也都還沒跟我說呢。
「對不起，這是幹偵探這一行的可悲習性，什麼都想問，你別在意。」
「哦，是這樣嗎？」
「總之，你加油吧，我向來支持年輕人的夢想。」
「我也支持你，管理員大哥。」
四条叔和雙見的聲音暖暖地交疊傳入耳裡。我興匆匆地回他們：「知道了、知道了。」操著不靈活的舌頭對四条叔說：「四条叔，你真能喝呢。」把喝光就會馬上再被咕嘟咕嘟倒進酒杯的日本酒灌進喉嚨裡。

敲打什麼的聲音把我驚醒了。「什麼啊、什麼啊！」我反射性地摸索床邊的鬧鐘，在黑暗中打開液晶燈一看，才上午八點四十分。
敲打的聲音持續不斷。我睡眼惺忪地爬過去推開了拉門。我住的巴別五樓，是長方形格局，後面是四個榻榻米的臥室，前面是鋪著地板的客廳。臥室的窗戶緊臨隔壁大樓，光線完全照不進來，只有客廳面對馬路的窗戶會灑入早晨最起碼的一點陽光。我搖搖晃晃地站起來，在微亮中如游泳般向前走。吵鬧的聲音似乎來自玄關的門。大腿撞到餐桌角，卻沒什麼撞到的感覺，我低頭一看，原來還穿著牛仔褲。奇怪了，我昨天是怎麼回來的？我試圖搜索記憶，但交疊響起的敲門聲和叫聲把我的注意力都拉走了。

「管理員先生！」

「來了。」我窩囊地回應，把手伸向了門把。就在停下腳步時，嘔吐的感覺從腑臟底部湧了上來。我吞口唾沫，把那個感覺壓下來。好嚴重的宿醉。後腦勺也隨著脈搏的搏動嗡嗡嗚叫著。

打開門，站在門外的是「RECO一」的店長。

「管理員先生！」

尖銳、高亢的聲音迎面而來，把我嚇得踉蹌了幾步。

「什、什麼事？」

「不、不好了，小偷、小偷闖進來了。」

覆蓋昏睡大腦的迷濛煙霧瞬間消散，但宿醉的傷害還在，在這樣的落差中又差點吐出來。

「快跟我來！」

店長大叫，背向我跑下了樓梯。我趕緊忍住想吐的感覺，趿著涼鞋跟在他後面跑。

「我還沒通知警察，想說先通知管理員先生——」

「RECO一」是一樓的店面，除了這裡還有兩家連鎖店。腰間的鎖鏈掛著好幾串鑰匙，每下一個階梯就哐啷響的店長，在我來到巴別的時候，已經是第三任了，是個三十歲左右、瘦不啦嘰、留著長髮的男人。臉上留著沒整理過的鬍鬚，眼神犀利，乍看有點兇，但說話總是客客氣氣，身段也很柔軟。

我們迎著毫不留情的朝陽走到「RECO」入口前面，店長突然發出了怪聲。「哇！」

店長的背部逼近眼前，害我撞個正著，也莫名其妙地踉蹌了幾步。

「怎、怎麼了？」

「老鼠！」

我重新站穩了，越過店長的肩頭往前看，眼角餘光捕捉到地上有隻黑色的巨大生物跑過去，轉眼消失在與隔壁大樓之間的縫隙。

「對、對不起，像貓一樣大的老鼠突然從我腳下跑過去，所以……」

我也點著頭，用嘶啞的聲音說：「沒、沒關係。」我想應該是之前「SNACK HUNTER」的千加子媽媽桑說的米奇吧，我的確看見了有四十公分大的身影。

「啊，嚇我一大跳。」

店長的兇樣煙消雲散，滿臉通紅，拍著胸脯。站在他旁邊的我，也忙著讓撲通撲通狂跳的心臟緩和下來。

「這邊。」

等彼此混亂的心情恢復平靜，店長才彎腰指向玻璃門下面。這個平時會自動開關的自動門，左下角被敲壞，破了一個小洞。洞的旁邊有個鎖，在接近地面的位置。

「鐵門有拉下來吧？」

「那邊的鑰匙也壞了，我想是雙重破壞。」

「錢呢？」

「我們公司的規定是社長每天都會來收買賣的錢。早上他會先去其他分店，然後在這裡開店的三十分鐘前，把用來找零的現金送過來。我也通知他了，他說馬上過來。」

「那麼，就是沒有金錢上的損失了？啊，對了，重要的不是錢而是唱片吧？」

「ＲＥＣＯ一」是二手唱片行。印著沒聽過也沒見過的樂團名稱，以及老舊封面照片的二手唱片，堂而皇之地貼著好幾萬圓的標價。不只唱片，也賣ＣＤ、ＤＶＤ。最近在店的角落，也擺起了一些成人影片。聽說是經營困難，不得不做點犧牲。

「奇怪的是店裡沒有被翻過的樣子。」

店長把手伸向玻璃門，使勁地讓門滑開，帶我進入屋內。

「譬如說，連這東西都沒被帶走。」

店長往裡面的收銀台走去，指著掛在牆上的畫框。

「在歌迷之間可以賣到二十萬圓。」

「這是什麼？」

「六六年披頭四在武道館開演唱會的門票。沒使用過，還留著半截，很有價值。」

「咦？」我看著來收錢時看過好幾次卻完全沒印象的畫框，仔細觀察中央那張泛黃的紙。

「會不會是不知道價值？」

「說不定是拿手電筒進來，所以沒看到。」

「喔，原來如此。」

沒想到店長有這麼豐富的想像力，我佩服地環視店內。看起來就像菁英級的唱片封面，在最上面的架子上，面向我們陳列著一圈，一張也沒少。

店長說等社長來了他會通知警察，我回說：「知道了。」決定先回到我自己的房間。搖搖晃晃地走過二樓的「清酒會議」時，我試著回想昨晚是怎麼回來的，可是頭嗡嗡嗚響疼痛不已。我沒帶錢去店裡，所以應該是四条叔結了帳。反正說要請客的是他，讓他付錢也無所謂。我想著偵探那張紅通通的臉，走到了四樓。經過毛玻璃門前時，我不由得停下了腳步。盯著門看了好一會後，我向前一、兩步，看到門上有剛才在「RECO一」的自動門角落看到的小洞。

就在手快碰觸到門把時，我慌忙縮了回來。往牛仔褲的口袋裡摸索，正好摸到一包面紙，就抽出一張包住了水平門把。把門把往下壓再往前推，門就「軋」地敞開了。

我屏住氣息往裡面看，沒有人在。

但我還是邊叫著：「四条叔。」邊走進了屋內。

前面的會客沙發組的桌子上，擺著一疊大約一公分厚的紙張。遠看也能清楚看見封面上寫的字。

是「Totem Pole」。

我看著寫在紙張正中央的歪七扭八的熟悉的字，自問：

為什麼我寫的小說會在這裡——？

我像被吸過去般往前走，伸手掀開了封面。底下是格子裡填滿我手寫文字的稿紙。但是，有一條我沒看過的不到一米厘寬的白線，斜斜地劃過了稿紙。我掀開下一頁。果然，在相同位置有一條橫貫的白線。也就是說，這是原稿的影印本。

不覺中，我在一人坐的沙發坐下來，看到最後一頁，在大腦一片混亂中把原稿放回原處。

在同一張桌上，還放著一個大信封袋。寄信人的地方寫著偵探的名字，以及巴別的地址。

我拿起信封，翻過來看。瞬間，我忘了胃噁心想吐的翻攪、忘了威力逐漸增強的頭疼、連小偷的事都忘了，氣得咬牙切齒。封面上的收信人是九朔三津子。

不用說，就是我的母親。

結果，被闖空門的不只「RECO一」，還有二樓的「清酒會議」、四樓的「HAWK・EYE・AGENCY」。母親聽完我說這件事，不斷說著：「喔，好可怕。」著急地問我：「那麼，你沒事吧？」

「我？我沒事啊，不然怎麼可以這樣打電話給妳。我要是有事，那就不是闖空門，而是搶劫了。小偷避開了有人在的時間。地下一樓『HUNTER』的媽媽桑說，她的店裡正好有醉到不省人事的客人回不了家，她沒辦法只好把店開到頭班車發車的時間，所以小偷沒有動她那裡。」

根據被害店家的說法，可以歸納出闖空門的時間應該非常接近黎明。雙見關閉「清酒會議」去丟垃圾，是早上五點二十分，據他說「RECO一」當時並沒有異狀。而「RECO一」店長是在八點上班，這之間大約有三個小時。但是，過了早上六點，經過大樓前面去車站的通勤族就會大增。因此可以推測，店面在一樓的「RECO一」，是在早上五點二十分到六點之前的短暫時間，被破壞了鐵門和自動門的鑰匙。怎麼想都是行家所為。

「那麼，每家店都被偷了錢嗎？」

「沒有，這方面還好，大家平時就很小心。最近很多大樓被闖空門，所以盡量不要把買賣的錢放在店裡是常識。雙見也說，只被偷走了一點零錢。」
因為門上貼滿了各地日本酒的標籤，所以，從前面經過也不會發現「清酒會議」也被小偷入侵，破壞了鎖。
「剛才我也跟警察談過了，聽說不只我們家，隔壁大樓也被入侵了，還有其他大樓遭受損失。車站周邊全都被盯上了。」
「看樣子，應該事先做過勘查吧？」
「應該是吧，行家才不會第一次就貿然動手。」
「實在太可怕了。想我小時候，根本沒人鎖門。」
母親開始說起無關緊要的陳年往事，我就慢慢地切入了比闖空門更重要的事情。
「說吧，那是怎麼回事？」
「你在說什麼？」
「其實，是我第一個發現四条叔的事務所被闖了空門，那時候我看見了一樣東西。」
「看見什麼東西？」
「真是個糊塗偵探，居然把我的小說放在桌子上，旁邊不知道為什麼擺著一個收件人是妳的信封袋。那是怎麼回事？請妳說明白吧，三津子女士。」
從話筒的另一端飄來無言以對的氛圍，似乎在找什麼臨時的藉口。但是，我都知道了。我逼四条叔說出了真相，他說他接受了母親的委託，條件是把欠繳的房租一筆勾銷。
「跟……跟我沒關係，我不知道你在說什麼。對了，前幾天有人送我很好吃的梅乾，我寄一些給你……」

果不其然，母親又要開始耍可笑的花招了，我擺出「能劇面具」的表情打斷了她的話。

「四条叔把所有事都告訴我了。妳跟他說了什麼？妳是不是說只要報告我平日的所作所為就抵消一個月的房租，拿到我寫的東西就抵銷兩個月的房租？趁人之危提出這樣的條件，妳也太過分了。還說什麼他最近好像接到了不少生意，根本全部都是妳的委託嘛。害我昨天被他灌了一堆酒，現在還嚴重宿醉。」

從偵探事務所回來後，我馬上把闖空門的事通知了四条叔。一個小時後，偵探氣喘吁吁地跑來了。我等他聽完警察的說明、做完災情報告，才擺出警察要開始詢問犯人般的表情，進入了事務所。「四条叔，可以打攪一下嗎？」

會客沙發組的桌上，已經看不到我的稿子了。偵探露出疲憊的表情，沉坐在辦公桌前的皮製椅子上。只有這家偵探事務所的損失金額超過了二十萬圓，聽說是藏在裡面的手提金庫整個被偷走了。

「手提金庫沒什麼意義吧？」被我直接戳破，偵探雙手掩面說：「別再說了。」

我又毫不留情地給了倒楣透頂的偵探禍不單行的一擊，單刀直入地質問他稿子的事。起初，他跟我裝糊塗，我把數位相機拍下來的現場證據照片甩到他面前，他馬上就屈服了。

偵探坦承，昨晚他把酩酊大醉的我好心送上床後，在我房裡搜索，找到了我要投稿的稿子的正本。他先折回事務所，把稿子影印完，再放回原來的地方。四条叔結束所有工作，離開我房間，是在凌晨三點過後。

「你聽好，這是不折不扣的竊盜，我也可以把這件事告訴還在下面的警察。在目前這種敏感時機，傳出這樣的事，恐怕你會惹上很多麻煩吧？原來你問我是不是用電腦寫作、以什麼方式保管，都是在探我的口風。什麼請我喝酒，也都是為了自己的利益。」

「真的、真的很對不起！」

偵探突然把雙手貼放在辦公桌上，低下了頭，額頭都快撞到桌子了。

「九朔老弟，你也替我想想，我當然知道不該這麼做，可我實在走投無路了，才會……」

我從頭到尾都是以冷漠的態度，回應低聲下氣的偵探。因為不在這時狠狠教訓他，不知道他什麼時候又會淪為母親的走狗。

「所以，四条叔什麼都不會寄給妳了。妳知不知道，妳這麼做是在逼人家犯罪。妳要正式向四条叔道歉。對了，我要求妳在道歉時，順便少收人家一個月、不、兩個月的房租。話說回來，妳有必要找他當間諜嗎？我每天都在做管理員的工作，剩下的時間就是寫小說。沒跟任何人出去混，也不喝酒，只是關在房裡寫小說。除此之外，妳還想知道什麼？未來嗎？能知道的話，我還希望妳第一個告訴我呢。」

「你胡說什麼！」

對於我的片面攻擊，始終保持沉默的母親，冷不防地大罵起來，那股氣勢把我嚇得話筒差點掉下來。

「叫我道歉？我才想叫你道歉呢！聽到孩子突然辭去工作，說要成為小說家，哪個父母會說『哦，這樣啊』？況且，在這之前，你從來沒說過你想成為小說家吧？所以我懷疑你是不是真的在寫小說也情有可原吧？我是擔心你會不會迷上了什麼宗教，或是跟什麼壞人鬼混做詐騙的事！」

母親這種生物的豐富想像力教人咋舌。

「聽好，如果妳不希望這種狀況持續太久，就請不要管我，讓我專心做好目前的工作，這才是到達終點的最快捷徑。」

我一步也不退讓，以近乎懇求的心情反嗆回去。

「可以再問妳一件事嗎？妳要我的小說做什麼？」

「那還用問嘛，當然是看啊。你想想，你小學時，作文不是很爛嗎？不管我怎麼教，你還是會在一個句子裡寫出兩、三個相同的主詞。暑假作業的日記，總是不加句點、逗點，一長串寫下來，根本不能看。這樣的孩子真的能成為小說家嗎？我是你母親，當然會擔心啦！」

「好了……」我打從心底感到厭煩，不想再回話時，門外傳來了粗獷的嗓音。

「對不起，九朔先生，我是警察。」

我正好以此為藉口，說：「啊，有警察來了。」掛上了電話。打開門，前面站著一個身穿西裝的中年男子。我沒見過他，但站在他旁邊的穿著制服的警官，就是「RECO」的店長報警後第一個到達現場的體格壯碩的年輕人。

「對不起，百忙中打攪了，有個東西想請你看看。」

中年男子自稱是附近警察局的刑警，從內口袋掏出了一張照片。

「見過這個人嗎？她最近到處犯案，是打家劫舍的多國籍竊盜集團的幹部，我們把她稱為『烏鴉』。犯案手法與這次非常類似，所以我們懷疑可能是這幫人所為。據說，是由這個『烏鴉』先來勘查地形，再下事前準備的指示。這棟大樓相當老舊，應該沒裝防盜攝影機吧？」

刑警雖然禮貌，但語氣有點蠻橫。我邊聽他說，邊仔細看著照片。可能是防盜攝影機拍下來的照片，有點模糊，但一眼就看得出來照片裡的人有副好身材。不用問也知道為什麼叫她「烏鴉」。答案就是我的親身經歷。

絕對不會錯。在照片裡昂首闊步的人，就是三天前與我在樓梯擦身而過的女人。跟那時候一模一樣，從太陽眼鏡到腳底都是黑色，一身的「烏鴉」打扮。

第二章

檢查水塔、檢查消防設備、更換日光燈燈管

第一次站上了巴別的「最頂端」。

從頂樓爬上梯子，就會到建築物的「最上部」，如字面上的意思，就是大樓最高的地方。不過，更嚴格來說，蓋在那裡的水塔的上面，才配稱為巴別的「最頂端」。

為了隔開水泥地面所產生的熱度，水塔蓋在高約兩公尺的鐵架上。水塔本身也有一公尺半的高度，所以外表看起來像降落月球表面的偵查太空船。我從水塔邊緣戰戰兢兢地往下看，人看起來都是小小一點。行人變成只看到頭頂的小黑點，從大樓前面彼此擦肩而過，或是超前、或是止步、或是走來走去轉個不停。水塔上當然沒有柵欄，感覺會站不穩直接摔落地面，我慌忙把頭縮回來。

「嗯，沒問題。」腳下傳來業者的聲音。

「沒有長藻菌，很乾淨。」

穿著工作服、拿著手電筒往水塔裡照的供水業者是一個老先生，關閉蓋子，鎖上了掛鎖。

「藻菌嗎？」

「水塔表面的塗漆剝落，光線就會透到裡面。這麼一來，就會長藻菌。有時去老舊大樓檢查，裡面都長滿了藻菌呢。」

「大樓的人都喝那樣的水？」

「就是啊。」

光想就覺得噁心，我發出驚訝的叫聲，爬下了梯子。跟在後面下來的供水業者的老先生，看著腳下喃喃說道：「真糟糕。」

我跟著往下看，只看到從水塔拉下來的一把管線，走在很靠近地面的位置。

「這些管線本來都有護套，你看，那裡還留下了一部分。」

老先生指的地方，管線的確還包覆著護套。護套表面的材料中途被扯斷，裡面的海綿狀物體露出了醜陋的斷面。裸露的管線，就像牛蒡天婦羅只剩裡面的牛蒡長長延伸，經過了我和老先生的腳下。

「可能腐蝕了。」

「不、不，烏鴉和鴿子都會來啄，這附近烏鴉很多。」

何止是多而已，早上簡直就是烏鴉帝國。那些傢伙啞啞叫就算了，原來嘴巴還不甘寂寞，啃起了這些管線。

「沒有護套會出問題嗎？」

「太陽直接照射，就會裂化得快，所以有比沒有好。不過看這樣子，再套上去也沒用。」

「這樣啊。」我點點頭，又跟老先生繼續爬下了梯子。

「那麼，請在這裡簽個名。」

老先生把夾在紙夾上的紙、和插在工作服口袋上的原子筆遞給了我。

「雖然水塔兩年半才檢查一次，但依我看是沒什麼問題。至於水質檢查的結果，我會做成書面報告再寄過來。管線的護套要怎麼處理呢？我還是問一下你們社長吧。」

「那麼，就拜託你了。」

老先生回說知道了，把紙夾放回公事包裡，走向通往樓梯的門。

「你們社長的身體還是那麼好吧？」

「是啊，好到不行，應該快來了。」

我說我有事要先告辭了，老先生就笑著說：「請社長今後多多關照。」恭敬地行個禮離開了。

我把已經曬了兩天，不，可能已經三天的洗好的衣服收下來，對著接近正午的陰霾天空，呵地伸了個懶腰。昨天一整晚沒睡，頭很重，情緒卻明顯亢奮，感覺像包住盤子的保潔膜緊繃到了極限，原因當然是用來參加小說獎的長篇小說——稿紙超過一千六百張的作品——終於在今天早上完成了。

只剩下書名。

是的，我還是想不出來。持續寫了三年，都只是在內心暗自把這部作品稱為「大長篇」，錯過了脫胎換骨成外面世界的時機，就這樣迎接了今天的截止日。或許問題是出在我的要求過高，總想取個簡樸且觸感豐潤的書名，要有點抽象、又能網羅小說整體。是有候選名單，但都不是那麼滿意。感覺很接近了，卻又有點曖昧不清。在這種時候，我經常會想仰賴英文具有的「莫名力量」的效果，但是，才剛在「Totem Pole」這個名字栽過大觔斗，所以這次希望自己可以不要逃避，從日常用語中找出夠深度的文字組合。畢竟，這是我花了三年完成的「大長篇」。

小說獎的應徵截止日，是以郵局的郵戳日期為準。也就是說，我還有十二個小時可以思考。不要去下午五點就關門的郵局，選擇二十四小時營業的郵局，就可以拖到最後一刻。住進這棟巴別大樓快兩年了，只學會在這種地方動腦筋，在想書名方面還是沒有任何進步。

一隻襪子從晒衣夾吧噠掉下來。我怕手上已經抱滿的衣服會掉下來，小心翼翼地彎下腰撿時，角落的排水溝映入眼簾。之前從來沒注意到，有像軟毛的髒東西，密密麻麻地黏在排水溝的格子狀的溝蓋洞上。可能是烏鴉或其他鳥類脫落的毛髮，不，是羽毛，散落在樓頂四處，每當下雨時就被沖來這裡。

想到這裡終於成了那些傢伙的地盤，我心情惡劣地鑽出了敞開的門。我用腳把放在門下方卡住門的磚頭踢開，鐵門就沉甸甸地關上了。我背向關門聲，走下了樓梯。從明亮的屋外進入昏暗的樓梯，睡意頓時在眼底蠢動起來。接下來要檢查消防設備，我的書名也還沒定案，連打個盹的時間都沒有，所以我想不如淋個澡清醒清醒。

才打開五樓的門，就聽見有聲音在屋內迎接我。

「喲，好久不見了，你還好嗎？」

「怎麼抱著一堆衣服？你在頂樓嗎？」

「剛才有人來頂樓檢查水塔……」

「對，我有聽說要來檢查水塔，最近都沒檢查嗎？那個人來過了嗎？呃，他叫——忘記名字了，最近常常這樣。那位老先生去年來我工廠做檢查時，說沒有繼承人，店可能會收起來，不知道現在怎麼樣了？啊，他說請我以後多多關照嗎？那就是會繼續做下去囉？不說他了，喂，你是不是瘦了？一定是每天都沒好好吃東西吧？不過，臉色還不差。不對，好像有點蒼白？昨天你媽特地打電話給我，要我確認你有沒有在吃什麼奇怪的藥。哎，做父母的還真能想出這種稀奇古怪的事呢，我覺得很好笑。她說她不知道你是不是真的在寫小說，看樣子是真的在寫呢。看到這張桌子，她應該就會稍微閉嘴了。不過，有沒有吃藥，就沒辦法從臉上看出來了。啊，對了，這是我帶來給你的午餐。這是散壽司，不錯吧？你平時有機會吃生魚片嗎？要多吃魚哦，頭腦會變好。這是豆皮壽司，這裡的豆皮壽司加了芝麻，很好吃、很有名呢。還有，這是豆漿。我最近都喝這個，皮膚變好很多呢，你看這裡，黃豆是國產……」

我脫掉涼鞋，把抱在手裡的衣服丟到沙發上，趕緊跑向餐桌，把分成三部的厚厚一疊稿紙，從豆皮壽司盒下面抽出來，放進已經寫好出版社地址的大型信封袋裡。

「幹嘛那麼慌張，我又沒看。不過，字寫漂亮一點，讀的人應該會比較容易讀吧。」

我讓信封袋在冰箱上面避難，壓抑怒氣，隔著餐桌在她對面的椅子坐下來。

「我說過很多次了，不要隨便進我房間。」

「我是看門沒鎖，心想你也太粗心了，才進來替你看門的。對了，每個樓梯平台都擺著紫色的顆粒，那不會是老鼠藥吧？」

「是啊，最近有老鼠出沒。『HUNTER』的媽媽桑給我老鼠藥，我就擺出去了。可是，好像都沒減少。」

「前幾天不是也有小偷闖空門？有老鼠又有闖空門，好慘的大樓啊。我也還沒吃午餐，跟你一起吃吧。喂，有沒有茶？」

「有紅茶。」

「什麼？你要吃壽司配紅茶嗎？」

「沒有，我只是回答妳而已。」

為什麼她們姊妹都這麼會說耗損他人精神的話呢？我厭煩地說：「我要吃囉。」打開了散壽司的盒蓋。可是，我的筷子都還沒碰到，她就說：

「便宜的鮭魚蛋不合我的胃口，都給你，來，盡量吃吧。」

說完，就把我在壽司材料裡最不愛吃的鮭魚蛋吧答吧答剝下來了，當然問都沒問我要不要吃。

「對了、對了，你的小說……最好取個一看就能撼動人心的書名吧？我沒看哦。我沒看，可是，怎麼樣都會看到最上面那張紙啊。那上面怎麼沒有書名呢？是寫在哪裡了嗎？哎呀，這個出乎意料地好吃呢。」

我把黏嘰嘰的鮭魚蛋撥到旁邊。想到陪她說好幾個小時的話後，還要決定關鍵性的書名，不禁打從心底詛咒這樣的狀況。平時，多得是不必跟任何人說話的日子，為什麼偏偏今天這麼多事情呢。最重要的是，盡量不要消耗體力。初惠阿姨散發出來的這股低氣壓般的感性，不管我面向哪裡都會成為逆風襲來。總之，我必須熬過這陣逆風。被迫接受鮭魚蛋不過是微風，也要熬過去。對，今天剩餘的時間，都要用來想書名。

和歌的枕詞[2]裡有「射干玉[3]」這個字。我覺得把這個字捏成人形，就會變成初惠阿姨。她總是穿著黑色上衣、黑色長裙，從肩膀披到胸前的也是一根根看起來很粗的黑髮。她是九朔家三姊妹的老大，應該有六十五歲了，頭髮大概是染的吧。但是髮量頗多，所以看起來只有五十歲左右。

以顏色來形容初惠阿姨，當然就是「黑色」，可以說她與「射干玉」這個字的意思完全融為一體了。她比我還常運動，所以不只外表，連動作都比我有活力。她每個禮拜去健身中

2. 譯註：日本古代修辭法之一，最常使用於和歌，冠在特定辭句之前，用來修飾或調整語調，類似虛詞。
3. 譯註：射干的果實裂開後，會露出黑黑圓圓帶有光澤的種子，宛如黑色珍珠，所以在日本稱為射干玉，常用來形容頭髮、黑夜等黑色的東西。

心的游泳池游四次，所以肩膀幾乎和我差不多寬。原本就結實的體型，經過鍛鍊後更加壯碩了。面對她挺直背脊的姿態，我就渾身不自在，總覺得她在苛責我不健康的生活。此外，還要再面對她的「大提琴聲」。

所謂的「大提琴聲」，是初惠阿姨特有的高壓且餘音繚繞不去的發聲。聽起來就像大提琴的樂器微低的音域加上獨特的柔韌，所以稱為「大提琴聲」。總之，初惠阿姨的聲音就是可以傳得很遠。聽說是因為她在她經營的工廠，必須壓過不停吐出零件的機械的嘶吼聲，不斷對員工下指示，所以自然養成了那樣的聲音。

她原本就具備充分的女社長威嚴，再加上不管願不願意都會被拉走注意力的大提琴聲、毫不客氣的措詞、急性子——完全沒有我能輕鬆以對的要素，所以我當然覺得她很難應付。不過，她那麼潑辣的個性並不是只針對我，而是一視同仁地針對世上所有人，所以，要說公平或許也很公平。

「憑什麼我們要被經營那種行業的大樓牽連呢？」

半年前做檢查時，她也是這麼說。

再更半年前，她也對業者抱怨過同樣的話。

也就是說，初惠阿姨要強調的是，以前並沒有做這樣的檢查。是十幾年前在鬧區的風化場所發生縱火事件後，法律就改變了，開始嚴格要求以前放牛吃草的住商混合大樓做消防設備的檢查。

「連樓梯間有沒有放東西都要檢查，幹嘛那麼嚴格呢？只要檢查那種樓梯間擺得亂七八糟、不知道在做什麼的可疑大樓就行了吧？為什麼我們這種正派經營的大樓，檢查基準跟那種不像樣的大樓一樣呢？」

最可憐的是業者。嚴厲的大提琴聲在臉旁震響，他們只能不停苦笑。以前每半年來檢查一次的業者，都是老先生二人組，這次換了新面孔，是四十歲與二十五歲的年輕組合。兩人都戴著黑框眼鏡。年長的那位，鏡片有淡淡的顏色。年輕的那位，在樓梯平台把器具對準天花板的火災警報器，邊檢查功能正不正常，邊不好意思似的應和說：「是啊是啊。」我實在看不下去，就打圓場說：「哎呀，做做檢查也好啦。」

「好什麼好？」

以合抱雙臂的姿勢站立的阿姨，發出柔韌感暴增的聲音，霍地把臉湊過來。位於臉中央的鷹勾鼻，更加強了她的存在感。她站在比我高的階梯上，所以，把我眼前染成一片黑色，壓迫感也非同小可。

「你倒說說看，好在哪裡？你知道這個檢查要花多少錢嗎？十萬以上耶。為了確認這個警報器會不會響，就要十萬。一年檢查兩次，所以是二十萬。五年一百萬，十年兩百萬。要多花兩百萬，你一點都不覺得怎麼樣嗎？不管是三津子付還是你付都一樣，到底好在哪裡？你說說看啊，說啊。」

當話中增添激動的色彩，阿姨的眼睛就會斜吊起來。然後，中央的鷹勾鼻就會不可思議地增加好幾倍的威力。眼眸、髮絲、衣服等周遭的黑色，像是有了自己的意志，慢慢地淹沒了我的視野。我的心情惡劣，恍如與巫婆對峙，想別開視線也無處可逃。

母親的錢是母親的錢，跟我毫無關係，但可以肯定的是我踩到了地雷。兩名男業者背對這裡，忙著檢查牆上的紅色警報器，假裝沒聽見我們說話。我大可對這個不滿的人說：「既然這麼討厭就不要來啊！」

但我不能說，因為她是巴別大樓的防火負責人。要擔任大樓的防火負責人，必須取得

「防火管理者」的國家證照。我當然沒有證照，母親也沒有。初惠阿姨不愧是工廠的社長，有三十多張國家證照，其中當然也包括防火管理者的證照。九朔家三姊妹有異於常人的互助精神，所以從祖父去世後，初惠阿姨就理所當然地當上了大樓的防火負責人，直到現在。

「我在這裡看就行了，阿姨，妳在樓上等吧。」

只有最後需要防火負責人簽名，所以阿姨不必陪同檢查。我想盡可能讓她離開，於是這樣提議，她很乾脆地點點頭說：「也好。」

「啊，絕對不可以偷看那個。」

我想起放在冰箱上面的稿子，趕緊對著已經開始上樓的背影補上這句話。

「知道啦，可是，都完成了，看有什麼關係？」

「妳怎麼知道完成了？明明就看過。」

「我沒看啦。」

「還沒完成，還沒有扉頁。」

「扉頁？」

應徵新人獎的稿子，除了封面的書名外，還要附上徵文辦法規定的經歷、簡短大綱，但我沒必要對掀動黑色長裙轉過身來的阿姨一一說明這些東西。

「好了，妳回房間休息吧。」

我指著上面趕她上去，就把臉轉向了前方。

「哇！」

會發出這麼白癡的叫聲，是因為兩名業者不知道為什麼都抬頭看著我。尤其是年長那個，簡直是目不轉睛地盯著我。

「怎、怎麼了？有什麼故障嗎？」

「沒有，都沒問題，所以我們想去檢查下一個地方。」

兩人背著器材，若無其事地走下了樓梯。我總覺得他們前面的表情，跟後面的動作完全銜接不起來，但怕初惠阿姨又改變主意跑來，也趕緊跟在他們後面跑下樓。

樓梯部分全部檢查完畢後，又從地下一樓依序到各家承租店，檢查了火災警報器。發生闖空門案件一個禮拜後，我去收水、電費，發覺包括我在內的大樓所有人，都還對那個案件心有餘悸。那之後又過了將近三個月，巴別才似乎恢復了平靜。順道一提，巴別的房租是由承租店各自匯入我母親的帳戶，水、電費是由我直接收回來，再統一匯入母親的帳戶。為什麼要浪費兩道手續的時間？因為這是第一代房東的做法。

我聽母親說，祖父的大樓經營方針是盡可能招攬年輕人。有店面空出來，同時有很多人要租時，祖父會刻意挑選年輕的承租人，而且最好是開不太可能會賺錢的店。身為房東，最希望的是能長期經營、生意穩定的店進駐。祖父卻刻意挑選不穩定的承租店，說白了，就是想支持年輕人的夢想。但現實問題是，年輕房客的經濟基礎都比較薄弱。所以，聽說祖父會經常去店內走動，試著跟房客溝通。

「對方不必告訴我做得順不順利、有沒有什麼煩惱，我看對方的臉就知道了。」

母親告訴我，這就是大九朔說的話。

譬如，有房客欠繳房租時，祖父就會親自找房客商談——要用部分保證金抵房租？還是把店收起來退租？與其強撐，不如趁損失不多時打住，會比較有東山再起的機會。對祖父來說，年輕的房客或許就像需要父母負起照顧責任的孩子吧。

我剛辭職搬進巴別，做起管理員的工作時，曾向母親抱怨，為什麼水電瓦斯費不跟房租一起匯入帳戶？現在一家一家收錢，也未免太落伍了。所以，母親把大九朔說的話告訴了我。祖父身為這棟大樓的房東十三年。母親繼承後已經過了二十五年，房東的資歷比祖父長很多。但是，母親只把房租改成匯款，其他費用還是保留祖父的做法。據她說，原因是「喜歡祖父溫情洋溢的一面」。

我想在凡事追求效率的現在，繼續採行有人情味的做法，說不定反而更好，難得贊同了母親的想法，答應親自去收錢。不過，事到如今我就老實說吧，其實我也是想盡可能多做些像管理員做的工作，藉此造成既成事實，因為我等於是強行搬進了巴別。

形式是傳下來了，但我強烈懷疑，最關鍵的祖父的精神是否還存在？因為房東居然滿不在乎地慫恿因欠繳房租而煩惱的房客去當間諜。再者，現在的巴別大樓的店家一點都不年輕。「SNACK HUNTER」的千加子媽媽桑快七十歲了，而「RECO一」也是連鎖店。以前我總好奇，母親怎麼會把房子租給雙見這種二十五歲不到的年輕房客，但檢查完地下一樓、一樓，走進二樓「清酒會議」的店門時，我似乎找到了答案。或許母親也是延續祖父的精神，想支持他吧？

「你胡說什麼啊，怎麼可能有那種事。」

初惠阿姨還哼哼冷笑起來，啜了口紅茶。

「這棟大樓雖然破舊，但地點非常好，所以保證金也高。二樓那個孩子，不是還年輕嗎？我記得是在你搬進來不久前進駐的吧？他怎麼可能付得起那麼高的保證金呢。聽說他父母是開公司的有錢人，所以八成是他父母一口氣代墊了所有的錢吧？」

繞完所有承租店，最後到我房間檢查完畢的業者，請阿姨簽名後，低下頭說：「以後也請多多關照。」就離開了。那之後，只是坐在椅子上什麼也沒做的阿姨對我說：「啊，好累，幫我沖杯紅茶吧。」我就乖乖遞給了她紅茶。原本應該要趕快想參加徵文的書名，但我想稍微喘口氣，就跟她聊起了「年輕的雙見可以在二樓營業，是不是具體實現了第一代房東的方針」。

「搞半天，是這樣啊……那麼，以前是怎麼做的？都是挑選像雙見這種成長環境得天獨厚的人嗎？」

「才不是呢，以前幾乎不收保證金。有段時間最誇張了，只要房租一個月份的保證金就能進駐了。你相信嗎？在這種地點，只要一個月份耶，簡直就跟免費沒兩樣。」

「可是，那是因為那些店雖然沒有最初的自備款，但看起來會賺吧？」

我認為是看準了將來性，手頭有沒有錢不重要。初惠阿姨一副「才不是那樣呢」的表情，歪著嘴，在臉前揮著手說：

「根本不可能賺吧？都是一些看起來不怎麼樣、無藥可救的店。最短的時候，連半年都撐不到。不過，你祖父就是這麼一個怪人。八成是喜歡就近看那樣的人。畫也是一樣，老收購那些『誰會買啊』的畫，真的全都是垃圾。可是，有時會出現大翻身的畫，不知道為什麼就賺了。」

買賣畫作成功的祖父，趁勢經營保險業，又賺到更多的錢，於是蓋了這棟巴別大樓。但是，他鑑識畫作的眼光似乎很荒謬，母親甚至說：「不知道他為什麼會賺錢。」祖父死後，畫廊由祖母繼承，但那是整個家族都無法理解的事業，所以很快就收起來了。

「所以三津子繼承這裡時，我就費盡唇舌勸她趕快恢復正常。因為她住得那麼遠，與其讓沒多久就會倒閉的店進駐，不如讓能長久經營的店進駐，會比較輕鬆吧？每次更換承租店，都要委託房屋仲介公司，手續又麻煩，很辛苦呢。你來這裡快兩年了吧？還沒換過承租店吧？這樣才正常啊，以前太不正常了。」

毫不留情地給過去判罪後，阿姨把手伸向茶壺，又倒了一杯紅茶。聽說這些巴別大樓不為人知的內幕，我不時發出驚嘆聲，腦中浮現四条叔的大光頭，心想持續了一段時間的平靜，說不定就要毀在四樓的偵探手上了。

聊到這裡，我順便問了一件事。

「現在的承租店裡，哪一家做最久？」

「你連這種事都不知道嗎？」阿姨慵懶地撩起頭髮，用更加柔韌的大提琴聲說：「是蜜村先生呀。」

「蜜村先生？」

蜜村先生是三樓的承租店「畫廊蜜」的主人。

「因為這棟大樓落成的時候他就在了。」

「咦，可是我剛才看到畫廊裡貼著五週年的海報啊。」

「那是畫廊蜜開始五週年，那個人做過很多行業，在畫廊蜜之前，呃……好像是泰式按摩。」

「泰式按摩？」

「香精的味道老是飄到樓梯，很難聞。」

「性質跟畫廊也差太多了吧？」

「純粹只是因為當時流行吧？蜜村先生是個徹底的怪人，很像你祖父。話說回來，他本來就是你祖父培養出來的人，怎麼可能正常呢。」

「培養……什麼意思？」

「我記得他是跟你祖父同故鄉。不知道是不是這個關係，你祖父對他特別照顧。蜜村先生現在承租的三樓，在大樓剛落成時，是我們家的畫廊。這裡的五樓是保險代理店，所以那時我們自己使用了兩個樓面。蓋大樓時，這附近跟現在完全不一樣，鐵路沿線都是小小的個人商店，所以剛開始沒什麼店進駐。祖父把畫廊交給了蜜村先生管理。那時，蜜村先生也才二十郎當歲。但是，過了兩年多，來洽詢承租的人多了，就決定把畫廊移走了。不知道為什麼，蜜村先生說他自己要開店，就直接在三樓開了椅子店。」

「椅子店……是賣什麼？」

「賣椅子呀。是不是叫木工椅？就是手做那種。全部都是蜜村先生一個人做的。他說賣點是有木材的溫度什麼的，可是，做得實在太爛了，看就知道是外行人做的，所以當然都賣不出去。我和三津子對他說這樣不行吧，他就換成經營咖啡店了。店裡的桌子、椅子，都是直接使用之前的店賣不出去的東西，再隨便播放什麼爵士音樂。那時候咖啡店還不多見，所以有雜誌來採訪，生意因此好到驚人。」

我想起了蜜村先生的臉。不過三十分鐘前，我去三樓做檢查時，才剛跟他說過話。看他那張臉，實在不像會一再做充滿冒險精神的嘗試那種類型，反倒比較像個行事謹慎的人。說起話來，總是含含糊糊，沒有霸氣，聲音又小。會從木工椅子店、咖啡店、泰式按摩店，突然改成經營出租畫廊的人，心中應該暗藏著追求冒險事業的熱忱，我實在很難把他跟這樣的人聯想在一起。

「咖啡店大約持續了一年，接著是做什麼呢……？對了，是LIGHT店。」

「咦，一年就關了？不是當時正流行嗎？」

「轉眼就不流行啦。再說，他的咖啡店本來就虛有其表，料理完全不行，咖啡也不能喝。剛開始，還把店招牌寫成『KAFE』呢。接受雜誌採訪時，生意還不錯，但很快就沒客人上門了。然後，突然就變成了LIGHT店。」

據阿姨說，LIGHT店就是專門賣燈具的店，整個樓面都擺滿了從外國進口的高級立燈。但是，這家店也悶聲不響地改成了其他店。

「我記得就是在那時候，你祖父去世了。從那時候起到經營泰式按摩店為止，大概換過五、六家店……我都不記得了。」

「那麼，出租畫廊開了五年，算是非常成功了。」

「應該是最長的紀錄吧？自己不必多做什麼，只要直接轉租給別人，居然維持最久，也太沒天理了。」

初惠阿姨不愧是獨自掌管祖父的零件工廠二十五年的經營者，說起話來總是非常毒辣。

「我曾經問過蜜村先生，為什麼你老是失敗，還有錢可以繼續下去？」

「妳問過這種事？」

「因為太奇怪了，都沒客人上門，他是在哪賺的錢？結果他回我說，他老婆的娘家很有錢，擁有好幾棟公寓，他偶爾會過去幫忙。總之，就是那邊會給他零用錢。」

說到零用錢的地方，阿姨充分表現出她的不屑，哼哼冷笑起來。

「現在畫廊也不流行吧？我聽三津子說了，連闖空門的小偷都不想進去。」

沒錯，沒有人租，就做不成出租畫廊的生意。從上個月後半到上個禮拜，整整一個月，

「畫廊蜜」都處於休業狀態。闖空門的小偷也知道吧？所以連碰都沒碰三樓。畫廊的門上，在剛好眼睛的高度，有一個小玻璃窗。從那裡往裡面看，就能一眼看盡整個空空蕩蕩的樓面。裡面顯然沒有放錢。

「檢查時你見到蜜村先生了？他還好嗎？」

「嗯，說話還是很小聲。不過，終於有人來租畫廊了。從前天開始，美大的學生聯合展出了作品。」

「就是一些看不懂的怪畫、花花綠綠的擺飾品吧？剛才上樓時，我從門外看見了。」

阿姨望著杯子的底部，把剩餘的紅茶左、右傾斜。

「看到那些東西，我就想起你祖父那時候的事，覺得很不舒服。我完全不能理解他喜歡破銅爛鐵、把那些東西當成寶貝的心情。」

她的大提琴聲添上了沉鬱的低音。

「可以問妳一件事嗎？」

「什麼事？」

「為什麼妳老是稱呼他『你祖父』？」

以前阿姨怎麼稱呼祖父，我並不太記得，只是突然覺得她好像很不想稱祖父為「父親」。

被我隨口一問，阿姨說：「是嗎？」明顯露出狼狽的表情，停下搖晃杯子的動作，注視著我的臉。

「就是感覺很遙遠——那個人、你祖父。」

驟然失去張力的大琴聲，從她的嘴巴溢出來，這是我第一次聽見初惠阿姨發出這麼委靡不振的聲音。她從椅子站起來，拿著紅茶的茶壺和杯子走向洗碗槽。當她說到「那個人」時，不知道為什麼我馬上聽出她話中飄盪著既不覺得不好應付、也不覺得討厭的複雜感情。我思索原因，發覺是因為我身旁也有讓我抱持類似感情的對象。對了，書名。我想到我還有一件大事沒做，初惠阿姨也差不多該走了吧？

我往冰箱上面一看，發現我假裝不經意地放在稿子外的大信封袋上的一隻襪子，被撥到了旁邊。阿姨正在等流向水槽的水變成熱水，我瞪著她的側臉、瞪著她太過雄偉的鷹勾鼻，好想罵一聲「混帳」。

說了那麼多次不要看，她還是看了。

初惠阿姨說要去工商會議所開會，終於在下午三點離開了。我在恢復一人的房間，把稿子放在桌上，面對著封面。因為太厚而分成三部的其中第一部，右上方釘著應徵稿子的封面，上面依然是空白的。

我要取書名。我要取書名。我要取書名。

我像唸經一樣，唸誦我的決心，還是想不出關鍵的書名。「好吧，先放鬆一下，來寫應徵必須附上的個人資料。」我這麼想，在新的稿紙上依序寫下名字、地址、經歷等等。

「啊。」

我想到有件事要做。二樓的樓梯平台的日光燈快壞了。再過一會，就是「清酒會議」的雙見來店裡的時間，所以，最好在那之前換好。日光燈的存貨都插在玄關旁的傘架裡。我連同紙盒抽起一根，先去頂樓拿工作梯再去二樓。排除所有雜事後，才能在可以全神貫注的環境中取說明。樓梯平台的日光燈啪唏一聲熄滅，又很快地亮起來，不停地重複著這樣的狀況。我戴上工作手套，把工作梯立好。使勁地爬到第三階，摸到天花板的日光燈時，聽見很吵的噹噹鞋聲走下了樓梯。

「喲，管理員先生，辛苦了。」

沒多久，腋下夾著小皮包的四条叔，穿著平日那件破舊的西裝現身了。

「我幫你拿著吧。」

我說：「那麼，這根拜託你了。」把拆下來的燈管，交給站在工作梯旁的四条叔，再裝上他交給我的新變電器和燈管。拉一下白色繩子，全新的燈光就照亮了被熏黑的天花板。

「喂，久朔老弟，你最近有好事吧？」

聽到四条叔這麼說，我「咦？」了一聲，回過頭來。四条叔邊把舊燈管插入空紙盒裡，邊笑嘻嘻地抬頭看著我。

「我哪有什麼好事。」

「沒關係啦，不用瞞我。」

「真的沒有啊。」

「恭喜你了。」

光頭反射著來自天花板的光線的四条叔，用手肘戳我的大腿。我說：「別這樣。」邊扭動身體閃避，邊從工作梯爬下來。

「說吧，在哪認識的？」

「認識？跟誰？」

「別裝了、別裝了，剛才被我碰見啦，總不會住在一起了吧？」

我回看偵探的臉，想搞清楚他到底在說什麼。

「我出來的時候，剛好看到她上樓。雖然只瞥見一眼背影，但感覺很性感呢。長長的頭髮，光滑柔順——那是久朔老弟的女朋友吧？」

「啊？」

「就在我上鎖的時候，聽到門『咔嚓』關上的聲音。那應該是你房間的門吧？所以我才想說你有好事了。因為你辭職時，對那個好像有在交往又好像沒在交往的女生說要當小說家，就被甩了吧？」

「你怎麼連這件事都知道？」

「上個月，你不是在那裡說了很多話嗎？讓我有很深的感觸，覺得男人是為夢想而活，女人是為現實而活。」

四条叔指著面向樓梯平台的貼滿酒標籤的「清酒會議」的門。當然，我什麼也不記得了，因為我被灌酒灌到不省人事。這時候，偵探似乎也想起來了，那是他帶著不純的動機安排的小酒會。

「呃，嗯……那時候真的很抱歉。」

他把收好燈管的紙盒交給我，語氣突然變得很正經，深深低下了頭。

「算了，先說眼前這件事吧，是剛剛發生的事嗎？」

「嗯，才兩、三分鐘前。」

可能是太專心換燈，我什麼也沒聽見。可是，四条叔的鞋聲倒是聽得很清楚。不對，問題是，我先去頂樓再走下來這裡的途中，並沒有遇到任何人。那麼，那位女性是從哪裡上來的？

「久朔老弟，還真不能小看你呢。下次有機會，介紹給我認識吧，我最無法抗拒穿黑色衣服的女性。」

「你說的不會是我阿姨吧？」

聽到黑色衣服的部分，我想起剛離開的阿姨的全身黑色打扮。

「阿姨？你是說房東的姊姊？那個可怕的社長？怎麼可能，不是啦，是更年輕的女性。那可是你的女朋友呢，久朔老弟。不過，還真是性感到讓人受不了呢。一身黑色衣服好像吸附在身上，身材又超群絕倫。啊，這麼說可能對久朔老弟的女朋友不禮貌，可是，我是在稱讚她哦。」

霎時，有個人從記憶裡跳出來。是小偷闖空門前，在這個樓梯與我擦身而過的女人；是照片裡被警察稱為「烏鴉」的女人。

雖是三個禮拜前的事，我還記得很清楚。因為那麼近距離看到那麼深的乳溝，是我有生以來第一次的經驗。但是，我怎麼樣都無法相信，那個一身黑衣的女人竟敢大搖大擺地回到闖空門的現場。我認為最有可能的是，在三樓的畫廊開作品展的學生跑去頂樓抽菸了。他們隨便跑上去，萬一不小心引發火災就糟了，所以，我想把工作梯放回去，順便警告他們。

「對了，久朔老弟……那個怎麼樣了？」

就在我把踩腳梯收好，扛到肩上時，聽到四条叔壓低嗓門的聲音。

「你一直懸在心上吧？是什麼書名呢？」

迫在眉睫的懸案被一語道破，我大吃一驚。但是，四条叔把手伸到太陽穴附近，咚咚敲了幾下後，又說：

「對了，書名是『Totem Pole』。」

就在找到答案的同時，他把手掌啪唏貼放在頭頂上。

「差不多快公佈結果了吧？」

知道他說的是那一部，我鬆了一口氣。心中暗自咋舌，他竟然這麼恬不知恥，敢跟我提起從我房間強行帶走的稿子。

「呃，是下禮拜吧……不過，那只是第一次評選的結果，還有第二次、第三次、最後一次。」

我給了爛好人的回答。

「放心吧，那個故事非常有趣，我想一定會有好成績，不，一定會得獎。」

對於偵探的豪言壯語，我嘴巴說：「託你吉言啦。」表示感謝之意，投注在他身上的視線卻越來越冰冷。因為發現他是母親的間諜時，我清楚記得他推說：「我影印了，但沒看。」結果根本就看了，但是，他可能忘記自己當時如何辯解了，真是個粗心大意的偵探。

正想唸他一兩句，他就說：「啊，糟了、糟了，我跟人有約，快遲到了。」匆匆跑下樓了。我邊聽著在樓梯迴響的鞋聲消失在大樓外，邊走上了樓梯。三樓的「畫廊蜜」門戶大開，我往裡面瞥了一眼，看到學生和一對老夫婦坐在作品前開心地聊著天，另一個學生坐在角落的摺疊椅看文庫本。兩個都是男生。那麼，偵探看到的女生，現在應該還在頂樓。

「咦？」

走到樓頂的樓梯平台時，我發現開著的門被關起來了。四条叔聽見的關門聲，應該就是來自這扇門。可見的確有人在樓頂，我有點緊張地打開了門，首先飛入視野的是從昨天晒到現在的衣服。我用磚塊固定住門的下方，環視頂樓，不用特別巡視，看就知道沒有人。

不，有烏鴉。

在最上部的邊緣，有一隻很大的烏鴉，背對著水塔，目不轉睛地俯瞰著我。看清楚我的模樣後，「啞」地叫了起來。又大又粗的鳥喙開開合合、有黏膩光澤的翅膀微微振動的模樣，怎麼看都很不吉利。我盡量避免與牠的目光交會，把工作梯放回通往最上部的梯子的旁邊。

也就是說，我被偵探騙了。是因為上次那件事被我苛責，所以懷恨在心嗎？那個蹩腳偵探在幹嘛啊？我可是連一秒的時間都沒空陪他開這種無聊的玩笑。我帶著滿腔憤怒，把腳伸向用來卡住門的磚塊時，背後響起了一個聲音。

「喂。」

我驚訝地轉過身，看到女人站在離我僅兩公尺的地方。

打扮跟那天一模一樣。

全身黑色的女人，擺出腳稍微張開、手扠著腰的姿勢站著，好像正等著我來。兩隻包覆著黑色緊身褲襪的纖纖細腿，從宛如吸附在身上的黑色洋裝下面伸出來，飄散著無法言喻的從容。高到不行的黑色高跟鞋，配上大到不行的黑色太陽眼鏡，總之就是一團黑，只有中間露出來的深乳溝白得耀眼。

「門扉在哪？」

女人稍微傾斜一下脖子的位置，銀色的黏膩光澤就無聲無息地溜過覆蓋全身的漆黑線條。我的視線下意識地往上游移，發現剛才待在最上部邊緣的烏鴉不見了。

「我曉得你知道門扉在哪，也曉得這裡就是巴別，我終於查到了。你知道我飛了多遠嗎？」

「飛？」

疑問很自然地從我嘴巴溢了出來。

「對，我飛了很遠才找到這裡。」
女人向前跨出一步，我就往後退一步，背碰到了門。
「怎、怎麼會這樣……妳到底躲在哪裡？」
「我沒躲，一直在這裡。」
女人突然笑了起來。
巨大的太陽眼鏡下面，露出白到很不真實的牙齒，但沒聽見笑聲。
「你不認得我嗎？」
女人把右手的手指伸到太陽眼鏡的鏡框上，慢慢摘下了眼鏡。
張大嘴巴的我，直盯著對方的臉。
那上面沒有「眼睛」。
不，有是有，但摘下太陽眼鏡後，只有黑豆般的扁圓形小點黏在上面。
我認得那雙眼睛。那是我剛才看到的眼睛——也就是說，不論大小、形狀都跟烏鴉一模一樣的兩個眼珠子在女人臉上。當她骨碌轉動眼珠子眨眼時，我大叫起來。
女人大大張開了嘴巴，彷彿要接收我的慘叫。她的嘴巴一直到最深處都是黑色。而且，用我熟悉的、控制著巴別早晨的那些傢伙的聲音，「quaa」地鳴叫起來。

第三章

打掃樓梯、再抄水錶度數

我逃跑了。

當然要逃吧？

因為有個臉上鑲著烏鴉眼珠子的女人對著我笑。我連滾帶爬地跑下樓，衝進我的房間。把門鎖好，再拴上門鏈。然後把耳朵貼在門上，非常仔細地聽所有聲音，卻沒聽見任何來自樓上的聲響。倒是心臟彷彿移到了耳朵的正後方，心跳聲怦怦吵個不停。

大概在那裡站了一個小時。

腳也差不多累了，於是我脫下涼鞋，走向了餐桌。坐在椅子上，仰望天花板。想到那個女人可能站在包圍這裡的幾十公分、或一公尺厚的水泥牆外，我就嚇得又不能動彈了。

好不容易可以站起來後，我去沖紅茶，熱熱地喝一杯。

那之後的四天，我沒跨出房門一步，也沒有人來找我，我屏氣斂息地度過了四天。稿子一直擺在桌上。結果，我還是沒決定書名。當然，也不可能在深夜十二點前從郵局把稿子寄出去，我只能仰望天花板，茫然地看著截稿日悄悄地從眼前溜走。明知這個情況不是普通嚴重，頭腦卻反應不過來，覺得一切都遠遠脫離了現實。

閉門不出的這段時間，房間裡充斥著靜寂，令人懷疑這樣的時間會不會永遠持續下去。可是，總有一天必須恢復與外面的聯繫。食物是有辦法解決，但衣服先穿完了，沒有內衣可以換了。往窗外一看，正下起了小雨。要現在洗一洗，在房內晾乾呢？還是要去頂樓，把一直晾在那裡的衣服收回來呢？

不知道該怎麼做，煩惱了很久後，我想到了一個苦肉計。我握緊從公司單身宿舍時代使用至今的鋼製鞋拔，決定去四樓的「HAWK・EYE・AGENCY」，而不是頂樓。

我鼓起勇氣，打開門鎖。稍微敞開門，確定沒有任何聲響，才一口氣衝出去，跑下樓到偵探事務所。果不其然，沒有客人，四条叔無聊地看著娛樂報紙。上次那件事，他還欠我一個人情，這是我們彼此之間的默契，所以，當我要求他陪我去頂樓做檢查時，他雖然滿臉疑惑，還是答應跟我一起去。

「好啊，可是為什麼是頂樓呢？你又為什麼要帶著鞋拔？」

我不露聲色地讓他走在前面上樓。頂樓的門還敞開著，我看到燈管的紙盒掉落在門前。我還來不及說什麼，四条叔就鑽進了門內，我跟在他後面，重新握緊鞋拔，戰戰兢兢地走進去。

沒有半個人影。

剛開始下雨的氣味，搔撓著鼻腔。我沒有絲毫的鬆懈，馬上對偵探說要爬梯子到最頂部。

「我第一次爬到這上面呢。」

偵探的聲音聽起來有點開心，我等他一溜煙爬上去後，問他：「怎麼樣？」確定聽見他疑惑地回答：「什麼怎麼樣？」我才把手伸向梯子。

「到底怎麼回事？」

我沒理會在最上部迎接我的偵探，迅速地環視周遭。確定這裡也沒有人，才放鬆緊握鞋拔的手，吐出一口大氣。

「原來後面是這個樣子呢，我都不知道這棟大樓蓋得這麼接近鐵軌。」

四条叔俯瞰下面的月台，悠哉地說著。我跟他並肩而立，邊看著電車拖著長長的車廂進入月台，邊慢慢地切入話題。

「不久前，四条叔在樓梯看到的那個女人……」

「啊，久朔老弟的女朋友？」

「不是啦，她不是我的女朋友，是竊盜集團的成員。」

隔了幾秒鐘，偵探才滿臉訝異地看著我說：「什麼？」

「你不記得了嗎？上個月我拿明細表去給你的時候，不是一直嚷著說有個女人來你這裡嗎？你在樓梯看到的那個女人，就是我那時候說的女人。由那個女人先來勘查目標的地形，再擬定計畫。我不知道是不是因為她每次都穿黑衣服，所以被稱為『烏鴉』……」

突然，腦中浮現女人摘掉太陽眼鏡後的臉，我一時說不出話來。

「總之，警察把她稱為『烏鴉』，給我看了她的照片，正是跟我在樓梯擦身而過的女人。四条叔，你沒聽說嗎？」

「我完全不知道，警察一個字也沒告訴我。那麼……咦，等等，也就是說那個女人偷走了我的錢？」

從車站傳來「請小心上車」的廣播。在怎麼響都響不完的發車旋律中，我點點頭說：「是的。」

「總不會那天你跟我分開後，又見到了那個女人吧？」

「我把工作梯搬回來放好，就看見她站在晒衣架旁邊，穿著打扮跟我第一次見她時完全一樣。」

「見到她……然後怎麼樣了？」

「我逃跑了。然後一直躲在房間裡，直到今天。」

我沒說她在不該出現的時候出現、臉上鑲著不該有的形狀的眼珠子，只簡潔地說明了到今天為止的經過。原本撫弄著鼻下嘴鬚聽我說話的偵探，突然「啊」了一聲，把手放下來。

「所以你才叫我來？來頂樓時、爬那個梯子時，你也都把我推到前面，好過分啊，太過分了。」

偵探像章魚似的嘟起嘴巴抗議。

「這樣就跟那件事扯平了。」偵探近似苛責地盯著我，不高興地從鼻子冷哼一聲後，突然又壓低嗓門說：「可是，她為什麼又來了呢？」

「四条叔，你見到她時，她在做什麼？」

「說見到是有點誇大了，我只是在她上樓時，目光短暫追著她跑而已。不過，既然警察那麼說，她就是又來勘查地形了？」

「咦？」

出乎意料的推測讓我啞口無言，視線在偵探的光頭表面徘徊。

「久朔老弟遇見她時，她在做什麼？說了什麼話？」

說是說了——可是，要我說明，恐怕也說不清楚，因為我完全聽不懂對方那句話的意思。

「她說門扉在哪……」

「門扉？什麼門扉？」

「不知道……她叫我說出門扉在哪，還說她曉得這裡就是巴別，她終於查到了——是不是淨說些意義不明的話？」

「那還用查嗎？一樓入口處就大大貼著『巴別久朔』的牌子啊。」

「是貼著啊。」

「我的事務所的地址也是『巴別久朔四樓』，電話簿和網路上都有登記啊。」

「是有登記。」

「那她到底查到了什麼？」

「不知道。」

「還有呢？」
「說到那裡我就逃跑了。」
「咦，只有這樣？什麼嘛，你說你一直關在房裡，我還以為你遇到了更可怕的事嘞。」
四条叔毫不掩飾大失所望的表情，對我說：「你應該多問她一些話嘛。」我扔下他，爬下了梯子。他什麼都不知道才會那麼說。摘去太陽眼鏡後的瞬間震撼，簡直是——當發生太過荒謬的事時，人類不會產生恐懼。首先，大腦會停止活動，拒絕思考。
「你報警了嗎？」
雨越下越大了。在我後面爬下梯子的四条叔，從口袋拿出手帕，小心地擦拭他的頭。
「啊，還沒，想都沒想到。」
「你也太散漫了，首先就要想到報警嘛。我被偷了二十萬呢。她又出現，一定是要做什麼。這是大好機會，我要逮住她，拿回我的錢。」
偵探毅然表明決心時，猛然從上面響起一聲：「啞！」
這聲「啞」未免距離太近，我和四条叔都大叫一聲「哇」，嚇得跳起來。不知何時，一隻大烏鴉停在梯子的頂端，背對微暗的烏雲俯視著我們。即使與我們四目交接，也絲毫不為所動，彷彿在向我們挑戰。
「是大嘴烏鴉呢，好大一隻，威風凜凜。」
可能是對烏鴉沒有負面印象，偵探的話裡甚至飄散著親切感。我扔下他，走向洗好的衣服。在收連晾了五天的毛巾、內衣時，我突然想到——恐怕我這一輩子見到烏鴉，都會想起那個女人的眼珠子。

在房間前與四条叔分開時，他忽然對我說了感謝的話。原來是身為房東的母親，決定一筆勾銷他欠繳的兩個月房租。

「久朔老弟，我聽說是你向她提議這麼做的，真的幫了我大忙，謝謝。被闖了空門，我本以為萬事休矣，現在又有點希望了，也慢慢有工作上門了。老實說，金庫的二十萬也保了竊盜險，所以拿得回來。」

「你保了那種險？」

「因為工作的性質，會遇到不少危險。」

也不知道是說正經的還是在開玩笑，或是想耍酷，四条叔詭異地斜吊起嘴角一笑，幫兩手塞滿衣服的我打開了房間的門。我馬上把洗過的衣服收好，換上乾淨的內衣。整個人都清爽了，才在黑色電話前坐下來，心想：「呃，警察的名片放哪去了？」扭過身子用眼睛在餐桌上搜尋。這時候，黑色電話猛然鈴鈴響了起來。

黑色電話的鈴聲好大聲。忘了是什麼時候，我聽初惠阿姨說過，這個黑色電話歷史悠久，打從巴別蓋好時就放在這個房間了。想到祖父也曾握過這個黑色話筒，就覺得吵死人的鈴聲也突然有了價值。不只電話，祖父也曾在這個房間、樓梯、各個地方走來走去，然而，眼前這個小電話機，卻最能讓我感受到大九朔的存在。

「喂、喂？」

我接起電話，果然聽到毛毛躁躁的聲音。

「你過得還好吧？」

「嗯，還好。」

會打這支電話的人，只有哪裡的推銷員或母親。我想在打給警察前，先把那些可怕的事也告訴身為房東的母親，正要說起那個女人時，先傳來了母親的聲音。

「蜜村先生要關店了——」

「咦？」

「昨天他打電話給我，說他父親上個禮拜去世了，他要回老家繼承家業，所以急著想解除租約。」

「繼承家業？什麼家業？」

「原來蜜村先生的老家是神社呢，我以前也完全不知道。」

「所以……他要繼承神社？」

「聽說他要成為神官呢。那種地方，小孩子要是不繼承父親的事業，神社就會被別人搶走吧？蜜村先生說他雖然不是長子，但今後會讀書取得資格。」

我想起初惠阿姨說過，蜜村先生的工作經歷多采多姿。從協助經營畫廊、椅子店、咖啡店、LIGHT店——中間歷經好幾家店——到泰式按摩、出租畫廊、然後神官。這樣的變遷，恐怕連釋迦摩尼大人都無法想像。不對，這樣應該可以說是神了。我不禁想像，蜜村先生以平時總低著頭的姿勢，嘀嘀咕咕唸著祝辭的神官模樣。沒想到很搭調呢。

「對了，蜜村先生的老家，是在祖父的故鄉吧？」

我向母親確認前幾天聽到的話。

「咦，是嗎？我第一次聽說呢。蜜村先生是有名的『一切都是謎』，你怎麼會知道這種事呢？我問他要回哪裡，他也說得嘟嘟囔囔，根本聽不懂。昨天跟他講電話時，我花了很長的時間才知道他在說什麼，總之，他就是要把店收了。我常覺得不可思議，為什麼像他這麼不適合做生意的人，可以做這麼久呢？他居然在那裡窩了三十八年。」

這三十八年來，母親都按時收到房租，卻把人家說得那麼難聽。我邊想太過分了，邊在記憶中搜索，說：

「是前幾天檢查消防設備時，初惠阿姨告訴我的。她還說了什麼呢……對了，她說蜜村先生的太太的娘家很有錢，那邊也有給他錢，所以店不賺錢也可以維持下去。」

「我那姊姊也真厲害，連這種事都知道。那麼，蜜村先生一直以來都只是做好玩的？他每換一次店，我都替他擔心，原來都白擔心了。」

「不，我想應該不是那樣。」

「蜜村先生的畫廊現在沒有租給任何人吧？他說這個月就關店不出租了，等整理完畢就會離開。所以，你可以去蜜村先生那裡看一下嗎？」

說到這裡，母親稍作停頓，突然改變語調說：「對了。」聊起了我現在最不想聽、最不想談的話題。

「那之後，你的小說寫得怎麼樣了？老聽你說投稿了什麼獎，卻從來沒聽你說起過結果。情況如何？差不多可以出道了嗎？」

我很後悔錯過了截稿日，非常後悔。但是，我盡量不去想。我親手埋葬了截稿日，造成極大的損失。光想到這件事，我就忍不住想大叫。可是，我也不想在這時候猛然大叫，讓母親認定我在吸毒。所以，我極力保持鎮定，說：「上次的闖空門事件，有點麻煩。」切入我要說的話，是關於竊盜集團再度出現的可怕內容。母親也暫停唇槍舌戰，聽我說話。我說我正要打電話給警察，她用非常強烈的語氣對我說：

「嗯，趕快打。你也離開那麼危險的地方，回來這裡吧。不要再寫什麼小說了，快點去找工作。」

我很直接地說：「那麼，掛了電話後，我馬上打電話給警察。」

應該是放在這附近吧？我這麼想，在堆滿這四天吃完的杯麵空盒的餐桌上搜尋，果然看到了刑警給我的名片。打電話給警察，當然是這輩子第一次。我緊繃著肩膀，撥了名片上的警察的電話號碼。我對很快接起電話的男性，說了名片上的名字「外池」。他問我有什麼事？我說我是被闖空門的大樓的管理員，在大樓看見可能是竊盜集團成員的女人。對方馬上說：「請等一下。」切換成等候的音樂，沒多久便聽見耳熟的粗獷嗓音慌慌張張地說：「啊，你好，我是外池。」

大約談了十分鐘，我就掛了電話。使用完黑電話後，覺得特別疲憊。不知道是跟母親以及警察這種不熟悉的對象說話的關係，或是話筒本身很重？總之，我沖了紅茶，喝完一杯後，就去了四樓的「HAWK・EYE・AGENCY」。

「警察說是來勘查沒錯，但勘查的可能是隔壁大樓的地形，搞不好是從頂樓確認隔壁大樓的窗戶位置。上次我們大樓被闖空門時，隔壁大樓沒被闖入。到目前為止也沒接到被闖入的通報，所以，警察說會馬上轉達隔壁大樓的房東，並加強車站後面區域的巡邏。」

我轉述警察剛才跟我說的話時，四条叔沉沉坐在辦公桌前的椅子上，用摺起來的娛樂報紙敲打著大腿。

「原來如此，我怎麼沒想到呢。」他懊惱地說，把報紙放在桌上。「也就是說，目標不是這棟大樓啊。我本來打算睡在這裡，親手抓住竊賊呢。」

「刑警還笑我說，竊賊上次在這裡幾乎什麼也沒撈到，怎麼可能在這種更加強了警戒的地方再犯案呢。」

「什麼也沒撈到是什麼意思？二十萬可是大錢呢，這個刑警也太沒禮貌了。對了，女人說的莫名其妙的話呢？什麼門扉不門扉的……到底在說什麼？你跟警察說了嗎？」

我搖頭說沒有。怎麼可能說呢。我的直覺告訴我，必須把那句話跟藏在太陽眼鏡底下的東西，當成一個組合來思考。也就是說，必須一整組告訴警察，我做不到。

「不管怎麼樣，最近最好小心一點。」

四条叔輕輕點個頭說是啊，打開桌子的抽屜，從裡面把白色的東西一個、兩個拿到桌上。我注視著出現在眼前的東西，半晌才開口說：「這是什麼？」

「咦？大人用的尿布啊，你不知道嗎？」

「我知道。不是知不知道的問題……是誰要用的？」

「當然是我啊。」

偵探輕鬆自若地回答，拿著尿布站起來。

「因為我今天有工作要做，那是替換用的，這是現在要穿的。」

他把其中一件放進掛在牆邊衣架上的公事包裡。我暗忖為什麼非穿著尿布去工作不可呢？怎麼樣的工作需要尿布呢？

「這是做偵探這一行的必備品。」正當我猶豫該不該問時，四条叔一本正經地說了起來。「跟蹤時，不能去廁所吧？監視時也一樣，如果對方在我離開的瞬間行動，就完蛋了，所以需要尿布。有時，要在同一個地方等上八小時、十小時，才能等到對方從建築物出來。這是生意道具，顧不得面子。」

意外得知偵探這一行的背後辛酸，我不禁感嘆：「這樣啊。」

「我絕對推薦這一款，不外漏、親膚性又好，吸水力一流。不過，使用過度還是會漏。對了，大號用的我還沒試過。」

他拿著剩下的一個，一本正經地打包票。

「十日我再拿電費的明細表來。」

我這麼說，向他告辭。

「啊，久朔老弟，等等。」偵探揮著尿布說：「你不是一直窩在房間裡嗎？應該還沒看到吧？」

四条叔從桌旁的雜誌架拿起一本雜誌，遞給我說：「要不要？」我心想：「好厚一本雜誌啊。」仔細一看，竟然是文藝雜誌最新一集，裡面有我寄出去的稿子〈Totem Pole〉的第一次評選結果。「為什麼？」我把視線轉回到四条叔臉上，但是，在四目交接前被他閃開了。

「我要去準備了。」

他拿著尿布去廁所了。我對著他的背影低下頭說：「那麼……我就收下了。」走出了事務所。

兩年前，當我表明「我想成為小說家所以要辭職」的意願時，從上司到同年進公司的同事、在員工餐廳跟我感情不錯的阿姨，都對我說了很重的話。然而，這是我想過很久、想到身心俱疲後所作的決定。

最好的證明是，在我向課長表明辭職意願的前兩個月，胃就開始火辣辣地刺痛起來，我煩惱到在筆記裡寫下「頭痛可以不管，但胃痛沒辦法不管」。最重要的是決心。我要辭職，努力成為小說家。二十四小時專注做這件事，進步的速度一定可以比邊上班邊寫小說快很多。但問題是，不論怎麼卯起勁來苦幹，都不保證可以成為小說。直接辭去工作，人生會不會重重摔一跤呢？現在的經濟又不景氣，成為小說家的夢想會不會被狠狠擊碎，花光所有的存款，想要再找工作也只有三年的經驗，不被當成正式資歷，最後陷入絕望，淪落為極貧——這種想像的恐懼，不管我怎麼壓抑，都會以各種形式一再地冒出來。也就是說，我想得到保證。但是，想當然耳，沒有這種東西。沒有誰可以知道他人的未來。

在這樣的思緒中，骨碌骨碌轉了十萬圈後，我開口對課長說：「有點事想跟您談談。」終於有了某種程度的覺悟。聽到我辭職的理由，課長馬上不客氣地說：「你白癡啊，怎麼可能成為小說家。」我知道這是正常的反應，但不知道自己為什麼要低頭說：「對不起。」

契機通常不會只有一個。蛋破了，裡面的東西就會往正下方掉落。契機的誕生並不是這麼簡單明瞭的道理，而是好幾條支流意外地相互撞擊，突然發現以前的水流沒辦法跨越的河堤對岸，只要一不小心氾濫，就未必不能到達——我認為是這種偶然的組合的結果。

母親以前挖苦我的那些話是真的，長久以來，我都對寫文章這件事沒有任何興趣。寫讀書心得時，總是絞盡腦汁思考如何靠大綱湊齊稿紙張數，參加就業活動時更是煞費苦心才能填滿報名表的空欄。

那是進入公司兩個月後的事。

公司每年都會從新進人員中選出一個人，擔任公司報的編輯人員參與編輯，任期是半年。我負責校正，工作很輕鬆，只要檢查寫好的文章有沒有錯字。知道不必寫文章，我鬆了一口氣，但沒想到我因此對自己有了新的發現。

那就是我很在意別人寫的文章。

我的工作是檢查文章有沒有漏字、錯字，我卻老是注意文章的內容。覺得情節這麼改會比較好、這樣的表現手法會比較有效果之類的靈感一一湧現。

我感到困惑。

寫文章對我來說明明是件苦差事，為什麼我對別人的文章會湧現「這樣絕對比較好」的自以為是的信心呢？就在這時候，公司報的工作人員之一，臨時被派去國外出差兩個禮拜，我必須替那個人寫最後的專欄文章。前輩同事說：「隨便寫寫，寫什麼都可以。」我也說：「那麼，我就隨便寫寫看。」很乾脆地接下來了，可能是有什麼預感吧？

想說可能要花三天的時間，就特別空出時間來寫的三張稿紙，我居然一天就寫完了。這麼快寫完當然驚訝，但更意外的是發現寫文章是件輕鬆的事。「編織文章」這個形容太貼切了。拿著原子筆的手動得越快，辭彙就越是緊緊地纏住我。有這種感覺在背後推動，我轉眼間就填滿了稿紙的格子。難以置信，居然跟我以前寫得那麼辛苦的讀書心得的稿紙同樣張數。

那時候，我自己也不知道為什麼可以寫得那麼快。現在，我可以說明了。因為打從出生以來，那是我第一次用自己選擇的主題、自己選擇的文字寫成了文章。在專欄上，我寫了人類第一個做出美乃滋的人物的故事，大大讚賞這個人想到要把醋加入蛋裡的想像力。

依規定，我在半年後把公司報的工作交棒給同年進來的同事。但是，我自己仍然過著與稿紙往來的生活。我不再看他人的稿子，開始寫自己的稿子。我編出不存在的人物，放進不存在的故事裡，操縱這些人物。連我自己都覺得不可思議，竟然不斷地寫下去了。回神時，已經寫滿七十多張稿紙。當我知道寫完的張數遠超過寫得那麼辛苦的論文時，才理解到自己完成了一部「小說」。

即便如此，我也沒想過要辭去工作。當時，既沒想過為何而寫，也沒想過要朝靠寫作過活的目標前進。

那麼，是什麼從背後推了我一把呢？

是「櫻花」。

大概是在剛過二十歲的時候吧，我突然愛上櫻花。尤其是抬頭仰望小小的花瓣，在藍天下、在尚且微寒的空氣中、迎著春天的陽光，發出「噗滋」聲響綻放的模樣，最教人心花怒放。

然而，進公司後就沒辦法這麼做了。在藍天一望無際的時間，我必須在大樓裡工作。而且，春天動不動就下雨，經常烏雲罩頂。滿心期待的假日天氣不好，隔週櫻花就開始凋謝了。於是，我知道了，天公作美的賞花好日子，一個春天頂多只有一、兩天。

第二年的春天，我也沒有在藍天下看過一次櫻花。營業人員或許可以趁跑客戶時溜去看一眼，行政人員就沒有理由外出了。最多只能從大樓的高樓層，眺望遠處小學門口附近的粉紅迷濛花簇。兩次假日都下雨。我從單身宿舍的窗戶望著煙雨迷濛的風景時，忽然想到同時欣賞晴天和櫻花這麼簡單的事，說不定在我退休之前都不可能自由地做到。

第三年春天，終於在放晴的假日如願以償地看到了櫻花。我仰望著沐浴在春天陽光下的花瓣，問自己下次是幾年後才能再看到這個景色呢？有人在我心中某處給了這樣的答案：

「或許當個小說家也不錯。」

下班回到單身宿舍，就窩在裡面用稿紙寫故事，已經成了我日常生活的一部分。越寫越進步的感覺，帶給我恬淡的興奮。我從來沒有對任何對象，產生過這樣的感覺。非單純興趣，也非完全投入，但覺得有某種未來。我不知道該如何面對這個賴在莫名的地方不走的莫名的熱情，開始展開了漫長的煩惱，直到向課長表明辭職的意願。

搬來巴別後，已經度過了兩個春天。

現在我依然喜歡櫻花。

但是，面對櫻花的感覺跟以前不太一樣了。

仰望著櫻花，也只會覺得映在天空的花瓣的色彩在眼底融化，變成血流過全身——再也沒有過去那種苦悶的感覺。我不知道為什麼會這樣。今年春天的天氣很好，我卻沒有去附近的公園看過一次櫻花。明明不必再顧慮任何人，可以愛怎麼看就怎麼看了。

或許是有什麼在我體內產生了變化。

我站在窗邊，俯瞰著巴別。在夕陽照耀下，街道被染成濃濃的澄黃色。存款快見底了，是時候必須交出正式的成績了。或許心中某處，我早就知道那樣的東西行不通，卻還是期待這一次說不定不一樣。

是的，我應徵新人獎的小說落選了。

四条叔給我的雜誌後面有不滿半頁的公佈欄，公佈新人獎評選的中間過程，裡面沒有〈Totem Pole〉的名字。連第一次評選都沒過，意味著作品被烙上了無可救藥的印子，在誕生之前就死了。

有件事我從沒告訴過任何人。

那就是這兩年來，我過著不斷寫小說應徵新人獎的生活，卻一次也沒通過新人獎的第一次評選。

但是不管落選多少次，在投稿到公佈評選結果的雜誌出版期間，我可以保留未來、可以擔保可能性。然而，錯過長篇小說應徵時間的我，失去了可以保留的未來，也失去了可以擔保的可能性。我已經沒有為下次而寫的作品，也沒有多餘的錢可以支撐我繼續寫。

蜜村先生離開後，就輪到我了吧？

從耳底猝然冒出這樣的陰暗呢喃。我拉上窗簾，阻絕從粗布料的網眼漏出來的澄黃光線，在玻璃窗上咚地敲了一下額頭。為什麼蜜村先生什麼生意都做不好，卻可以持續做三十年呢？即便有老婆在經濟上的支援，持續開店的意願又另當別論吧？換作我是蜜村先生，絕對不可能持續做永無成功之日的工作超過三十年。無論如何，我都會面對現實。即便不去想，我心裡也有數，自己正站在懸崖邊。不，已經從懸崖墜落了。

結束的時刻或許正在慢慢靠近。

我又咚地敲了一下額頭。我無法冷眼旁觀蜜村先生的漫長挑戰，因為那裡面扎扎實實地涵蓋了我的某個部分。

正要再敲一下額頭時，玄關的門先響起了一聲「咚」，我訝異地停下了脖子的動作。

「九朔先生。」

與毫不客氣的敲門聲同時響起的，不知為何是老人的聲音。我搓著額頭，把臉湊近平常不太使用的貓眼，看到穿著熟悉制服的男性站在門外。

「你好，不好意思，打攪了。」我一開門，上次一起爬上水塔的水電行的老先生，就遞給我一個信封說：「我把前幾天的水質檢查結果送來了。」

「我原本可以放進信箱就好，可是，有件事不放心，想請問你，這棟大樓最近是不是有漏水？」

「漏水？」

「我跟社長提起樓頂管線的護套的情形，她說不用管護套，叫我去看看地下室的蓄水池，所以我今天去看了。裝在抽水馬達那裡的水錶，度數暴漲到無法想像的地步，我很擔心是不是哪裡漏水了……」

「應該……沒有吧。」

我把自己關在房間好一陣子，完全不知道外面發生了什麼事。但是，如果漏水漏得那麼嚴重，應該會有人來找我。

「那就是故障嘍……不好意思，為了謹慎起見，可以請你去檢查承租店的水錶嗎？看看有沒有度數跑得特別快的地方。我應該現在就去檢查所有的水錶，可是我接下來還有工作，所以明天才能來。我也會去詢問廠商，有沒有發生過這樣的故障。」

我不過是隨口應和而已，卻在老先生離開、關上門的剎那，湧上強烈的疲憊感。看來，落選的打擊還沒消退。很久沒好好吃頓飯了，想弄點東西吃，又覺得做什麼都提不起勁。我從洗好的衣服堆裡拖出一條緊身短褲去淋浴，吃碗泡麵就睡了。

醒來時，已經早上七點。

算起來大約睡了十三個小時。很難不陷入自我厭惡的我，把冷凍的麵包拿出來烤，配紅茶吃。

整整一個禮拜，都沒做管理員該做的工作。吃完飯後，在突然很想挽回什麼的心情的驅使下，我沒換短褲就直接套上長袖襯衫，拿起立在玄關的掃帚和畚箕走出房間，心想神清氣爽地做個晨間打掃吧。

我決定順便檢查水錶，看看有沒有哪裡漏水。掃完五樓、四樓並檢查完水錶，來到三樓時，看到「畫廊蜜」的門開著。聽到嘎咚嘎咚的聲響，我毫不設防就往裡面瞧，看到蜜村先生在沒有任何展示的室內整理紙箱。

「早啊……」

蜜村先生看到我，立刻停下整理的動作，低下頭說：

「啊，管理員先生，你好、你好。」

「你來得真早呢。」

「我是搭第一班車來的，管理員先生，你也很早呢。」

我敷衍地回說：「沒啦，沒特別早。」環視不知何時學生作品展已經結束的空蕩房間。

對了，畫廊就要關了，我想起母親說的話，提起了這件事。

「對啊，要關了。」

蜜村先生浮現無奈的笑容，也環視了屋內一圈。

各樓層的承租店，同樣都是長方形的格局。「畫廊蜜」跟我的房間一樣，在後面隔出一個空間，當成員工室。我跟檢查消防設備的業者一起進來時，看到裡面有小瓦斯爐和冰箱，現在都被拆除了，跟裡面的椅子、摺疊桌一起被搬到了樓面中間。

「管理員先生，你要不要冰箱呢？可以給你。不過有點小，也沒有冷凍庫。對了，你知道嗎？那是很久以前的事了，不知道你有沒有聽說……！」

前半部的話應該是在對我說，但說到一半就變成嘟嘟囔囔的聲音，聽不清楚在說什麼了。後來，他還自己走向了員工室，消失在門後面。我不知道該不該離開，在那裡等了三分鐘，他又走回來了，手裡拿著一個四角形的東西。

「我聽從老爹的吩咐，一直把這東西放在這裡。從這棟大樓蓋好後，一直放到現在。可能是掛太久了，顏色變得很模糊，以前好像比較鮮明、比較清晰，總之，就是清爽多了。咦……？可是，顏色好像變漂亮了呢，以前的藍有這麼明亮嗎？」

他說的話，我大部分都聽不懂。直到看見他遞給我的東西，我才了解主題是什麼。那是一幅裱在小畫框裡的油畫，尺寸大約比文庫本大一圈。整體畫風也是點到為止，所以看不太懂畫的是什麼，但應該是湖或海的風景畫。

「總之一句話，就是太丟臉了，沒能遵守約定。」

蜜村先生突然對我低下了頭。捲捲的、染成灰色的短髮上上下下移動，遮住了那幅畫。初惠阿姨說蜜村先生二十多歲就來這裡了，所以現在差不多快六十歲了。頭髮的顏色與質感，讓我想起卡在冷氣機過濾網上的灰塵。

「你說約定？」我疑惑地反問。

「是啊，我與老爹之間的約定。他叫我在這裡開店開到死為止，可是，我哥哥的身體不好，不能做事了，沒有人可以繼承，我老媽又一直求我，我只好回去。」

我「哦」地隨口應和，實在不理解，他不能遵守與他父親的承諾，為什麼要向我表示歉意？自從來到巴別，這是我第一次這樣跟蜜村先生長談。平時跟他短暫對談，也幾乎都是這種感覺，從頭到尾都不知道他是不是聽懂了。連長談的感覺都一樣，不愧是蜜村先生的風格。

「你父親的事，我也聽我母親說了。」

對哦，應該先提這件事嘛，我這麼想，趕緊拿著掃帚和畚箕向他低頭致意。

「不、不，不是、不是的。」

蜜村先生的聲音突然激動起來，我驚訝地抬起頭。跟剛才嘟嘟囔囔的說話方式完全不同，他用清晰的發音說著話，還不斷地搖頭。

「不是我死去的老爹，是你那邊的老爹。啊，你那邊的也死了，所以兩邊都死了。」
「不、不，我父親還活得好好的……」
「不是啦，不是你老爹，是他的老爹……對了，就是你的祖父。」
「我的祖父？」
「老爹叫我永遠待在這裡開店，他說這是我的使命。我遵守約定，一直工作到現在，可是，最近突然覺得失去了衝勁，可能是年紀大了吧。再加上老爹的事……啊，我是說我老爹。家裡的情況也不太好，所以我決定回去了。我老媽就是哭，每天在電話裡哭，我也只好依她了。這樣結束，真的很抱歉。老爹叫我永遠待在這裡開店，我也說好，答應了他。枉費他還鼓勵過我，做不好也沒關係，只要我待在這裡開店，就對世界有幫助了。」
「我祖父對你說了那種話？」
我不由得反問，因為那句話與大九朔在我心中的形象相差甚遠。尤其是「在這裡做到死」這句話，感覺最遙遠。把蜜村先生的種種挑戰說成「對世界有幫助」，未免太過狗腿了。被母親和阿姨聽到，不知道會怎麼說呢。
「是啊。當然，只有老爹會對我說這種話。這是我和老爹兩人之間的約定，我從來沒告訴過任何人。可是，管理員先生的這裡——跟老爹非常相像，我覺得很親切，就說出來了。果然是血脈相連，嗯，一模一樣。」
蜜村先生以自己的鼻子為中心，畫了一個圈圈說：「尤其是這個角度特別像。」在鼻根的地方咚咚敲了兩下。
「我要把有同樣鼻子的管理員先生當成老爹，為我不能遵守約定道歉，對不起。」
他把視線對準我的鼻子，深深一鞠躬，我慌忙對他說：「別、別這樣。」

「對了，管理員先生，你知道這幅畫是誰畫的嗎？」
話題突然又回到了起始點，蜜村先生把畫擺在胸前給我看。
「不知道……我對畫一無所知，對不起。」
「這是老爹畫的。」
「咦？」
「這棟大樓剛蓋好時，這裡是老爹的畫廊，我從那時候開始跟他一起工作。有一天，他拿著這幅畫來，說是他畫的，跟其他畫一起掛在牆上，也不知道是不是要賣。後來都沒人買，在畫廊要搬家時，他就把畫給了我，所以應該不是要賣吧。老爹叫我把這幅畫留在這裡，我就一直掛在後面的隔間裡。怎麼樣，畫得好不好呢？我到最後都無法判斷……」
他毫不遲疑地說出了這樣的話，令人難以相信他現在是在經營畫廊。然後，又看著胸前的畫說：「你覺得是在畫什麼呢？」
「嗯……如果不是抽象畫，就是在畫湖吧？其實，我也不太清楚。」
「對哦，是藍色。可是，為什麼不是海而是湖呢？」
「這裡，上面的地方，變成淡淡的茶褐色，可能是陸地——還有，越接近陸地，藍色的色調就越來越灰暗，所以比較可能是湖，而不是海。」
「這樣啊……經過了三十八年，我總算知道是畫什麼了。那麼，這會是什麼呢？」
我也是從看第一眼到現在，都猜不出那是什麼東西。在幾乎塗成整片藍色的畫的中央，沉甸甸地擺著一個四角形看似黑色的物體，不知道是漂浮著、還是固定在上面。總之，也是點到為止的筆法，完全看不出來是什麼。
「嗯……會不會是島呢？不對，四角形的島太奇怪了，也不像是船，可能真的是抽象畫吧。」

我想到什麼就說什麼，蜜村先生嗯嗯地點著頭，認真地聽我說。由我這樣的大外行，講解給現任的畫廊老闆聽，也太奇怪了。所以，我想趕快把這個話題告一段落，便提起祖父在東北的出身地，為他加油。

「回到——也請多保重，努力奮鬥。」

沒想到他以驚人的大動作把臉轉向了我。

「你、你怎麼會知道？」

「咦？」

「我的老家啊，我從來沒跟任何人說過。」

「喔，是聽我阿姨說的……咦？不是你告訴她的嗎？」

「我沒跟她說過，我從來沒有跟任何人說過。」

不過是知道出身地，有必要慌張成這樣嗎？害我也跟著慌張起來。

「可能我阿姨記錯了，是聽我祖父說的……」

我試著緩和氣氛，蜜村先生卻拉下臉說：

「以前我做過不可告人的非法勾當，逃來這裡，是老爹收留了我。我在這裡邊工作邊等待寬恕，花了二十年的時間，才又回到了故鄉。可是，那時候老爹已經過世了。所以，老爹還活著的時候，不可能把我的事告訴任何人。即使是自己的女兒，他也不會說。我自覺羞愧，當然也不會告訴任何人。可以回故鄉後，我也沒對任何人說過。」

不管他怎麼極力爭辯，我就是從初惠阿姨那裡聽說了這件事，所以不知道該如何回應。從面向馬路的窗戶對面，傳來「啞啞」的烏鴉叫聲，彷彿在嘲笑變得出奇尷尬的氣氛。比平時熱絡的對叫聲，顯示烏鴉正處於興奮狀態，肯定是哪裡的垃圾又被翻出來了。可以自然理解這種狀況的我，也太可怕了。我心想有段時間沒去檢查了，是該去看看垃圾場的狀況了。

「我會把這幅畫留在這裡，因為老爹這麼交代過我。如果下一個承租店不要這幅畫，就請管理員先生收下來。」

這句話把我被烏鴉拉走的注意力又拉了回來。

「老爹曾對我說，雖然我生意做不好，但這裡最需的就是我這樣的人。這輩子只有老爹對我說過，需要我這樣的人……因為這句話，我才能一直持續到現在。所以，我很希望可以永遠待在這裡開店。」

蜜村先生神情落寞地喃喃說著，轉過身去，帶著畫走進了裡面的員工室。被丟下來的我，呆呆杵立半晌後，用遠處也聽得見的音量說：「我告辭了。」

說完便離開了房間。在門敞開的狀態下打掃樓梯平台，我也覺得彆扭，所以趕快拉起地上的蓋子，把水錶的度數抄在便條紙上，就先下去二樓了，決定改天再打掃三樓。

以前都說「餐飲十年」。

用來形容餐飲店的壽命，意思是生意再怎麼興隆的店，也會慢慢陷入一成不變的景況，逐漸流失常客，歷史大約十年就結束了。

但是，現在景氣不斷衰退。在我搬來巴別時，初惠阿姨曾替我上課，講解承租店最近的種種狀況，在課程中我聽到了「餐飲五年」的說法。一家店要屆滿興隆、成熟、沒落的十年週期，已經比登天還難。大部分的店都是中途夢碎，五年就關門了。最近情況更嚴峻，連「餐飲三年」的說法都出來了。總之，開店是不能稍有疏忽的艱辛世界。我身為承租店的管理員，卻覺得事不關己。但這樣的我，也在不滿三年的兩年，就要放棄寫小說的挑戰了。

我本來就知道，這是一條嚴苛的道路。這場競賽即使奮鬥不懈，也拿不到努力獎。必須在幾百件、幾千件的投稿當中，被選為唯一一部作品，再被製作成書，還要能靠書吃飯才行。對連第一次評選都不曾通過的我來說，那是沒有盡頭的遙遠夢想，但我還是期望有到達終點的一天，因此耗費了我在巴別的兩年時間。

來不及交出去的長篇稿子，現在也還擺在桌上。那天，再怎麼害怕走出房間，也該隨便取個「Totem Pole」也好的什麼題目，鼓起勇氣去郵局——我不知道這樣後悔過幾百回了。這是我從在公司上班時寫到現在的作品，因為開始寫這部作品，我興起想要成為小說家的念頭，並採取了實際行動。也就是說，花在這部作品的三年，等於我朝小說家的目標邁進的時間。然而，我卻親手阻止了作品去外面的世界。

這是最後一次了。

最近，不知道是不是景氣不好的關係，經常看到新人獎的徵文不是延期，就是取消了。我打算應徵的獎，也公佈了這是最後一次的消息。會接受這麼長的稿子、素質又高的具規模的新人獎，據我所知只有這一個。沒錢了，可以再找工作，邊賺錢邊等待一年後的截稿日，這也是一個方法。問題是，明年就沒有這個獎了。或許可以直接把稿子拿去出版社，但是，名不見經傳的人寫的這麼厚的稿子，我想出版社根本不會看。

我沖好紅茶，放進砂糖和牛奶充分攪拌，精神恍惚地啜了一口。窗外不再聽見烏鴉叫聲。那幫傢伙的早晨時間已經結束了。喝完紅茶，我攤開用來計算水費和電費的筆記本，用夾在紙裡的有點髒的短鉛筆，把剛才抄在便條紙上的水錶度數抄過來。現在只有這種機械式的工作，可以大大溫暖我的心。我減去已經登記的上個月的數字，一一算出「SNACK HUNTER」、「RECO－」、「清酒會議」的使用量。不過，距離上次抄錶的時間還不到一個月，當然不會有太大的使用量——應該不會。

「嗯？」

我停下動著鉛筆的手，慌忙核對便條紙上的數字。我並沒有抄錯。可是，算出來的「畫廊蜜」的自來水使用量，竟然是天文數字，遠遠超過上個月整棟巴別的總合。不，不只是上個月的總合。仔細一算，光是三樓不滿一個月內，竟然就用掉兩百三十七個月份的水，相當於整棟巴別大約二十年的使用量。

「不可能、不可能。」

我不由得出聲否決。

喚醒檢查消防設備時的記憶，能想到的「畫廊蜜」用水的地方，也只有員工室的洗碗槽和廁所。即使這兩個地方都二十四小時流著水，也不可能到達這個數字。我想我是有必要再去抄一次水錶，說不定是抄錯了一個位數。昨天從蜜村先生那裡離開時，氣氛有點奇怪，可能是在情緒不穩定的狀態下看了水錶，所以看錯了——這是我能想到的最大線索。

我又把便條紙插回褲袋裡，走出房間。正要下樓時，我猛然停下腳步回頭看。眼角餘光好像捕捉到什麼，但只看到一成不變的樓梯平台。

不，不是一成不變。

老鼠藥散掉了。

在角落堆成紫色小山的老鼠藥，有五粒散出來了。一個小時前，我打掃時並沒看到任何變化。我掃地時很小心不要把小山撞垮，所以絕對沒錯。我慌忙屏住氣息，豎起耳朵環視周遭，但沒察覺有東西在動。我走到四樓，看到老鼠藥沒有變化。再往下走，看著同樣堆在角落的老鼠藥，我想起「SNACK HUNTER」的千加子媽媽桑給我的盒子，有「老鼠吃到藥不會當場死亡，三天後才會死亡」的說明。那麼，老鼠如果真的吃了五樓的大餐，也沒辦法馬上確認效果。

「畫廊蜜」的門關著。我趕快在樓梯平台蹲下來，打開地面上的蓋子，拆掉如手銬般纏繞在水管上的藍色塑膠套子，與從口袋抽出來的便條紙上的數字做比對。

這下麻煩大了。

我站起來，把手伸向畫廊蜜的門。「對不起！」我探頭進去，沒看到蜜村先生的身影，可能是在後面的隔間。

「蜜村先生，你在嗎？」

我從排列在樓面中央的紙箱旁邊走過去，敲後面員工室的門，還是沒人回應。看樣子，主人不在家。

我判斷這是緊急事件，打開了門。小隔間裡面沒人。瓦斯爐和冰箱都被搬走的牆邊廚房冷冷清清，我要檢查的水龍頭一滴水也沒滴下來。

正要關上門時，看到掛在正面牆上的小畫框。看來，蜜村先生真的要把祖父畫的畫留下來。塗滿整幅畫的藍色，在天花板的電燈泡照射下，色彩顯得比剛才更鮮豔。不知道為什麼，我覺得整個藍色稍微晃動了一下，但我沒再仔細看就拉住門把關上了門。我也檢查了廁所，但迎接我的只有一眼就能看出年代久遠的乾燥的和式馬桶，當然沒有水在流。

我環視周遭，找看看有沒有其他用水的地方。但房間內什麼都沒有，根本不用找。我回到樓梯平台，再看一眼還沒蓋起來的洞。水錶的數字跟便條紙上的記載不一樣。所以是我抄錯了嗎？並不是。除了個位數、十位數，其他數字都一樣。也就是說，我剛才沒抄錯。說「剛才」，是因為水錶正從我抄的數字繼續往前計時。就在這個瞬間，水錶右側的數字也嘰哩嘰哩地跑著。從來沒見過跑得這麼快的水錶。

絕對是水錶故障了。房間完全沒有用水，所以毫無疑問是故障了。但地下蓄水池的水錶數字也暴漲這就太奇怪了。純粹只是這個水錶故障了，會影響到其他水錶嗎？再怎麼思考，頭腦也是一片混亂。我站起身，想聯絡業者時，聽見微弱的聲響。

我反射性地仰望天花板。

維持相同姿勢靜止了好一會，但沒再聽見任何聲音。

我匆匆跑上樓梯。

挑空結構的樓梯絕對聽得見的微小聲音，是介於「吱」與「茲」之間，類似什麼東西被壓扁的聲音。有點像運動鞋鞋底發出來的聲響，但又好像更接近活生生的動物的微弱叫聲。

無意識中，我有預感是老鼠。

然而，經過四樓、五樓往上走，在只差幾個階梯就到頂樓的樓梯平台，我還是顧不得丟臉，大聲尖叫起來，站在那裡不能動彈。

真的有老鼠。

身長足足有四十公分的巨大老鼠，躺在通往頂樓的樓梯平台中央。又長又粗、有蚯蚓般橫紋的尾巴，失去了活力，癱軟地貼在地面上，那模樣噁心死了。

我一眼就看出那是「米奇」。

是不是死了呢？我這麼近距離發出超離譜的叫聲，牠也沒動，可見至少不是處於活力充沛的狀態。我一階一階慢慢地往上走，漸漸看到了屁股朝向這邊倒在地上的米奇的頭側。

米奇吐血了。

由灰暗的色調就能看出黏度的粗大血跡，從頭部往前方延伸。

眼前的大老鼠，額頭凹陷，死掉了。

老鼠藥的盒子上寫著三天後才會死，所以我知道那個藥沒有即效性，但還是自行推斷了死因，認為牠可能是在哪裡被毒死了。然而，並非這樣。

米奇不是被毒死，而是頭蓋骨被敲碎而死。

我恍如凝固了，維持同樣的姿勢，杵立了好一會。

「該怎麼處理屍體呢？」

管理員式的思維起了個頭，我的大腦機能才慢慢復原。這時我才想到，假如剛才的聲音是來自米奇，那麼表示牠死亡還不到五分鐘。

但是，很快又湧現了另一個疑問：「怎麼做到的？」

米奇的眼睛上方，有一條從大耳朵延伸到鼻子的曲線，像是用雨傘的前端刺進去，再敲擊成歪斜的凹陷。血積在凹陷裡，好像滲出了什麼黑黑的東西。太靠近反而看不清楚，稍微後退一點，就能從額頭曲線所產生的唐突歪斜，清楚地看出「啊，骨頭被打碎了」。頭蓋骨被打碎的動物，我還從來沒見過呢。

雖然大量吐血，但從外傷來看，只有額頭上那一擊。「怎麼做到的？」與「不可能吧？」的想法在腦內忙碌地交叉來去。因為我見過活著的米奇。在一樓的「RECO」被闖空門的那天早晨，我用眼角餘光瞬間捕捉到從我和店長腳下跑過去的身影。速度驚人，快到幾乎只看到影子。有可能瞄準以那麼快的速度在地上爬行的老鼠的額頭，分毫不差地定點擊碎嗎？

怎麼看周圍都沒有前端那麼危險的東西，會讓老鼠自己在額頭撞出一個洞來。墜落而死的假設也不成立，因為上面沒有樓層了。我的視線自然移向了頂樓的門。從鑲在門中央位置的毛玻璃，注入了還殘留著朝氣的微白光芒。我遮擋均等地照出米奇的側面與陰影的陽光，小心地靠近門。門是鎖著的。原本都是敞開著，但是，昨天我和四条叔巡過頂樓後，覺得小心為上，離開時就鎖上了。既然這樣，就沒必要再做確認。但是，有一樣東西，我不親眼看過就不能放心。

我打開鑰匙，用磚塊把門固定住，走到外面。還在上班時段的月台，站員重複著「請不要衝上車」的廣播。不晴朗的天氣從昨天延續到現在，昨天半夜可能下過雨，頂樓的地面是濕的，吸了水的晒衣繩看起來比平時更髒。

當然，頂樓一個人也沒有。

但烏鴉特別多。

我一出來，就有兩隻烏鴉從頂樓邊緣飛起來。天空有另外三隻在飛行。水塔上面有一隻、大樓最上部的邊緣有一隻，有時看看我、有時不甩我，想怎麼樣就怎麼樣，肆無忌憚。我心想：「啊，好討厭、好討厭。」歪起了嘴，正要匆匆折回樓梯時，水塔上那一隻發出「啞」的尖銳叫聲，像是要把我叫住。

我暗自咒罵「幹嘛」，瞪了一眼，沒想到視線與烏鴉寒傖的黑眼珠對上了。烏鴉又從所有部位都是黑色的身體，發出了討厭的一聲「啞」。如果聲音有顏色，可以看得見，那麼，一定是黑色。我以無比輕蔑的心情想像著那個畫面時，視線突然一陣黑，有東西從幾乎碰到我頭髮的位置一閃而過。

「哇！」

我發出狼狽的叫聲，同時把頭往後縮，踉蹌了幾步。一隻烏鴉啪吵啪吵拍著大翅膀，在我眼前降落頂樓。好大一隻烏鴉。

完全不把我放在眼裡。我很想拿什麼東西丟牠，可是手上沒東西。況且，現在老鼠比較重要。老鼠成了死屍。也就是說，這棟大樓的衛生狀態比老鼠活著到處跑的時候更糟了。我心想現在可沒空理會烏鴉這幫壞心眼的傢伙，把腳放在卡住門的磚塊上，卻忘了要在涼鞋底下施力，呆呆地看著被框在門框裡的光景。

老鼠不見了。

樓梯平台只剩血跡，完全不見老鼠的身影。

總不會死而復生，跑下樓了吧？我這麼想，正要鑽出門時，被慢條斯理的口吻叫住了。

「你，過來。」

明知不該把轉頭，卻被同樣口吻的下一句話吸引，視線被拉了過去。

「老鼠在這裡。」

啊——。

失望、後悔、絕望與負面壓力瞬息高漲的情緒，化為不知是嘆息抑或呻吟的聲音，從喉嚨溢出來。此時的聲帶振動，比確定四条叔給我的文藝雜誌公佈第一次評選結果的頁面上沒有我的名字時更深沉、更陰暗。我連思考怎麼回事的力氣都沒有，注視著理所當然似的出現在那裡的女人。

那個女人就站在沒多久前烏鴉蹦蹦跳來跳去的地方。穿著打扮跟以前一模一樣——黑色的太陽眼鏡、白皙的胸口、布料如烏鴉般泛著滑膩光澤的洋裝、緊身褲襪包覆到腳尖的修長美腿——全身黑得好風騷。當然，「風騷」這兩個字現在對我毫無意義了。不管她的胸部敞開多大，只要想到太陽眼鏡下的黑眼睛，我的眼珠子、眼珠子底下的眼肌，就連讓視線通過她的上半身都不願意。

這次，我的注意力都集中在她手上。她垂放在大腿旁的右手，毫不猶豫地抓著老鼠的屍體。塗著黑色指甲油的指甲，清楚地掐入了巨大的肉團。老鼠癱瘓下垂的頭，上面有個滲著血的凹陷破洞，如刻印般空在那裡。我再次確認樓梯平台後，把頭轉回來，對著虛脫下垂的長尾巴，沒出聲地叫了「米奇」的名字，當作告別的免費大贈送。

「我最討厭老鼠那些傢伙了。」女人像是在回應我的視線，開口說：「牠們老是低著頭、卑屈、骯髒，是世界上最醜陋的生物。我看到牠慢吞吞地爬上樓梯，就把牠踹死了。」

女人輕輕舉起左腳，給我看足足有十公分以上的細跟高跟鞋的鞋底。

「我更加確定，這棟巴別快壞掉了。有等於沒有，你知道吧？」

我不知道她為什麼使用「你知道吧」這種徵求我同意的說法，只知道她的聲音完全沒有抑揚頓挫，跟第一次見到她時一樣，耳底只留下積木倒塌般的咔嗒咔嗒尖銳聲響。因此，這一切都沒有真實感。女人出現在那裡很奇怪，手上抓著應該躺在樓梯平台的東西也很奇怪。但是，我的頭腦拒絕一一追究這些事，唯一能認知的情感，就是「竟然敢空手抓著那種東西」的生理上的厭惡。

「該有的界線快消失了。我就是從那裡看到這隻老鼠在正下方，所以把牠踩死了。」

女人指著最上面設置水塔的地方。以建築物的結構來說，那個水塔的正下方是各樓層的樓梯平台。可是，她那句話是要說明什麼呢？我完全無法理解話中的意思和意圖。

「剛才我也是伸出手，就抓到牠了。可見，牆壁也已經不是牆壁了。原本，我這樣……」

女人突然把老鼠往旁邊扔出去。說起來，手臂的動作算是很輕緩，米奇卻以完全不對稱的驚人速度飛了出去。以那個軌跡來看，盡頭當然是俯瞰著這個樓頂的高高聳立的隔壁大樓的外牆。發出笨重聲響撞在水泥牆上的米奇，沿著牆壁啪啦墜落，轉眼間就不見了蹤影。

「這才是真正的牆壁。這棟大樓的牆壁快不是牆壁了、柱子快不是柱子了、巴別都快不是巴別了，所以我才能找得到，可見快沒時間了。」

女人用放開了老鼠屍體的右手，直直指著我的臉，不知道在幹嘛。她的口吻依然聽不出任何音調的變化，已經超越陰森恐怖，給人「瘋狂」的感覺。上行和下行的電車，似乎在月台同時發車，響起自暴自棄般的交疊旋律。為什麼我要在這麼一大早，被迫面對這個瘋狂到極點的女人呢？為什麼我不惜辭職全心投入的成果，要被這個眼珠子宛如「被竹槍的豆子彈丸擊中，豆子就那樣嵌在臉上」的怪物毀掉呢？為什麼站員說下一班車馬上就來了，大家還是要衝上車呢？

「告訴我，門扉在哪？」

「我哪知道！」

情緒比思考更快迸出了嘴巴。

「都……都怪妳，妳知道妳把我害得多慘嗎？我花很長的時間準備到現在的機會，一下子就被妳毀了！那是到目前為止最好的作品啊。我自認不適合寫短篇，只適合寫長篇。可是，寫長篇要花時間，而短篇有比較多的獎，結果也比較快公佈，所以，我把短篇當成捷徑，一直在寫短篇。利用中間空檔慢慢累積，才終於完成了一部長篇、一部自己可以認同的作品。看過完成的東西，我更加確定了，我是對的，我果然適合寫長篇。毫無疑問，有脫了一層皮，又邁入更寬廣的境界的感覺，卻沒辦法應徵。沒有下一次了。我整整寫了三年，這是最後一次機會，妳這個怪物卻纏上我，製造不必要的麻煩，攪亂了這一切。」

我把想得到的、所有的怨懟，通通發洩在她身上，她也不為所動。

「門扉在哪？我只想知道門扉在哪。」

她依然指著我，沉著地放話。

「門扉、門扉、門扉，妳只會問門扉在哪，我哪知道那種東西在哪！」

女人緩緩地搖搖頭，把手放回原來的位置。包覆女人的衣服的表面，無聲無息地滑過銀色的黏膩光澤。

「不，你知道，因為你是巴別的管理員。」

「對，我是管理員！但沒什麼特別，真的就只是一般的管理員。喂……拜託妳，可不可以不要再破壞我的生活了？我做了什麼嗎？我只是在不造成任何人的麻煩、也沒有任何人需要我的狀態下，邊當管理員邊一個人寫小說而已啊！」

我說得滿嘴冒白沫時，腦中閃過蜜村先生說的話。雖然場合不對，我還是有點羨慕蜜村先生，有祖父對他說「這裡最需要像你這樣的人」，即便那只是鼓勵的意味。

「沒錯，我什麼人都不是，既拿不出什麼成績，也實現不了任何目標。妳幹嘛糾纏像我這樣的人？我對妳做過什麼嗎？說到底，妳就是闖空門的人吧？為什麼可以在大白天、在大太陽底下大搖大擺地出來呢？妳為什麼這麼跩呢？在問我門扉在哪裡那種莫名其妙的話之前，先向我道歉嘛！對了，我要妳賠償被破壞的門和鎖、再把二十萬還給四条叔，然後去警察局，妳這個小偷！」

我自己也不知道為什麼，敢這麼強勢地面對怪物。在如泉水般不斷湧現的激動與憤怒的狂流的驅策下，我不停地嘶吼。但女人置若罔聞，把手扠在腰上，擺出讓長腿看起來更長的惹人厭的姿勢說：

「我已經對身為管理員的你，表示了我最大的敬意。我連你的一根寒毛都沒碰，不就是最好的證據？」

她露骨地高高揚起了嘴角，然後猛然把頭撇向旁邊，補上一句：

「對吧？」

當她把側面朝向我時，我的眼睛不由自主地追了過去，想看看她太陽眼鏡下的模樣。但是不知道是幸還是不幸，被披到肩膀的頭髮遮住，沒看到是不是那雙黑眼珠。

「老實說，我們應該自己把門扉找出來。一樓、二樓和四樓，是我親自做了確認。順手拿點值錢的東西，是我們的另一份工作。因為被發現時，若什麼都沒拿就走了，不是很奇怪嗎？地下一樓和你的房間，以及什麼都沒有的三樓，是由男人們做確認。那時候他們聽到你說門扉還沒完成，就搜索了你的房間，可是到處都找不到門扉。」

也不知道在對誰說，女人半晌後才把臉從其他方向轉回來。

「胡、胡說八道！我怎麼可能說我不知道的事。再說，他們什麼時候進我房間了？我從來沒有讓不認識的人進過房間……」

不，有過。

上個月月底，有業者來我房間。當然，他們是來檢查我房間的火災警報器，還有請初惠阿姨在做完消防檢查的單子上簽字。

「啊。」

突然，那天的氛圍，以及在檢查樓梯時初惠阿姨從幾個階梯上俯瞰我的令人憎惡的壓迫感，又湧上心頭，還伴隨著緊緊勒住耳朵的大提琴聲。

那時我對正要回房間的阿姨說：「還沒完成，還沒有扉頁呢。」

阿姨反問我：「扉頁？」我敷衍幾句把她趕走時，業者是不是從樓梯平台莫名其妙地盯著我看呢？

「我說的不是門扉，是我的小說，我要投稿的小說最前面那頁叫扉頁。」

「quaaaaaaaa！」

女人張開嘴巴，從烏漆抹黑的最深處，發出不屬於這個世界的叫聲。引發疼痛的尖銳聲貫穿耳膜，我的臉火辣辣地顫動起來。烏鴉從水塔上面、從大樓最上部的邊緣，全部一起飛了起來。飛往天空的途中，「啞」地叫了一聲，呼應女人的叫聲，整個市內便響起了此起彼落的「啞、啞」應答聲。

「我知道了、我知道了，停一下……」

被突然的咆哮嚇得魂飛魄散的我，不由得把摀住耳朵的手掌朝向了女人。

「妳、妳說的那個門扉是什麼？妳為什麼想找到那個門扉？」

「當然是因為這個巴別快到達極限了。」

「不是，我不是問這個，我是問那是什麼門扉？」

「被藏起來的巴別的入口啊，一定藏在這裡的某個地方。」

「妳一定沒參加過工作或就業活動的面試吧？像妳這種不聽別人說話、自己說話又支離破碎意義不明的人，任何公司都不會錄用。這裡分明就是巴別，入口就在一樓。進來的地方，不是貼著一張大大的門牌嗎？快到達極限又是什麼意思？是指這棟破破爛爛的大樓，地震一來就會倒塌全毀嗎？」

「會往相反的方向發展，發生更嚴重的事。我會這樣站在這裡，就是最好的證明——」

女人在斷句的同時，向前跨出了一步。

「喂、喂，別走了，不要過來。」

「那個男人真的什麼都沒告訴你嗎？」

「那、那個男人是誰？」

「九朔滿男。」

女人又向前了一步。我看著中心處又白又深的乳溝逐漸靠近，在向別人借來的頭似的遙遠感覺裡，思索著為什麼會從女人口中聽到祖父的名字？

「九朔滿男是維持秩序的人。」

女人又說了一次祖父的名字。「啞、啞」叫聲聒噪地滿天飛散，遠勝過我所知道任何一個早晨。一隻接著一隻聚集的烏鴉，張開黑色翅膀，痛快地彼此打著粗暴沒品的招呼。

「九朔滿男是在這裡建立巴別的人。」

不覺中，白色乳溝已經逼近眼前。女人停下腳步，慢慢把手伸向太陽眼鏡。

「他是我們要剷除的巴別之王。」

在女人露出太陽眼鏡下的容貌前，我就拔腿跑了。我拋下女人，飛也似的衝下樓梯，跑進房間，把門鎖上。

報警、報警、報警。

我像念咒語般，不斷重複這兩個字，跑向電話機。儘管察覺自己穿著涼鞋踩上了木地板，我還是在電話機前坐了下來。想到：「可惡，電話號碼呢？」我又放下了剛抓起來的話筒。要找警察名片時，馬上想到：「不用，打 110 就行了。」再把手伸向話筒時，黑電話鈴鈴鈴大聲響了起來。

時機也未免太湊巧，嚇得我從椅子跳起來，半彎著腰觀察情況，但電話執拗地響個不停。

我慢慢把手伸向了話筒。

不知道為什麼，直覺告訴我不是母親打來的。我邊用手指確認冰冷的觸感，邊數到十。鈴聲依然響個不停。我戰戰兢兢地拿起話筒貼近耳朵。可能是線路混亂，電話吵吵作響。突然，從那端傳來分岔的聲音說：

「快逃。」

「咦？」

「現在馬上——逃走。女人快來了。一切——開始——崩塌了。剛才的老鼠——你也看到了吧？」

瞬間，什麼東西穿越了視野。

黑電話響起尖銳的慘叫聲，中斷了通話。

眼前不知道為什麼有一隻黑色的腳。

而且，黑色細鞋跟的前端嵌進了黑電話，撥號的圓盤碎裂成兩半。

我茫然地沿著聳立在僅僅三十公分前的腳，把視線拉向了天花板。

女人正俯視著我。

但是，女人在頂樓。

不知道為什麼，天花板變透明了，可以看到站在頂樓的女人。可是，女人踹出去的腳，卻長長往下伸，破壞了電話。連我都無法理解自己看到了什麼。站在頂樓的女人的腳穿越了天花板，就像改變了折射率與倍率的影像那樣，細鞋跟的前端以打樁的姿態嵌在黑電話裡。

女人抬起了腳。

被細鞋跟前端嵌入的黑電話，整台被女人拖走了。在靠近天花板的地方，被電話線拉住，電話就掉了下來。就在黑電話發出金屬分解的巨大聲響撞上地板時，我想起了米奇的頭蓋骨的凹陷。那隻可憐的老鼠，也是這樣被細鞋跟從正上方插入而死的吧？當畫面浮現腦海時，我已經奔向了玄關。從頂樓傳來細鞋跟聲響，彷彿在迎接從門衝出來的我。我連滾帶爬地衝下樓。中途真的滾下去，胸口重重撞在四樓的樓梯平台上。然而，細鞋跟的嘹喨迴響撲天蓋地而來，我沒時間感覺疼痛，馬上爬了起來。

「四条叔！」

我邊喊邊把手伸向門把，但四条叔不可能這麼早來上班，門把動也不動。這時，從樓下傳來了腳步聲。我想可能是蜜村先生或四条叔，馬上衝下樓。

不料，從樓下現身的腳步聲的主人，竟然是穿著黑色西裝的陌生男人。我大吃一驚，駐足在三樓的樓梯平台。男人看到我，用機械般的聲音說：

「門扉在哪裡？」

他仰視我的角度、黑框眼鏡、聲音，都在我的記憶裡起了某種反應。是業者。上個月的月底，有兩人一組的業者進來我的房間檢查消防設備，他是較年長的那一個。我跟阿姨的對談中出現「扉頁」這兩個字時，他不就是像這樣，帶點顏色的鏡片閃過亮光，注視著我嗎？

我立刻握住了旁邊的「畫廊蜜」的門把。幸好門沒鎖，我一鑽進去，就從裡面鎖上了門。畫廊的門在視線高度的地方安裝了觀景窗，男人的臉赫然出現在那後面。

「蜜村先生，你在嗎?!」

房間空無一人，後面隔間當然也沒人回應。門把被從外面粗暴地咔嚓咔嚓轉動。成為甕中鱉的我，只能從面對馬路的窗戶跳下去。這裡是三樓，搞不好會傷得很嚴重，可是也只能跳了。就在我下定決心時，聽見了波浪聲。

我疑惑地往員工室望去。的確是岸邊的聲音，雖然微弱但聽得見波浪捲起又退去的聲響。

難道是在播放療癒的音樂？可是，剛才我去檢查水龍頭時，裡面並沒有播放音樂的機器。就在我的注意力從追逐者身上移開的瞬間，門的方向傳來了玻璃破碎的聲音。

玻璃碎片飛到我腳下，我反射性地跳起來。像鐵鎚般的東西，突然從門的觀景窗伸進來，一一敲掉了窗戶上殘餘的玻璃。對了，這幫傢伙是闖空門集團。

可能是看透我的心思，知道我要衝過去守住門鎖，男人從觀景窗噴進了氣體。味道刺鼻、非常難聞，我慌忙遠離氣體瀰漫的門。

細鞋跟的迴音不知何時消失了，當我察覺時，女人的臉赫然出現在觀景窗外。隔著太陽眼鏡看到我，她馬上露出皓齒、大大張開黑色嘴巴，開心地「quaaa」叫起來。

我發出慘叫聲，跑向員工室。進去裡面，想把門鎖上，卻發現門把周圍也都是光溜溜的板子。我用雙手抓住門把，不禁在絕望中跪下來時，又聽見了波浪的聲音。

而且，連濺起水花的聲音都更真實了。

我知道現在不是時候，卻還是忍不住回頭找聲音來源。

回過頭的正前方，掛著一幅畫。四處不見播放音樂的器材。能算是東西的存在，只有這小小一幅畫。水龍頭也沒有水流出來。

響起了樓面入口的門被打開的聲音。

我聽到踩過玻璃碎片的腳步聲響徹樓面，後面緊跟著細鞋跟的聲音，明知必須馬上採取什麼行動，視線卻怎麼也離不開那幅畫。

剛才再怎麼近看都不知道在畫什麼的藍色部分，不知道為什麼可以清楚地看出來是一片水面的風景了。同樣地，原本無法判斷是什麼的中央的黑色四角形，也有了清晰的輪廓。

是門。

畫的是兩片門在中央接合。左側那片門稍微敞開，從縫隙透出淡淡的亮光。

又響起了波浪聲。

當我確定是來自眼前這幅畫時，在頭腦的一隅，閃過水錶顯示三樓某處所使用的水量大到離譜這件事。從腳步聲可以判斷，那幫人已經來到僅隔一道門的地方，我卻放開握住門把的手，搖搖晃晃地站了起來。

是因為鮮豔的著色宛如填滿了真正的水，所以我想自己摸摸看？或者是覺得有人在呼喚我？我自己也不清楚。儘管背後傳來轉動門把、打開門的動靜，我還是一步、兩步走向前，用指尖碰觸了畫的中央。

下一個瞬間，我全身發冷。

覺得視野變暗了、聽覺被什麼塞滿了、氣息從鼻子咕嘟咕嘟地冒出來。

下沉的感覺讓我本能地想伸出手，身體卻像綁著重重的鎮石動彈不得。我不能呼吸、眼睛看不見、耳朵也聽不見。在危急關頭，腳踩到了堅硬的東西。我努力重新站立，把身體挺直。脖子以上好像穿過了什麼，五種感官瞬間復原了。然而，眼前可見的光景，反而讓我忘記了所有的感覺，呆呆杵在原地。

頭腦麻痺不能思考。我先用手抹去從頭髮滴到臉上的水，再吐出稍微喝了一點的水，然後用一隻手擤鼻子。母親常說，我的鼻子是像阿姨的鷹勾鼻，所以從小擤鼻子都不會弄髒手。但是，小心為上，我還是先洗過手，才撩起濕答答的頭髮，慢慢地環視周遭。

這是哪裡——？

我問我自己，但想不出任何答案。

為什麼我會站在湖泊的中央？

第四章

巡視、檢查頂樓、巡視

總之，我先閉起了眼睛。

以為這麼做或許能解決問題。

然而才剛閉起眼睛，還來不及期待恢復原本的風景，身體就冷到不能忍受了。強行侵襲皮膚的從鎖骨以下泡在水裡的感覺，以及全身始終在平靜的波浪中搖晃的感覺，讓我沒有閒情逸致去懷疑這到底是不是夢。身體好冷。

我死了心，張開眼睛，看到頭頂上一大片遼闊的天空，遼闊到令人生厭，與原本該在那裡的風景相差十萬八千里。

視線往腳下移動，只能看到腰部左右，可見水的透明度並不高。用手掌舀起水湊近鼻子聞，也沒有味道。還殘留在嘴巴裡的水氣一點也不鹹，所以我判斷是湖。

和煦的風拂過頭髮，在水面掀起小小的漣漪。朦朧的天空覆蓋著像雲又像霧的東西，太陽成為巨大的間接照明，只能在那後面彰顯輪廓。我從水裡伸出手臂，捲起長袖襯衫的袖子。奇怪的感覺油然而生——我到底在做什麼？怎麼會被孤零零地拋在湖水中央，看著在水面搖晃的太陽輪廓呢？霎時，分不清是恐懼還是不安的莫名衝動，如間歇噴泉般從頭腦深處噴出來。

「AMENBO、AKAI、NA、A、I、U、E、O！」

上大學後，我不知道在想什麼，曾經加入戲劇社。才三個月就退出了，但是，當時學會的五十音發聲練習，現在突然湧上腦海。

「KAKI、NO、KI、KURI、NO、KI、KA、KI、KU、KE、KO！」

在胡思亂想前，我先不斷放聲大叫。

「WAI、WAI、WASHOI、WA、I、U、E、O——」

我一口氣吼到五十音的最後一行，做了個大大的深呼吸。

平靜地等待強風過境般的慌亂感覺退去後，我不再期待現場恢復原狀，暫且把目標轉向了陸地。距離最近的湖岸大約一百公尺，不，兩百公尺。看樣子，是很平淺的湖。不過，我沒有在湖裡游過，所以不知道「平淺」與「湖」的組合是不是很稀奇。

我用手撥開水，慢慢向前走。這其間，沒有看到任何會動的東西。沒有鳥、沒有魚，連鳥叫聲都沒聽見。除了和煦的風不時拂過耳朵，只有撥水聲、水花濺起聲。在離湖岸約三十公尺的地方，水位突然下降了。每次抬起腳，鑽進涼鞋與腳底之間的沙子就會流出去。在這種癢癢的感覺中，好不容易走到了陸地。

我馬上脫掉襯衫，把水擰乾。從色調、涼鞋底部的感覺來判斷，與其說是「沙」不如說是接近「土」的地面，形成了水漬。我裸著上半身，邊擰襯衫邊觀察四方。可以算是湖濱的地方，只有從水邊算起的短短十公尺，那之外是佈滿草叢的斜坡。看看左右，只有一成不變的湖濱風景無限延伸。總而言之，是座巨大的湖。遙望正前方的對岸，霧氣彌漫，看不清楚。

我把擰乾的襯衫披在肩上，要接著脫不斷滴水的短褲時，忽然聽見像是人發出的聲音。

我維持一腳脫掉短褲的姿勢，呈現靜止狀態。起初以為是錯覺，然而，聲音確實不時斷斷續續地乘風而來。我急忙脫掉短褲，豎起耳朵傾聽。屏住氣息等待時，微微吹起了風。

把濕答答的身體吹得有點冷的風，帶著微弱的人聲，聽起來像是在唱歌。

我拎著滴水的短褲，只穿著一件內褲，迎風走向聲音。

在湖濱走了約二十公尺的地方停下來。

遠看只有一顆突出的黑色岩石。可是，岩石發出聲音太奇怪了。而且是和著清楚的節拍在唱歌。我把濕透的短褲擰乾，披在另一邊空著的肩上，把像岩石的黑色物體從土裡拔出來。

聲音的來源是收音機。

我撥掉土，便露出了像便當盒的老舊軀殼。被摺疊收在本體的天線，幾乎都生鏽了，頻道刻度的蓋子模糊到幾乎看不見裡面。佔便當盒面積三分之一的圓形喇叭，網眼塞著滿滿的土，卻還能發微弱的聲音。

是中氣十足的女性歌聲。聲音太小，聽不太清楚，但像是民謠。有類似三味線和簫的伴奏，中間還會發出「嗨咿咻」、「嗖咧嗖咧」的吆喝聲，所以應該不是外國歌曲。我想提高音量，可是調聲音的鈕已經脫落了。我只好試著轉動右邊突出來的頻道調節鈕。怎麼轉都是雜音，收不到訊息。只有轉回原來的位置，喇叭才會有正常的聲音。

我先把收音機放在地上，看看周圍有沒有其他東西。一根傾斜著從土裡露出來的木棒映入眼簾。如果是漂流木，未免圓得太均勻，前端也斷得太整齊了。我走過去一拉，地面就出現了龜裂的裂痕，土也嘎吱嘎吱作響。從手感來判斷，裡面應該埋著更大的東西，我立刻往下挖。奮鬥五分鐘後，從土裡救出了一張沒有靠背、只能擺下屁股的小椅子。加上露出地面的那支，共有四支短腳。我把土撥乾淨，順手把座椅翻過來，看到上面雕刻著一個「蜜」字。

這是什麼記號呢？

說到蜜，就想到畫廊蜜的老闆蜜村先生。

對了，祖父的畫廊從巴別搬走後，蜜村先生不是轉行開了木工椅店，從此開啟了漫長孤單的職業生涯嗎？初惠阿姨不是微微歪著嘴角，說他「技術爛到無可救藥」、「看就知道是外行人做的」，把他貶得一文不值嗎？

我仔細觀察刻痕裡塞滿土的「蜜」字。乍看，整體歪斜、不均勻，一言以蔽之就是「爛」。

我試著把椅子放在地面上坐坐看。

或許是椅腳不齊，或許是地面不平，也或許是內褲濕了，怎麼坐都坐不安穩。明知不可能，卻越來越覺得頗有蜜村先生的風格。儘管坐不安穩，但聽著拍打湖岸的水，低調地發出「喳噗喳噗」的聲響，心情稍微緩和了。

竟然有人坐在這裡，邊聽收音機邊這樣眺望湖水。

從收音機傳來高亢的聲音，和著三味線的「弁弁」伴奏聲，悠悠地唱著歌。我不由得想起，中午的歌唱比賽節目「ＮＨＫ自傲的喉嚨」。霧氣似乎更濃了，與水面之間的界線一帶變得濃淡不均。我下意識地定睛注視著前方，不禁從嘴巴溢出了一個字：「船。」

不是霧氣，是船。彷彿就要融入淡色背景裡的白帆漲滿風的三艘船，以等間隔排列行走在湖面上。

我不小心踢倒了收音機，衝到水邊。

迫不及待地大叫：「喂——」

我拿起披在肩上的襯衫，在頭頂上甩圈子揮舞，放聲大叫。船既然會行走，表示有人在操縱船帆和船舵。雖然船的距離很遠，但是，有風時，連收音機這麼微弱的聲音都聽得見，所以我抱著希望，重複叫了很多次。漸漸地，我感到絕望，自暴自棄地叫了一聲：

「蜜村先生！」

這裡原本應該是三樓的畫廊，所以我叫了老闆的名字。

「蜜村先生！」

沒有任何回應，船也沒注意到我。

「可惡！」

我勃然大怒，正要往席捲而來小波浪踹下去時，忽地停下了動作。

為什麼我非把船叫住不可？

這麼做很奇怪吧？

我恢復意識時，確實是在水裡面，是有可能就那樣溺死的危險狀態。那麼，那之前呢？最後的記憶是在三樓後面的員工室，觸摸了牆上的畫。因為太害怕，所以不敢繼續往下想。但是，在心中某處，對於現在的狀況，亦即我會在這裡的理由，是悄悄抱著這樣的假設——我被吸入畫裡，來到了不屬於這世間的地方。

會這麼假設就很奇怪了，怎麼可能摸到畫著湖的畫布，就被吸入畫裡嘛，真不愧是以現在進行式朝小說家目標邁進的人，想像力也太過旺盛了。最正常的思考應該是被人以某種方式弄昏，帶來了這裡。被誰？當然是被追我的烏鴉女和檢查男。他們對我噴的氣體，會不會是催眠瓦斯呢？然後趁我在員工室昏倒時綁架我，把我帶來了這座湖。我不知道他們是什麼動機，但有必要對一個大樓管理員這麼殘忍嗎？總之，他們就是一個多國籍竊盜團體，不知道會做出什麼事，是那種無賴、沒人性的兇惡犯罪集團。

我差點就相信了這個滑稽到不行的假設，頭腦一冷靜下來，就對自己的愚蠢感到羞恥。幹嘛自己把自己逼入絕境呢？我該做的不是引起船的注意，而是找到路。攔住在路上跑的車子，請車上的人打電話報警。

這座湖的確也很詭異。周圍連一棟建築物都沒有，四面也看不到山、看不到樹，哪個縣在這樣的平原上有這麼大的一座湖呢？我的確有很多類似這樣的疑問，但是只要攔住車，看到車子的車號，這種疑問馬上就能解決了。

我大大地揮了最後一次手。不是要叫住船，是向船告別。好了，回巴別吧。

我下定決心，把屁股朝向了湖。此時，彷彿在等待這一刻似的，突然有個聲音叫住了我，嚇得我差點跌倒。

「喂！」從湖濱通往草叢的上行斜坡前，不知何時站著一個女孩。

年紀大約十歲吧。穿著全黑的洋裝，目不轉睛地盯著被她的突然出現嚇得說不出話來的我，像看著什麼可疑人物。

「你在那裡做什麼？」

女孩俯視著我，語氣顯然帶著防備。

「我嗎？沒什麼，就是對著那裡的船揮手，或是叫喚，不過，已經沒必要了……呃，不好意思，請問這是哪裡？」

被我這麼一問，女孩的表情更僵硬了，視線變得嚴厲，幾乎是瞪著我看。

「我不是什麼可疑人物，當然，也不是變態……只是想請教妳，這是什麼湖呢？告訴我這裡是哪個縣也行。」

「為什麼這麼問？」

「因為……該怎麼說呢，我失去了一段記憶，所以不知道這是哪裡──」

「你為什麼裸體？」

女孩打斷了我的話，我才想起自己只穿著一件內褲。才剛說不是變態，就變成變態了。

我慌忙把披在肩上的短褲穿起來。感覺大腿濕濕冷冷，也只好忍耐了。

「我嘗試游泳，結果水還太冷──」

對這樣的小女生說巴別發生的事也沒有用，所以我隨便說了些話敷衍她。但是，沒準備泳裝就在不知名的湖游泳的說法，也不具說服力。最好的證據就是女孩絲毫沒有解除防備，用更加冰冷的眼神看著繼續穿上襯衫的我。

「總之，我想知道這個湖的名字。如果可以順便告訴我今天的日期，我會更開心。」

「這裡沒有名字。」

「咦？」

「這裡沒有日期。」

我以為她在開玩笑，但聽她的聲音、看她的表情都不像。

「因為這裡是——」

「咦？哪裡？」

剛好被岸邊的「喳啵」聲掩蓋，沒聽到最關鍵的部分，我不禁大聲反問。女孩歪著嘴角，加強語氣重複了同樣的話。

這次我聽清楚了。

然而，我無法理解話中的意思，張大嘴巴，注視著女孩的臉。女孩可能以為我又沒聽清楚，在鮮明的濃眉之間擠出皺紋，用難掩焦躁的聲音說了第三次：

「因為這裡是巴別。」

從背後吹來的風，輕輕拂過草叢，翩翩掀起女孩黑色洋裝的下襬。從收音機傳來強而有力地彈奏三味線的「弁弁弁弁」聲，沒多久配上了女人的歌聲，這時我才發覺「對了，這個電台節目沒有廣告，也沒有主持人說話」。

為什麼這時候會出現巴別這個單字呢？

我沒來得及問這件事。因為我終於可以開口說話時，女孩已經從我面前消失了。

「等、等等。」

我慌忙想追上去，又踢到了收音機。我猛然彎下腰，撿起聲音中斷的有稜有角的老舊設計的收音機。因為類似本能的反應告訴我，最好從現場帶走什麼證物。我抱著被踢到還是堅強地播放著民謠的收音機，大步爬上草叢的斜坡。

在我到達女孩剛才站的地方時，看到展現的風景，我不由得停下了腳步。「咦？」眼前突然出現了馬路。

是從右到左橫越視野的兩線道馬路，隔著馬路，還有雄偉的丘陵聳立。我不由得回頭看湖。從湖濱根本看不到這樣的丘陵。那麼高的地形，當我泡在湖裡環視四周時一定會看得到，我卻毫無記憶。而且，綠色樹木覆蓋的丘陵頂端還有建築物，上面掛著像是招牌的東西，但是被枝葉遮蔽，看不清楚。

在我左手邊的馬路，是繞到丘陵後面的下坡彎道。女孩已經走在很前面，長到背部的黑髮左右搖晃，霸氣地快步走在馬路正中央。

「喂，等等、等等我！」

我對著她的背部大叫，但她頭都沒回一下。

我追著女孩跑上馬路。堅硬的柏油路觸感，帶給我無法形容的安全感，我趴躂趴躂踩著涼鞋，小跑步走在馬路邊邊。

持續右轉的下坡道，到處都不見路標。那麼大的湖，總該擺個標示名字的東西、或廣告、或招牌嘛，這樣子未免太寒酸了。不但一盞路燈也沒有，連電線杆都看不到，唯一像人打造出來的東西，只有山丘上的建築物。隨著仰角的改變，漸漸可以從樹木縫隙窺見建築物招牌上的文字。我看出最旁邊筆畫很多的那個字，好像是「瞭」。

稍微東張西望一下，把臉轉回前方，女孩的身影就不見了。沿著丘陵斜坡往右轉的彎道更彎了，所以前面的視野變窄了。我壓抑焦躁的心情，把涼鞋踩得震天價響跑下坡道，終於又看到了女孩的身影。我這麼努力，卻不知道為什麼兩人之間的距離越拉越大。我對著維持在馬路中央的背影大叫：

「等等我，停下來，跟我說說話，告訴我巴別是怎麼回事——」

不管我怎麼喊，女孩都沒停下來。我想可能是這個距離聽不見，要把涼鞋踩得更用力時，女孩一溜煙鑽進了隧道裡。

不知不覺中，馬路前方被吸進了隧道。我晚了好幾步，也鑽進了隧道入口。這是我第一次靠自己的腳，走在這種車用隧道裡。不過，可以連隧道裡都有彎道嗎？還是斜坡呢，這樣不危險嗎？入口處沒有任何提醒注意彎道的交通標誌，而且隧道內連照明都沒有。

來自入口處的光線一點一點消失，越來越暗的濕氣逐漸纏繞全身。裡面不可能有行人步道，即使走在邊邊也很危險，但是，完全沒有車子經過。我與女孩之間的距離一直沒有縮短，她一轉彎就看不見了。黑暗的存在感越來越強，來自背後的自然亮光終於完全斷絕了。我意外地不覺得害怕，因為還抱在手上的收音機正播放著場合不對的音樂。

播放？

儘管漆黑一片，我還是不由得低頭看收音機。為什麼進了隧道，還可以聽到從喇叭傳出來的悠揚歌聲？電波通常會受到阻礙，不能收聽得這麼清楚。

所有一切好像都不太對勁。

仔細想想，我根本沒必要像個變態拚命追這個女孩。只要有一輛車子經過就行了，我可以攔住車子，詢問這是哪裡、借個電話。但是，一輛車都沒有。那麼大的湖，總該有觀光客或當地居民或更多的車子經過，但卻如此靜謐。對了，那座湖在哪呢？我從周圍平坦的風景判斷，肯定是位於平原，那麼，這些連續不斷的下坡彎道，還有這條隧道，該怎麼解釋呢——

走到前面，感覺逐漸明亮起來，眼前突然閃現一道亮光，我不禁大叫一聲：「哇！」

轉彎後就是隧道的出口。

外面的光線強烈地逼過來，我不由得把收音機拿起來遮光。眼睛一適應光線，我就在視野裡尋找女孩的身影。然而，終於恢復直線的馬路，到處都看不到她的背影。

我有種被甩掉的感覺，呆呆佇立在直通通的無人下坡道。回頭搜尋，也看不到半圓形拱門狀的隧道入口有告知名稱的牌子。說不定是私人隧道，這樣就能說明為什麼沒有車子經過、沒有標誌、沒有照明。也就是說，那個闖空門的集團綁架了我，把我帶到了他們的私有地？就像海邊有私人沙灘那樣，應該也有私人湖岸吧？

我東想西想走下坡道，前面的路又開始向右彎了。算了，這裡是哪都無所謂，可不可以讓我回家呢？我不耐煩地這麼想，轉過了彎道。這時，聽見奇妙的聲音。

那是什麼呢？是歌聲吧？

我讓涼鞋安靜下來，把注意力集中在耳朵。果然，像是歌曲。

隨著轉彎前進，歌聲聽得越來越清楚，我不由得把收音機的喇叭拿到一隻耳朵旁邊。跟收音機同樣的民謠，像是乘著風傳到了這裡。沒多久，可以清楚聽出正是那首民謠的歌聲，從截斷右邊道路的懸崖對面傳來。

「嗨咿、嗨咿。」

音樂中間的吆喝聲，從我手中及前方兩處響起。右邊的懸崖宛如在吆喝聲的引導下突然中斷，灰色水泥牆從樹叢間冒出來。遠看也看得出已經生鏽的老舊螺旋梯，緊緊倚靠著牆面。在民謠喧囂地敲響耳膜的大音量中，我走到可以看見建築物全貌的正面位置，停下了腳步。

這棟兩層樓建築，看起來老舊，卻像路邊餐館般雅致。不，外表根本就是免下車的路邊餐館，我加上「像」這個字，是因為沒看到最關鍵的停車場，它直接蓋在馬路旁。一樓入口處有兩片玻璃門，但是髒到完全看不見裡面的樣子。二樓有四片窗戶相連，窗簾緊閉。感覺一樓、二樓都沒有人使用，飄散著被拋棄般的淒涼。建築物看起來年代久遠，水泥表面到處浮現發黑的斑漬。裝在一樓與二樓邊界上的喇叭，把三味線慷慨激昂的「弁弁弁」聲，肆無忌憚地播放到附近一帶，徹底掩蓋了我手中收音機的聲音。建築物上掛著招牌，上面用毛筆字體寫著三個字。

「瞭望台。」

以前可能是漆黑的文字，現在色彩嚴重剝落，散發著無比蒼涼的風情。我抬頭看著招牌，詭異的感覺湧上心頭。

為什麼左邊的「瞭」字看起來那麼熟悉呢？

紛擾的不祥預感在腦中擴大。不論是從色彩的剝落程度，或是字體的均衡與否來看，我都對那個「御」字有印象。可是，記憶怎麼樣都連不起來。不，連得起來才有鬼。因為我是跟在女孩後面，追到有馬路的地方時，抬頭看到了丘陵頂端的招牌。但是，不用說，當然不可能有這種事。從湖走到這裡，我不知道走過了多少個下坡的彎道。從頭到尾都是下坡，連一公分的上坡都沒有。

我轉過身去。

明知是荒誕的想像，卻還是有點擔心，總不會看到湖在那裡吧？但是，視野完全被樹木遮蔽了。走到馬路邊緣往下看，也只看到陡峭的下坡斜面，上面長滿了茂密的樹木，前方的視野一點都不開闊。

原來如此，所以需要「瞭望台」啊。

我繞到了建築物旁邊。鑽過喇叭下面、彎過建築物的拐角，就到了剛才看見的螺旋梯。很像通往巴別頂樓最上部的梯子，扶手表面被鏽侵蝕，油漆像檜木皮般到處剝落。我抓著扶手，踩上有「V」字浮印的階梯，試著往上走幾階，確定應該不會垮掉。我先把收音機放到第一階，才發出鏘鏘鏘的聲響，爬上旋轉的階梯。

樓梯的出口與頂樓相連。

放眼望去空空蕩蕩的頂樓，只有光滑平溜的地面，唯一存在的東西就是名副其實的「瞭望台」。很像小學校園的升旗台，有五個台階，高約一公尺，設置在鄰接招牌的地方。簡單到令人傻眼，但與招牌的不講究程度成正比，是可以理解的結構。

我直直走向台子，使力地爬上台階。從映入眼睛一隅的藍，可以知道側面的視野向外擴展了。我以為是天空，有預感會看到「非常遼闊的風景」，卻在「瞭望台」上呆住了。

不是天空。

瞭望台果然名實相符，盡收眼底的樹木前方有座巨大的湖泊，蔚藍的水面蕩漾著白色水花般的光粒，遠處可見三艘撐著白帆的船並排行進。從腳下傳來的民謠的巨大音量，宛如是用來喚醒我的藥物，在呆呆佇立的我的耳膜震響。無意中，我的視線掃過了眼前的湖濱。

看到那個東西時，我的心臟狂跳起來。

色調比較接近土而非沙子的湖濱，上面放著一張椅子。從這個距離，當然看不清楚，但可以確定是沒有靠背的小椅子。

等等、等一下。

任何湖泊都可能有船在上面漂浮，任何湖濱也都可能有一張被丟棄的椅子。總之，不要倉促下判斷——我這麼想，暫時把視線從湖濱移開，突然有個聲音在心底喃喃說道：「我看過這幅畫。」

眼前的風景，正是我在巴別的三樓摸到的那幅畫的圖案。據蜜村先生說，那是很久以前大九朔畫的。對岸的彎曲模樣、泥土的色調、湖水的藍都一樣，唯獨不見畫在中央的黑門，那個位置換成了漂浮的帆船。

我無法安撫混亂更招來混亂的頭腦，又把目光移向了眼前的湖岸。

那個女孩走在湖邊。

穿著黑色洋裝的身影，在被丟棄的椅子旁邊停下來，把瘦得像火柴棒的身體轉向我這邊。一時之間，我無法理解她在做什麼。看著她重複好幾次相同的動作，我才發覺她是在向我招手。

我從螺旋梯衝下一樓。

我一直在追那個女孩。途中，從未與她錯身而過。可見，我只要往來時路繼續前進，就能回到女孩站立的湖濱。不對，「回到」是錯誤的用法，因為那個湖不可能是我出發的湖——總之，我應該可以到達那個湖濱。

這回是不停地上坡。

而且開始左轉，蒼鬱的綠樹又遮蔽了前方的視野，走著走著，越來越無法確定這條路是對的。從「山寨路邊餐館」出發後，經過了很長的時間。那個女孩現在也還在同樣的地方等我嗎？穿著涼鞋的腳開始疼痛了。這個身體平時就非常欠缺運動，所以感覺大腿和小腿都在控訴彈性疲乏。我抓起胸口的襯衫，啪答啪答拍打，把空氣送進汗水淋漓的身體。不知不覺，衣服都已經乾了。

可能是上天看在眼裡，為了慰勞我無意義的行軍，從前方送來了涼爽的風。我呼地喘口氣，抬起頭來，眼前竟是不知何時回到了直線的馬路。喔，終於告別了上坡嗎？我的心情隨之輕鬆起來，再度踩響涼鞋，正要讓大腿忙碌起來時，冷不防地踉蹌了幾步。

沒錯，上坡結束了。

然而，取代上坡出現的景象，我無論如何都不能接受。我從山寨路邊餐館出來，就無止境地爬著上坡，這雙大腿的疲憊就是最好的證明。既然這樣，湖為什麼會突然出現在這裡？我的頭腦半信半疑。不，是一整個「疑」。這種事怎麼想都很弔詭。就像不斷地爬上樓梯，以為終於到了頂樓，卻是一樓。這可不是不合邏輯這麼簡單的事而已。然而，眼前確實有座水光瀲灩的湖泊。我從柏油路的終點走到泥土地。站在草叢眺望湖泊，就看到三艘帆船理所當然似的漂浮在那裡。

在頭腦逐漸麻木的不祥感覺中，我環視周遭。

馬路到達湖泊後，幾乎呈垂直向右轉，如同湖岸道路沿著湖濱延伸。前方路上停著一輛車。是黃色的小型車。

車子的屁股朝向這裡，沒看到人。

還來不及思考，腳就先動作了。

我再也受不了一走就往下沉的泥土地，快步走到馬路上。從最初遇到的湖泊出發到現在，我究竟走了多少路？這是我終於看到的第一輛車。我壓抑湧上的興奮，在柏油路上小跑步快速前進。中途，瞥了一眼悠然俯瞰道路左邊大湖泊的右邊小山。該稱為小山還是丘陵呢？高度說高不高說矮不矮，斜坡的坡度陡急。我不禁在山頂上搜尋「那個」。其實是不希望有，按理說也不該有，視線卻還是不由自主地搜尋位在綠意盎然的山頂附近的建築物，以及「瞭望台」的招牌。

我邊交互看著黃色車子與山頂，邊把涼鞋踩得趴躂趴躂響。在我前方的車子，無聲無息地打開了左邊的門。

走出來的是那個女孩。

她走到後車廂前面，無比慵懶地合抱雙臂，把從黑色洋裝下襬伸出來的細如牙籤的雙腿張開與肩膀齊寬。不可思議的是，我一點都不驚訝。心中某處甚至已經認定，若是有人出來，只可能是這個女孩。

原來她是靠這輛車行進的啊。

揭開謎底，居然是簡單到令人傻眼的手段。女孩是開車子，先早早來到了這裡。難怪我的涼鞋追不上她。

第一次遇見她時，我正處於慌張狀態，還來不及看清楚她的臉，她就轉身走了。我仔細觀察她靠近的臉，發現她的五官還算端正。但是，眉毛有點粗、臉的骨骼尤其是下巴周圍有點粗壯，要稱為美少女是有點困難。我對長相沒什麼研究，不過，可能是硬邦邦的頭髮散佈在耳朵外側的關係，讓她看起來有小野洋子的味道。但她怎麼看都是個十歲上下的女孩，所以外表的稚嫩與分外成熟的眼神、全身散發出來的逼人氣勢，各自獨立互不相容，讓人不敢毫無顧慮地對著她笑。

「呃——妳好。我在建築物的頂樓時，妳是不是對我招手了？是在對我招手吧……？我看到就馬上趕來了。可是，馬路一直是上坡，都沒有下坡，所以我以為我見不到妳了，沒想到又這樣——」

我以試探的口吻對她說到一半，就被她猛然打斷了。

「停在那裡。」

女孩依然在胸前合抱雙臂，只動動食指，指著我腳下說：「那條線。」我依循她指尖的動作往下看，發現柏油路上用粉筆畫著一條細線。

「不要越過那條線。」

我被她高壓的態度、兇狠的語氣嚇到，慌忙在線前距離她大約三公尺遠的位置停下來。

「別、別這樣，我又不會做什麼……」

「我不太想跟你說話，所以不要靠過來。」

「那、那麼，為什麼對我招手？」

儘管覺得很幼稚，我還是不由得認真反駁。我也是走了很長一段路，好不容易才有機會發問啊，即便對方只是個孩子，我也不能客氣。

「因為你說了。」

「我說了？我說了什麼？」

「你不是問我了嗎？在那裡第一次見到我時，你問我『這是哪裡？』，所以我告訴你了。實際走一圈，你就知道了吧？」

不能理解的地方太多，所以話語鑽入耳朵，也幾乎無法咀嚼。

「妳剛才說『在那裡第一次』？」

女孩顯露「當然是啊」的表情，用視線指著湖濱。

「那就奇怪了。」我斬釘截鐵地否定，用力搖著頭。「我既沒有走回來，也沒有繞一圈，這不是我遇見妳的那個湖泊。」

「就是這裡啊，你就是濕淋淋地站在這個湖畔。我對著你招手，也是在這個湖泊。所以，你是回到了這裡。」

「不是，絕對不是。」

我不由得舉起手，阻止女孩往下說。

「我不知道妳為什麼要騙我，但也太牽強了吧？我是從山上看見妳在招手，然後一直走上坡走到了這裡。所以，我在建築物看到的湖，怎麼可能是這座湖呢？」

「不，是同一座湖。」

我完全沒了耐性，回看女孩的臉說：

「對不起，跟妳談也談不出個所以然。」

「所以然？」

女孩的濃眉間蹙起了皺紋，所以，我理解地「啊」了一聲，知道這個用語對小孩子來說的確有點難。

「就是談不出結果的意思，請妳帶大人來，應該在那裡吧？」

我指向車子，女孩滿臉驚訝地問：「帶誰來？」

「從這裡看不清楚，但有另一個人坐在車子裡吧？所以妳才不讓我走過去吧？我想你們應該玩我玩夠了。你們用妳當餌，誘惑我走了很多冤枉路、攪亂我的思緒，想必很滿足了吧？可以叫妳背後的指使者出來了吧？我想知道我被帶來這裡的理由。」

「沒有那種人。」

「別裝了、別裝了，我都知道啦。不，我應該更早察覺，那幫人從一開始就在這裡了。要不然，如何把我抬到湖泊？而且沒吵醒睡著的我，小心翼翼地把我抬到湖上，再把我狠狠地沉入了湖裡。趁我驚慌失措地大喊『AMENBO、AKAI、NA』時，那幫人就潛水離開了。我知道了，在河面張著帆的船，就是用來接他們走的——」

我把一路上想到的事，全都滔滔不絕地說了出來。女孩用兇狠的眼神看著我，發出更深沉的嘆息說：「你還不懂嗎？」放下了合抱的雙臂。

「是啊，我是不懂。就是不懂，才拜託妳說明給我聽啊。」

「這裡是巴別啊。」

「是哪都無所謂了，告訴我為什麼把我帶來這裡吧。我想根本上一定有很大的誤會，再怎麼想，翻遍我最近的人生，也找不到會遇上這種事的理由……」

啪嘰一聲，臉頰好像被什麼打到。我覺得痛，不由得伸手去摸，但什麼也沒摸到。

「把那個撿起來。」

撿？我的視線無意識地移到腳下，看到柏油路上有一條橡皮筋。

「你想知道，我就解釋給你聽。」

「解釋……用這條橡皮筋嗎？」

「別問了，撿起來就對了。」女孩加強了語氣。

我不情願地撿起了地上的橡皮筋。

「用兩手抓住兩端。」

我很想趕快見到坐在車子駕駛座的人，可是，女孩不像是在開玩笑，我無法漠視她的要求，勉為其難地用手指抓住圓圈圈的兩端。

「把那個圓圈扭成『8』字形。」

我依她指示，讓橡皮筋在中央交叉，扭成「8」字形。

「這就是你走的一圈的路。」

我無言地看著橡皮筋，心想這個小野洋子在說什麼啊。

「我想解釋給你聽，你大概也聽不懂，所以讓你自己走了一圈。靠自己的腳走一圈，就能理解了吧？這裡不是任何地方，既沒有任何人在，也不會發生任何事。沒有高處，也沒有低處。所以，走下坡道可以到達山丘上，走上坡道也可以到達湖泊。」

不是完全沒道理，但我實在沒辦法正經地聽下去了。依她的說法，我就是在「莫比烏斯環」般的循環道路，又上又下地走了一遭。

「別開玩笑了。」

我把橡皮筋彈向了女孩。橡皮筋飛出去不到一公尺，就軟趴趴地掉在地上了。我踩過橡皮筋，走向車子。女孩驚慌失措地短短叫了一聲：「不要！」害我退縮了一下。女孩乘機往車子左邊快速地移動，如老鼠般敏捷地打開車門，鑽進車子裡。

我繞到右邊，叫了一聲：「喂！」往駕駛座看。

「咦？」窗戶玻璃前沒有人。那裡也不是駕駛座。

我不相信地彎下腰，看到女孩把手臂搭在方向盤上瞪著我。她隔著窗戶看到的我，表情想必很滑稽。她對這樣的我說：

「請帶著鑰匙再來一次塔。」

她的聲音雖然含糊，但我勉強還聽得懂。
「鑰匙在椅子上，你應該也找得到。」
女孩指向另一邊的窗戶，也就是湖那邊。
下一個瞬間，車子就滑動了。
我驚訝地往後退，車子靜悄悄地向前開走了。
對，靜悄悄。
我連追都忘了追，呆呆目送沒發動引擎就能加速開走的黃色車體離去。轉眼間，車子就無聲地消失在沿著丘陵右轉的拐彎處了。
被獨自拋下的我，呆呆杵立了好一會。
之後，腳自然地走向了湖泊。站在草叢裡，就看到椅子孤零零在湖濱上。波浪平穩地打上湖岸，發出渾厚低調的波浪聲環繞著椅子。
沒有靠背的小椅子很眼熟。
如女孩所說，椅子的座面上擺著一把鑰匙。說什麼「你應該也找得到」，說得好像很神秘，根本是誰都找得到嘛。是一把平凡無奇的銀色圓筒狀鑰匙。但是，比起鑰匙，我更想確定另一件事。我撿起鑰匙，用另一隻空著的手抓起椅腳，把椅子翻過來。土從腳底嘩啦嘩啦掉到我手臂上。我注視著理所當然似地被刻在那裡的凳腳的「蜜」字，硬是吞下從胃底湧上來的某種苦澀的滋味。
女孩說她讓我自己「走了一圈」。
我的視線掃過左右地面。右邊的土散亂，有什麼東西被挖起來的痕跡，應該是我拿起這把椅子時留下來的吧？左邊有便當大小的東西曾經插在那裡面的空洞，應該是我拔出收音機時造成的吧？沿著地面留下來的足跡往前走，大約二十公尺前，土上有被踩得亂七八糟的黑色水漬，這裡應該是我從湖泊走上來，擰乾襯衫的地方吧？

好想真的嘔吐，把所有的煩惱都吐個精光。我再摸一次刻痕裡塞滿土的「蜜」字後，把椅子放到地上。摸到留在手上的鑰匙的凹凸刻紋，耳邊又響起了從車內傳出來的含糊說話聲。

「帶著鑰匙再來一次塔。」

我把鑰匙握在拳頭裡，坐在椅子上。心想「塔」是什麼？「再來一次」又是什麼意思？我邊體驗坐得不太不舒服的屁股觸感，邊抬起了頭。

然後，身體就不能動了。

波浪拍岸的喳噗喳噗聲，在背後逐漸遠去。

眼前是聳立的丘陵，頂峰上有樹木層層覆蓋而成的綠色城牆，從中隱約可見灰色建築物。寫著「御晴台」的招牌上的文字，也可以從枝葉間看到片片斷斷。

那背後——原本應該被天空填滿的地方，突然蓋起了一座「塔」。

宛如一根巨大的 Pocky 從天空刺進丘陵頂峰的建築物，屹立在那裡。

沒錯，那只能稱作「塔」。沒有任何支撐，宛如巨大的煙囪一根根接起來的柱子，從丘陵頂峰垂直延伸到天空。正確來說，不是像 Pocky 那樣的圓柱子，而是角柱的形狀。柱子與山寨路邊餐館一樣，整體包覆著泛黑的灰色水泥牆，以不合常理的均衡一直線衝向天際，看起來隨時都可能折斷。女孩說過「你應該也找得到」，我邊回想這句話，邊沿著柱子往上看，想看看延伸到哪裡，但怎麼也看不到邊際。

我把頭的角度抬得更大，眼珠子也跟著往上抬，只見一直延伸到如霧氣般虛無縹緲的雲低垂密佈的天空。

第五章

檢查樓梯

下坡、下坡、下坡。

所有一切都重複著同樣的景致。

從湖泊出發，一直不斷彎過下坡道的右轉彎，到達山寨路邊餐館時，腳和腰也差不多筋疲力盡了。

但是，一看到停在玻璃門前的黃色車子，疲倦就煙消雲散了。我趴躂趴躂踩著涼鞋，跑向駕駛座。心想應該沒人吧？果不其然，沒有人。後座也沒擺任何東西。所有注意力都在女孩身上而忘了檢查車牌前後都沒掛。後面空出一塊用來掛車牌的空間，排氣管就在那旁邊。我趴到地上，從下面看車子的底部，有燻黑的管線、筒子般的東西，雜七雜八地拼湊在一起，完全就是車子的模樣。也就是說，不是車子形狀的什麼東西，而是不折不扣的復古型外國車。我爬起來，再去看一次左邊的駕駛座。腳底下有加速踏板、煞車踏板，現在已經完全看不見的收音機接收天線，也沿著前擋風玻璃的邊線延伸。是一輛維持車子外型，但不必發動引擎就會動的東西。感覺很邪惡，所以我碰都沒碰車體，試著大喊：「喂！」

周圍沒有任何人回應。

我離開車子，仰望掛在山寨路邊餐館的招牌，上面有油漆處處剝落的文字「瞭望台」。我在公司上班時，單身宿舍附近有家蕎麥店，招牌上的文字「各種蓋飯」，也是像這樣掉了漆。我邊回想，邊鑽過喇叭下面，走向螺旋梯。剛才我沒帶走收音機，藏在第一個階梯下。我拿起來湊近耳邊，聽到網眼塞滿土的喇叭，依然幽微地播放著與來自頭頂上的大音量相同的歌聲。沒有錯，就是我放在這裡的收音機。我以這間山寨路邊餐館為起點，繞了一圈回來。

我不覺地將收音機翻過來看。在黑色背面找到電池蓋，用指甲按住塑膠卡榫把蓋子拆開，露出原本應該裝兩顆一號電池的空洞。看到用來夾住電池的彈簧片都已經生鏽從中間斷裂，我就把蓋子蓋回去了。沒有裝電池，卻可以這樣聽到歌聲。不可思議的是，我竟然不感到驚訝。連車子不發動引擎都可以跑了，收音機沒電池當然也會響啦——我覺得差點就這樣下結論的自己，病得太嚴重了。

我把收音機放在地上，爬上了階梯。

那個女孩說不定就在這裡。我這麼想，謹慎地探出頭去，但頂樓沒人。而且，整個視野都是霧氣般的雲，到處都看不到那根細長、延伸到天空的角柱。

我呼地吐出了憋住的氣。

這樣就對了。

從湖泊看到的「瞭望台」，不是這裡，所以當然看不見塔。另一方面，有種被耍得團團轉的感覺。女孩說請拿著鑰匙「再來塔一次」，說完就跑了。她的車子停在建築物前面，我當然會以為目的地就是這間山寨路邊餐館。可是，到處都沒看到塔，也沒看到女孩的身影。

我當然不相信什麼「看不見」之類的事，從挖出收音機、椅子的湖濱，本來就看不到丘陵。是女孩一出現，丘陵就突然聳立在道路對面了，塔也是。在我走向黃色車子的途中，確認過丘陵上面好幾次，都沒看到塔。不，不是沒看到，是那時候沒有。也是女孩從車子出來後，那座塔才聳立在丘陵上，就是在她說完「你應該也找得到」這句話之後。

我想總不會等一下才冒出來吧？邊回頭看，邊走向「瞭望台」。

爬上階梯，站在寒酸的台上。

正下方的民謠越來越大聲，熱鬧地迎接眼前的湛藍湖泊出場。湖面上依然有三艘白帆船，漂浮在我上次站在這裡時看到的相同位置。那三艘船真的在行進中嗎？收起帆也就罷了，張帆迎著那樣的風，怎麼會動也不動呢？

再想也沒有用，我仰望天空，看到霧氣低垂的白色天空與光圈交疊，可見太陽也沒變，賴在同樣的角度不肯走。我繞來繞去走了那麼久，感覺這個太陽也完全沒有移動。

我對著在明亮度上並不虛假的太陽瞇起眼睛，毅然把視線移向了湖岸。

追逐女孩的車回到馬路之前，我在湖濱留下了印記。我用椅子的座面邊緣在地面寫下了文字，能寫多粗就寫多粗。其實是想寫「九朔」，但「朔」字的筆畫太多不好寫，所以寫了其他字。

「バベル（巴別）。」

我緩緩地出聲唸出寫在湖濱上的文字。

要我說幾次都行，我從湖泊不斷往下坡走的結果，就是站在這裡。湖泊應該存在於比我這裡更高的地方。然而，我往下看的湖濱，上面竟鮮明地呈現出我寫的蹩腳文字。我故意把「バ」的兩點濁音寫成三點，也確認無誤。躺在湖濱上的椅子也維持原樣。

我什麼都搞不懂了。

疲憊又從大腿、小腿整個回流，像是在抗議無可奈何的結論。聽著在腳下琅琅不倦的歌聲，忽然覺得民謠仔細聽雖不灰暗，卻也絕不歡樂，總是維持著不可思議的張力，換句話說，就是一成不變的音樂。我被迫走了很久的路，既沒有外來的路匯合，也沒有分歧，是完全被封鎖的單一道路，女孩以橡皮筋的「8」來形容這條路。其他還有不會動的帆船、不會沉沒的太陽，也就是一切都不會變。對這麼奇妙的風景來說，這首民謠不就是最貼切的BGM（背景音樂）嗎？

懷著徒勞無功的心情回到一樓，也沒看到女孩，只有車子還停在那裡。往面向馬路的建築物入口的玻璃門看，裡面也很暗看不清楚。我把手伸向門框，發現果然上了鎖。

鎖——？

我趕快把手伸進短褲的口袋裡。手指在口袋底摸到了硬硬的東西。對了，差點忘了，女孩臨走前說過：「帶著鑰匙再來塔一次。」兩片玻璃門的中央，有個不顯眼的鑰匙孔，不注意就會看漏。我把從口袋掏出來的鑰匙，輕輕插入了鑰匙孔。等鑰匙毫無阻礙地進到最裡面，再向右轉，就響起了「軋」的聲音。

把手伸向門框試著往旁邊推，玻璃門就非常順暢地滑到了旁邊。

我小心翼翼地往裡面看。這一層沒有窗戶，對流的微小塵埃之海，浮現在從玻璃照進來的光線中。

「打擾了。」

地面是裸露的水泥地。走進去時，有冰涼的空氣撫過臉頰的感覺。我想起小時候，父親帶我去過的郊外大市民公園。園內有很多像這樣的水泥建築，平日都沒有人，也沒有放任何東西，但假日就會搬來賣冰淇淋和果汁的機器，當場開始營業。我環視煞風景的樓面，覺得很像那裡的平日光景，連一張椅子都沒有，也沒有照明。

眼睛漸漸適應微暗後，我發現右後方好像有個房間。以格局來說，就像文字「四」的右上方部分，隔出L形的牆壁。壁面浮現顏色有出入的四角形，是一道塗成了白色的門。我走過去，把手伸向門把。門沒鎖，轉動往前拉，有沉甸甸的手感。

從打開的門縫洩出了光線。

我嚇一跳，停下拉開門的手。

從門縫悄悄往裡看，裡面是樓梯。

說得也是，建築物有二樓，螺旋梯卻直達頂樓，所以，只能像這樣在屋內設置樓梯。

我靜悄悄地、慢慢地打開門。

看樣子，必須經過一個樓梯平台才能到二樓。天花板的日光燈靜靜地照著樓梯。不過是上二樓，也要設置樓梯平台，這樣的結構也太誇張了。我邊這麼想，邊輕輕關上背後的門。可能是密閉功能很強，從外面傳來的民謠歌聲戛然而止，宛如被吸走了。既然進來了，就上去吧，我下定決心踩上了階梯。因為，這一定是給我鑰匙的女孩的邀約——

經過樓梯平台，骨碌轉個彎上階梯，前面又有個樓梯平台。我覺得很奇怪，但還是繼續往上爬。再轉個彎上階梯，大約走七個階梯，又有一個樓梯平台。我走上樓梯平台，前面又有樓梯平台。我走上樓梯平台，前面又有樓梯平台……

不過是去二樓，為什麼要爬這麼多個階梯呢？牆上沒有窗戶，看不見外面的情況，但顯然是爬到了三樓，不，四樓的高度。

忽然，腦海浮現「塔」這個字。

女孩留給我的鑰匙派上了用場，但她特意「請我來」的塔，目前還行蹤不明。總不會我現在就在塔裡吧？

樓梯平台與階梯的組合固執地延續著。我覺得早已超過頂樓的高度，來到六、七樓了。在頂樓時我確認過，沒有相當於這個樓梯高度的建築物存在。那麼，我現在身在何處？

我在樓梯平台暫停，按摩大腿休息片刻。為了支撐身體，把一隻手搭在牆上時，皮膚有種奇怪的感覺，我停止按摩大腿，把臉靠近牆面，用手指撫摸白色樹脂凝固而成的小波浪圖案。

我認得這面牆。

不只牆壁。因為照明有點暗，所以剛才沒發現，樓梯內側的扶手、階梯的止滑條、地面的色調，也全都很眼熟。

這裡——不就是巴別嗎？

從正上方照著我的沒有燈罩的裸露日光燈、開關繩、小小變電器的位置，都跟我上個月換燈管時的記憶一模一樣。

「因為這裡是巴別。」

第一次在湖濱遇見時女孩所說的話，隱約浮現腦海。我應該在內心馬上反駁：「不可能有這種事！」然而，面對越看越像巴別的樓梯，我實在不知道該如何反擊。

我又搖搖晃晃地爬上樓梯。

在完全感覺不到外面狀況的絕對安靜中，只聽到我的涼鞋發出來的無精打采的趴躂趴躂聲。我差點陷入「黎明時去一樓丟完垃圾正要回房間」的錯覺。有時，面對稿紙努力撐到天亮，也寫不出東西，就會想今天沒指望了，決定放棄，在睡前先去倒個垃圾。不可思議的是，不管頭腦多疲憊，在回房的樓梯途中，還是經常會湧現小說後續發展的靈感。不過，也常常遇到頭腦被宣判比賽結束，回到房間也沒有餘力再面對稿紙，就直接鑽進被窩，白白浪費了難得的靈感。我不會把靈感記下來，因為我的想法是如果會忘記，就不是多好的靈感。但偶爾還是會後悔，應該好好記下來。因為有過這樣的後悔，也曾做過筆記。但是，午後醒來再看筆記，也常常看不懂自己在寫什麼，因為寫得太亂了。

全都是令人懷念的感覺。

不過一個禮拜前，我還為了完成「大長篇」，每天埋頭爬稿紙的格子，現在卻感覺很遙遠了。

好想再寫。

我真的這麼想。

從稿子被那個烏鴉女人害得沒辦法應徵的那天起，這是我第一次湧現這樣的情感。我還會再寫嗎？從來不曾通過第一次評選的我，會不會根本沒有才華，不過是用輕率的挑戰去換取甜美的夢想，在白白浪費時間而已？這是經常在我腦裡轉來轉去的想法，我想我最後還是會在煩惱該這麼做或那麼做之前，很乾脆地點個頭說「只能寫下一篇了」，然後繼續面對稿紙吧？不，在那之前，要先考慮我沒錢了。不想辦法解決存款快見底的問題，就什麼都不用談了。

可能是走太久引發的身心俱疲，加上隨之而來的頭昏腦脹，感覺與熬夜到天亮時的狀態幾乎吻合，所以我完全失去注意力與警覺性，在走上不知道第幾個樓梯平台時，我瞬間真的以為：「啊，房間到了。」

因為那裡真的有一扇門，就像什麼事也沒發生過。

怎麼看都是我的房間。

門的旁邊有撕掉ＮＨＫ的貼紙後的痕跡，再旁邊有以前簽過約的中興保全的紅色方形標籤，因為好用所以還貼在那裡，其他還有「拒絕推銷、販賣」的牌子，白色鐵門上也有斜斜一條眼熟的骯髒黑線。門把下面的凹陷，我也有印象。最後是門右上方的電錶起了決定性的作用，因為可以看到透明蓋子的下面，有用麥克筆寫的「５Ｆ」的標示。

房間這麼自然地等著我來，所以完全沒有給我設防的時間。我什麼都沒想，就把手伸向門把，使勁地轉開了。可能因為是老舊的鐵製門，所以剛開始有我熟悉的卡卡的手感，之後就「軋」地敞開了。玄關處擺著一雙有點髒的 PATRICK 運動鞋，旁邊的傘架裡有兩根裝在紙盒裡的日光燈存貨。沙發上有剛收進來的洗滌衣物。走過木地板往房間後面看，亂七八糟的餐桌上擺著水藍色的紅茶茶壺。

沒有錯。
我回來了。

在車站的月台等電車時，我通常會走到月台邊緣，眺望沿高架鐵軌而建的住商混合大樓。不是看有哪些承租店進駐，而是偷偷觀察住在最高樓層的房東的房間。

跟巴別一樣，很多房東會把混合大樓蓋在車站前或車站附近的好地段，再把自己居住專用的房間設在最高層樓。偷偷觀察他們的房間，心會被無法形容的神秘快感挑動。其中，我最喜歡的是承租樓層與最高樓層有極大落差的大樓。譬如，直到三樓都有重視設計的外觀、有講究的照明透過玻璃窗綻放光芒，怎麼看都是時尚的承租店，從那裡把視線移到最高樓層，卻發現氛圍一百八十度大改變，透過白紗窗簾可以看到方形的和式用的天花板照明——這時候，我會不由得咧嘴一笑。

住進巴別之前，我從沒注意過混合大樓，更遑論會想到有人在裡面過著平常的生活。其實，只是我們沒注意到而已，像這種把房東居住的房間設在最高樓層的混合大樓到處都是，多到令人驚訝。依我所見，這樣的混合大樓以四層到六層的高度最常見，幾乎看不到十層以上的高度。從一樓開始都是「洋式」的承租店，到最高樓層的玻璃窗卻出現「和式」的紙拉窗，就是最好的辨別方式，或是在最高樓層的陽台上擺設密度過高的觀葉植物，尤其是多肉植物——這些訊息都悄悄透露出有房東住在這裡。

不管在多大的熱鬧城市，這一點都不會改變。我也曾在穿越百貨公司外面的聯通走道去隔壁五層樓建築的大書店時，不經意地往前一看就看到了。蓋在百貨公司對面的大樓，一樓是星巴克、二樓和三樓是有名的戶外用品店、四樓是看起來很高級的美髮沙龍，最高樓層卻是十足的老人生活，帶給我極大的驚喜。明顯散發著與巴別不同等級的氛圍，卻是同類的混合大樓，讓我一廂情願地產生了親切感。截斷從一樓往上延伸的時尚風格的大白紗窗簾，與裡面的家庭用圓形天花板照明的組合，帶給我無法言喻的安全感。為什麼我可以推斷是「老人生活」呢？因為陽台的晒衣架上，公然吊著白色的內衣、膚色的衛生褲。

嘎噹、嘎噹、隆咚、隆咚、嘎噹、嘎噹、隆咚——

對了，我正在搭電車。

嘎噹、嘎噹、隆咚、隆咚、嘎噹、隆咚——

響起即將到站的廣播，電車開始減速。我站在門邊，等待會隨著接近車站而出現在高架沿途風景裡的大樓。沒多久，一棟棟冒出來的混合大樓，密密麻麻地延續，如衛兵般守在高架左右迎接電車。取代勳章貼在胸前的，是消費性金融、遊戲機、立直麻將、全身美容、居酒屋、二手書店、二手唱片、補習班、汽車駕訓班、專門學校等大大小小的招牌。這些混合大樓幾乎都是二、三十年的建築，想做防震改建或外觀裝修，也沒有那樣的閒錢，所以說是衛兵，也都是只有年紀不斷增長的老兵。

嘎噹、嘎噹、隆咚、隆咚——

從門邊隔著窗戶仰頭一看，有隻大烏鴉張開翅膀，正要從大樓與大樓之間飛走。最令人厭惡的是，烏鴉也是繁華城市的合法居民。

不用說，我最討厭烏鴉了。最大的理由是牠們會在早上搜垃圾，把髒東西全部翻出來，最後把收拾殘局的工作推給我。每次寫小說寫到天亮，去倒垃圾，發現垃圾已經成為烏鴉的食物，我就感到絕望。來回收垃圾的業者，不可能幫我打掃，所以只能由我這個大樓管理員接下收拾殘局的工作。我必須強忍睡意、強忍怒氣，邊反彈背後要去車站的通勤乘客的眼光，邊撿拾廚餘垃圾，那種屈辱感不言而喻。大樓旁邊有倒垃圾的空間，可是，當「RECO一」丟出一堆紙箱時，狹窄的垃圾空間就滿了，「清酒會議」、「SNACK HUNTER」只能把垃圾放在外面。這時候，那幫烏鴉一定會察覺食物的存在而飛過來。

近來，混合大樓為了應付烏鴉，會預留四邊都圍起來的垃圾空間，或是做置物型設備。但是，在沒有烏鴉問題的祥和時代誕生的巴別，周邊已經沒有可以有效活用的空間。也就是說，我與烏鴉之間的紛爭，永遠不可能消失。

嘎噹、嘎噹、隆咚——

我還以為全世界的人都討厭烏鴉，甚至憎恨牠們的存在。所以，看到四条叔對待頂樓的烏鴉像在對散步中的狗打招呼，我多少有些震撼。但是，仔細想想，四条叔並沒有理由對烏鴉抱持特別的負面情感。四条叔沒看過早上的烏鴉有多粗暴。不只四条叔，巴別的其他承租店也一樣。他們把垃圾丟出來就回家了，之後不管烏鴉怎麼胡鬧，等他們再來上班時，垃圾場已經恢復原狀了，所以他們永遠不可能與我共有對烏鴉的感情。

嘎噹、隆咚——

因此，在站前的鬧區，只有住在混合大樓並管理大樓的特定立場的人，會永遠與烏鴉維持對立關係。

也就是我。

難怪那幫烏鴉會派一個把烏眼珠貼在臉上的怪物女人來找我，企圖在精神上騷擾我。真是卑鄙惡劣到了極點的傢伙，連性格都是一片烏黑。

嘎噹——

電車到月台了。

就在門打開的同時，響起了催促的發車鈴聲。從頭頂上傳來的鈴鈴聲，非常刺耳。我心想好吵啊，把手伸到頭頂，試圖揮去鈴聲，不知道碰到什麼，鈴聲完全靜止了。

就在這時候醒過來。

張開眼睛一看，原來是我伸出右手，按下了床前的鬧鐘。

前一刻才做的夢，色彩、聲音卻很快就模糊了。忘了是什麼情節，好像是夢見了電車、烏鴉、大樓。

頭好重。

我在洗碗槽喝了一杯水，突然想到：「啊，應該先漱個口。」於是又接了一杯水漱口。洗完臉，在等水煮開時，我漫不經心地重看了擺在桌上的稿子。呃，這是最後一章了。距離完成大約只差二十張稿紙，應該再兩天就能寫到結局。然後，還要再全盤推敲。因為是超過一千六百張的大長篇，所以非挑燈夜戰不可。

水壺吐出蒸汽，蓋子開始嘎答嘎答震響。我關掉瓦斯，打開紅茶罐，舀一湯匙的茶葉到茶壺，邊把開水倒進茶壺裡，邊把視線移向牆邊的黑電話。

為什麼總覺得哪裡不對勁呢？

我盯著放在摺疊椅上已經跟不上時代的黑電話半晌，猛然把頭轉回來，因為開水從茶壺溢出來，連茶葉都一起流出來了。

「糟糕。」

我趕緊用抹布蓋住溢出來的開水，再把茶壺放到抹布上。我想味道淡一點也沒關係，直接把蓋子蓋上時，想起女人突然把腳從天花板伸下來，經過我眼前，直接踩壞電話機撥號盤的畫面。

我猛然轉向電話機，到處都看不到被細鞋跟前端插入的痕跡。用來撥號的圓盤也完整無缺。我小心地靠近，拿起話筒貼近耳朵，響起「嘟——」絲毫沒感情的聲音，我卻覺得很親切。

我趕緊跑回睡覺的房間，撿起鬧鐘。電波鬧鐘顯示的日期是六月二十八日，牆壁上的月曆也沒撕，還停留在六月。三十日的格子裡，用紅筆寫著「新人獎截稿」。

我移到洗碗槽前，打開頭上的櫃子，裡面排列著一整排泡麵。我記得我窩在房間裡的時候，明明把泡麵都吃光了，現在卻完整地收在櫃子裡。我也看了冰箱，裡面增加了不少東西。不，不是增加，是我自己從剛才就把「日子經過很久」的感覺硬加在各個地方。

也就是說，我做了很長、很長的夢。

唉，真的是很奇怪的夢，怎麼會想出那麼不合邏輯的情節呢？可能是內容脫離現實太遠，持續到醒來前一秒的夢，很快就消失得無影無蹤了。但是，還清楚記得那種陰森的感覺。總之，是很長的夢。在夢中也會累是很奇怪，但筋疲力盡、好不容易回到這個房間的我，也不知道是不是鬆了一口氣的關係，睏得不得了，好想一頭倒在床上睡覺。

我莫名地長嘆一聲，把紅茶倒進杯子裡，加入砂糖、牛奶，找椅子坐下。

邊叫著：「好燙、好燙。」一邊小口小口啜飲的我，坐著看稿子。最後一章還沒寫完，大腦裡卻有已經寫到最後的感覺，連指尖都有那樣的感覺。或許，這就是所謂的「作者自嗨」（writer's high）。一定是寫了三年的作品快完成了，大腦興奮過頭，感覺就像在夢中寫完一樣。到最後階段，會下筆如神，以前的龜速就像一場噩夢。但是，一不小心就會寫得太快，文筆流於粗糙，所以必須適度克制亢奮的心情，謹慎且大膽地迎接結局。之後，還有取書名的最大工程等著我。這次，我希望可以遊刃有餘地取書名。因為我自認不擅長的意識不知道有多強烈，竟然連在夢裡都沒取成書名，甚至慘到連應徵的截稿日都沒趕上。

忽然，我抬起頭。

看看左右，並沒有哪裡不一樣，是我平常的房間。但是，總覺得哪裡不對。我把右手的杯子放到桌上，輕輕響起叩咚一聲。對了，沒有聲音。

現在是早上，卻聽不見烏鴉的叫聲。

不只是烏鴉。在我醒來後，有沒有聽到一次行經大樓後面的電車的震動聲、鐵軌的傾軋聲、車站的廣播聲，以及種種平時會透過牆壁傳來的雜音呢？不只是電車，正在大樓前的馬路上奔馳的車子、巴士的噪音，都到哪裡去了？我搬來巴別，從來沒有經歷過這麼安靜的早晨——

面對馬路橫向相連的玻璃窗，被從左右拉過來的窗簾蓋住了。但那不是遮光窗簾，所以早晨的太陽會柔和地透進來。我拿起快沒有蒸汽的杯子，把紅茶喝光，站起來。

走向窗邊，碰觸窗簾。

抓住布料，用力地往左右拉開。

看到映入眼簾的景色，我整個人呆住了。

我試著打開窗戶的鎖，但鎖早就生鏽了，再加上手在發抖，幾乎轉不動水平把手。

就在我打開窗戶的瞬間，強大的音量突然灌進了原本寂靜無聲的房間。

「嗖咿、嗖咿、嗖咧、嗖咧！」

按理說，這個窗戶是在巴別的五樓，所以，隔著馬路的對面應該是高樓聳立，而我的對面竟然是一片蒼鬱的綠色。

我往窗下看。

對已經聽到長繭的民謠歌聲充耳不聞，一心想著我為什麼會在二樓？窗戶下面的幾公尺前，停著那輛黃色的車子。我把身體探出窗外，看到喇叭剛好安裝在與一樓的邊界上。我隱約想起，我站在山寨路邊餐館前面，抬頭看建築物時，二樓有四片玻璃窗並排。我看看左、右兩邊，剛好四片窗戶，窗簾也跟我記憶中一樣是暗駝色。我把身體探出更多，彎著背往上看，「瞭望台」的招牌就在伸手可及的地方，文字掉漆的模樣也記憶猶新。

我把身體縮回來，同時關上了窗戶。

民謠在這個瞬間聽不見了，令人難以置信。

我背對窗戶，再環視房間一次。

如假包換、不是做出來的、完完全全就是我的房間。而且，我不知道悄悄在心裡祈禱過多少次，希望日期可以倒轉，回到新人獎的截稿日前，這個房間也幫我實現了。

黑電話突然響了起來。

跟平時一樣吵死人的鈴鈴聲叫喚著我。

我沒採取行動。

假裝沒聽見，過了三分鐘，黑電話還是繼續響。

我走到電話機前面，拿起頗有重量的黑色話筒。

「既然要接，就不要扭捏作態，快點接嘛。」

話筒一拿到耳邊，就聽見女孩的聲音。她毫不掩飾責怪的語氣，說得好像把我的心性摸得一清二楚了。

「睡飽了嗎？」

透過電話，我無法確定是不是跟那個女孩同一個人，但除了她之外，應該沒有其他女孩要找我了。她的表情沉穩，不像她的年紀，但這樣光聽聲音，還是會覺得她的咬音、發聲，透著符合她年紀的稚嫩。我邊這麼想，邊看著桌上正在寫的稿子，完全不回應她。這份稿子究竟是怎麼弄來的呢？即便這個房間是做出來的，這也絕對是我的稿子，而且是這世上已經不存在的「還沒寫完」的稿子。

「請繼續往塔上走，有人在等你。」

「等我？誰在等我？」

「你來就知道了。」

說到這裡，電話就掛斷了。

我放下話筒，又拿起來放到耳邊，鈴鈴鈴地轉動號碼盤，打到１１０。可是再怎麼等，也等不到市民所信賴的自己人的回應。

我坐回椅子上，又喝了一杯紅茶穩定心緒。

放下蹺著的腳，往右腳底一看，又黑又髒，我居然一直沒發現。兩隻腳的腳背，凡是接觸到涼鞋邊緣的地方都脫皮了。

我決定先洗個澡。

打開衣櫥，裡面也擺著我的換洗衣物。而且，內衣是以我那種隨隨便便的摺法疊在一起。浴室裡面有我常用的牛奶肥皂、清新洗髮精，到底是誰、怎麼準備的呢？

我聽初惠阿姨說，廁所旁邊的這個小浴室，是巴別落成以來就有了。在巴別創建時，五樓是保險代理店的事務所，但祖父考慮到可能會睡在這裡，就蓋了這間浴室。裡面的浴室熱水爐已經非常老舊，必須轉動手把點火。我脫掉衣服，蹲在那前面。這台熱水爐難用到極點，我剛搬來巴別時，要等三十分鐘才會有熱水出來。

咔鏘、咔鏘。

我轉動把手，等火點燃，再轉動鈕。這需要一點訣竅，就是把鈕按下去，再稍微放鬆，然後一口氣轉動，不這麼做火就燒不起來。我光著身體，試了三次，才聽到「轟」的一聲，瓦斯在爐內開始燃燒了。

我一面淋著熱水，一面思考讓熱水爐的毛病都如實重現的意義。結論是沒有意義，只因為這是我的房間。去想為什麼會有水？水費怎麼解決？想了也是白想。還來不及擔心水的來源，我就已經喝了紅茶，現在也沒力氣吐出來了。

我流滿一缸水，舒服地泡完晨澡才出來。

回到客廳一看，窗外的綠色簡直就像借景的景觀，把這裡變成了哪裡的高原避暑勝地。雖然覺得吃泡麵當早餐沒什麼情調，我還是煮開水吃了泡麵。那個烏鴉女出現，害我窩在房間裡一直吃泡麵，其中有一款特別好吃，是重現隔壁車站拉麵店味道的合作商品，我很想再吃一次。現在這款麵又在櫃子裡復活了，我當然是帶著感恩的心，再把熱水倒進杯麵裡，漱漱吸著麵，享受味噌的美味。

吃完後，把沙發上的洗滌衣物都撥到地上，換我躺在上面，拿起偶然在舊書店找到的，正好在我出生那年出版的 N 規鐵道模型設計全集，一頁一頁地仔細品味。我對鐵道本身沒有興趣，但是，在立體透視模型中奔馳的鐵道模型照片，有著無法形容的魅力，深深吸引我的目光。後半部是實際製作立體模型的解說，附照片介紹行家的技術，譬如用保麗龍堆疊出山脈的形狀、撒下粉末做出草原的樣子、用著色的波浪形紙板在轉眼間做出田地。

用樹脂做出濺起白色水花的生動溪流的方法，或是在裸露三合板的地方塗上綠色的濃淡顏料，把透明的塑膠板擺在上面，馬上變成有光澤的水池之類的竅門，讓我不管看幾次都歎為觀止。我沉浸在這樣的美勞技術裡，忽地往窗外看。沐浴在淡淡陽光下的樹木的綠色，如屏風般遮住了視野。照理說，那前面應該是湖泊吧。

簡直就像立體透視模型。

我說得沒錯吧？那個湖、坡道、隧道、山寨路邊餐館——不都像是按原來的尺寸大小做出來的立體透視模型嗎？我正在看的這本書裡，被做成庭院式盆景般固定大小用來擺設的環繞鐵道路線，就像那些道路。漂浮在湖面上的白色帆船，算是佈景吧？

我從沙發爬起來，走到窗邊。稍微打開窗戶，三味線的音色就迫不及待地入侵了。我不知道是否跟我睡前仰望的角度完全一致，總之，太陽不在牆上時鐘所指的上午九點的位置。既然太陽不會移動，那麼，在我睡覺時，應該也是這個明亮度吧？

我看著飄浮在霧氣瀰漫的天空裡的淡淡光圈，發現有個黑點在浮動，而且逐漸擴大，接著，好像看到左右張開的翅膀。回想起來，我從湖裡醒來後，走來走去走了很久，一次也沒聽見鳥叫聲。不只聲音，連影子都沒見過。還有，道路被那麼茂密的綠樹包圍，為什麼我東奔西跑，卻連一隻飛蟲都沒遇到——？

現在從形狀可以確定的鳥，不是一隻，而是三隻。背對著和煦的逆光，彷彿從太陽出場似地飛了下來。因為黑影籠罩，看不清楚模樣，所以我瞇起眼睛仔細瞧，不禁咋舌。出場的鳥類，是這世上所有的鳥類當中，我看到時的開心指數最低的鳥類，不，根本是負數。難怪有黑影籠罩，因為是烏鴉。

混雜在民謠歌聲裡的啞啞叫聲，越來越清晰。那幫烏鴉全然不畏懼民謠的強大音量，快速逼近。帶頭的烏鴉張開雙翅，往大鳥嘴所指的地方直直滑行降落。好大一隻烏鴉。牠啪吵啪吵收起翅膀，停在黃色車子前面。其他兩隻的其中一隻停在樹上，另一隻在天空盤旋負責偵查，不時發出啞啞的粗俗叫聲。

烏鴉一出現，原本是「舒爽高原借景」的景色，一下子淪為「垃圾車經過後的鄉下風景」。啊，好討厭、好討厭。我這麼覺得，正要關起窗戶時，手好像被看不見的東西抓住似的停住了。

「不會吧……」

剛才應該是烏鴉降落的柏油路上，站著一個女人。

女人把遮住大半張臉的太陽眼鏡朝向我，緩緩舉起右手指著我。

停在對面樹上的那隻烏鴉，像是在彈劾我，發出了「啞」的尖銳叫聲。負責偵查的那隻也叫了一聲「啞」應和。還是沒看到應該降落在柏油路上那隻。

女人全身都是我熟悉的打扮。有黏膩光澤的黑色洋裝緊緊貼在身上、從手到腳也都包覆著同樣光澤躍動的黑色。胸口白得耀眼，大大敞開。我是從二樓往下看，所以乳溝看起來更深不可測。但是，我絲毫沒有心情感受其中樂趣。白色的殘留影像，已經直接與恐懼連結。黑電話被細鞋跟貫穿，發出金屬聲的慘叫，撥號盤也應聲碎裂了。頭蓋骨被踩碎的米奇，飛到半空中，撞上隔壁大樓的牆壁後，無聲無息地消失了。

我在關上窗戶的同時，走向玄關。

腳一趿起涼鞋，脫皮的腳背就一陣火辣辣的神經質的疼痛。我顧不了那麼多，打開了門。

迎接我的是樓梯。

怎麼看都是我這兩年來每天上上下下的巴別的樓梯。

女孩在電話裡說「請繼續往塔上走」，所謂的塔，應該就是指這個樓梯的延續吧？樓下還沒傳來入侵者的腳步聲。不過，那個女人可以隔牆抓米奇、可以隔著天花板踩壞電話機，所以隨時有可能突然從牆壁的另一邊攻擊我。想到這裡，我就坐立難安，馬上採取了行動。

跳過一階來到樓梯平台，就看到同樣的樓梯平台又理所當然似的出現在上面的樓梯前方。我的房間上面就是終點頂樓，這個印象已經不知不覺深入大腦，所以看到樓梯平台時，即使大吃一驚，也沒有因此放慢腳步。

不斷往上、往上走時，我滿腦子只想著那個女人的事。

為什麼那個女人會出現？

我能想到的理由只有一個，那就是她是追著我來的。

起初我認為是那個女人和她的同黨把我綁來這裡的，現在我幾乎放棄了這樣的想法。如果我真是被那麼現實的手法綁來的，那麼，場景和事情的發展應該再現實一點。就是這個悲哀的反推理論，讓我放棄了那樣的想法。但是，她這樣出現在我面前，表示那幫人不是完全沒關聯。我只要走下樓梯，去找那個女人，問她這是哪裡，現在是什麼狀況，或許可以得到答案。當然，我不打算這麼做。我氣她對米奇那麼殘忍，我氣她踩碎了祖父留下來的電話機。而且，我討厭烏鴉，更怕那個女人。

「啊，可惡，好熱。」

樓梯怎麼爬都爬不完，我不由得叫出聲來，用手背擦拭額頭的汗水，心想枉費我剛剛才洗完澡，拉開 T 恤領口把風送進去。

到底爬了多少階呢?以體感來說，如果把從一樓的巴別入口走到我房間的疲勞度設為1，那麼，我不斷往上爬到現在，疲勞度大概可以計算到6，不，可以計算到7了。也就是說，我爬了將近三十層樓。會不會樓梯與樓梯平台的組合就這樣永遠持續下去呢?就在我的大腦開始混沌時，事情發生了。

在跟我剛才出發的房間——不對，是在跟我剛才出發的「山寨房間」完全相同的位置，有道門出現在樓梯平台上。但是，門的外觀全然不同，是木製外框、裡面加裝玻璃的高雅設計。到腰部高度的板子，立在門的旁邊，上面用紅色粗體字寫著「古美術與咖哩 仁平」。很難看到古美術與咖哩這樣的組合。

門的玻璃前貼著黑紗般的東西，沒辦法看見裡面。但是，用白色線條畫在玻璃上的圖案，因此清楚地浮現出來，是平盤裡盛著看似咖哩的東西、上面冒著蒸汽的圖案。盤子下有羅馬拼音的「Nihei」的商標，應該是「仁平」的讀音。

我只好把門打開。

門上沒有門把，而是拴住左右木框的金屬製門閂，一拉開就響起場合不對的悠閒叮噹鈴聲。

從打開的門縫看見的房間內有些昏暗。

進門的右手邊是一般餐飲店常見的吧台，排列著圓形椅子。奇怪的是，入口正面有個架子，上面陳列著水晶球、象牙、壺子、盤子、迷你佛像等東西。其他還有大面鏡子、收在透明盒裡的法國娃娃、日本娃娃、馬娃娃等，雜七雜八地排列在地上。

「你終於來了。」

我驚訝地轉過頭去，看到有顆頭從吧台裡面冒出來。可能是踩在什麼東西上面，女孩纖瘦的上半身出現在吧台前方，跟我最後一次見到她時一樣，穿著黑色衣服。
「這裡……是什麼地方？」
「賣咖哩和古美術的店。」
吧台上方排列著像是菜單的木製板子，上面用紅色粗體字分別寫著「牛肉咖哩」、「雞肉咖哩」、「蔬菜咖哩」。
寫著「仁平特製咖哩」的菜單板子，可能是筆跡有點亂的關係，感覺特別有味道，女孩的頭就在這個板子的正下方。
我抗議地說：「這些東西混在一起賣，太奇怪了吧？」
女孩冷冷地回嗆我說：「我哪知道，以前就是這樣賣吧。」
「還有，為什麼這麼暗？可以把那邊的燈也都打開吧？」
「已經全部打開了，那邊那些是用來賣的。」
到處都是側面裝飾著彩色玻璃的各種大大小小的照明，從天花板吊下來。其中只有兩個用一根繩子吊著的燈泡、以及吧台裡面的一根日光燈亮著。
「賣……賣給誰？」
「那是以前的事了，現在這家店已經不在了。」
我根本聽不懂她在說什麼。她輕輕搖著頭，有點硬的長髮跟著晃動，我不禁對著她的粗眉暗叫「小野洋子子[4]」。這時，我在女孩站立的吧台邊緣發現了一個奇特的東西。
放在吧台角落的湯匙筒，是個木製的置物筒，裡面插著六根銀色湯匙。不知道為什麼，我覺得有點眼熟。整個筒子塗滿紅色，側面雕刻著充滿印加文明風情的太陽形狀的臉，是很有個性的創作。我最近是不是看過同樣的東西？

「啊！」

對了，是四条叔。

偵探邀我去二樓的「清酒會議」喝酒的那天晚上，筒子就擺在我和四条叔前面。那時插在裡面的不是湯匙，而是一雙筷子。四条叔指著側面那個被塗成金色的圓太陽說：「有點像我呢。」我還以為他是說像他的光頭，沒想到他又補上一句：「這張五官很深的臉跟我很像。」我忍不住大叫：「不是那裡像吧？」店長雙見知道我想說什麼，笑著告訴我那是印加的太陽神。於是，我藉機問他：「你以深沉的和式時尚統一店內的裝潢，為什麼只有這裡是南美風情呢？」我記得雙見是這樣回答我的：

「三年前我開這家店的時候，沒有要求 Skeleton 狀態，而是以頂讓方式進駐。前老闆把這個送給了我。那家店的確是特立獨行，但我想既然稱為印加神，應該是吉祥物，就留下來了。」

結束營業時，拆除所有裝潢，恢復毛胚屋原狀，稱為 Skeleton 狀態。留下吧台等設備，讓下一家店接收直接使用，稱為頂讓。採用頂讓方式，舊店家不必花拆除費用，新店家也可以節省設備費用，對彼此都有利。

咖哩和古美術一起賣，的確是「特立獨行」的店。

而且，現在我才注意到，這家店的吧台位置跟「清酒會議」一模一樣。拆掉上面那幾個咖哩菜單的板子，再把昏暗的內部裝潢換成茶褐色，就變成雙見的店了。

4. 譯註：日本女性的名字經常會在後面加個「子」字，這裡是在「小野洋子」的名人後面加了「子」。

不停地爬樓梯，喉嚨都乾了。察覺到口渴的時候，嘴巴都火辣辣地痛了起來。

「呃，可以給我一杯水嗎？」

女孩默默走回廚房，再端著裝了自來水的玻璃杯回來。果然是站在什麼東西上面，女孩去拿水時，頭的位置突然往下降。

「謝謝。」

我要拿杯子時，女孩很快把放在吧台上的手縮回去。在湖岸道路時，她也在車子前面畫了一條白線。有必要這麼討厭我嗎？該防備她、該討厭她的人是我吧？我感覺太沒道理，一口氣把玻璃杯的水喝乾。

「差不多可以告訴我了吧？剛才的電話是不是妳打的？」

我繼續跟她賭氣，把杯子還給她。

「對，是我。」

「可不可以先告訴我這是哪裡？然後，告訴我這個骨碌骨碌轉圈子的樓梯是怎麼回事？」

「你還說這種話？這裡是巴別啊，是你很熟悉的巴別，你怎麼會不知道？」

她的語氣極度不耐煩，我想罵人的情緒也相呼應地高漲起來。但我對自己說她只是個孩子，壓抑心情，相隔一拍後才開口說：

「喂，妳可不可以說得清楚一點？對了，先來統一話的意思吧。從在湖泊遇見妳開始，妳就說這裡是『巴別』，那是指什麼呢？我所說的巴別，是指五層樓建築的老舊大樓……」

女孩突然舉起右手，指著我的臉。明明是把手伸直了，手肘卻向內彎，是那種會變成「く」字形的手臂。我從小就很怕看到這種好像快斷掉的不自然的關節彎曲，手臂太細的人會這樣，尤其是女孩子最常見。

「後面。」

我不由得隨著女孩的聲音轉過頭去。

「打開窗簾，你就會知道這裡是巴別。」

店內這麼昏暗，主要是因為照明的數量不夠，但位於門左手邊的牆面，窗簾緊緊關著也是原因之一。如果格局跟雙見的店一樣，窗簾後面應該是面對馬路的窗戶。

我小心翼翼地避免碰撞，從法國娃娃的盒子，與腳向外彎怎麼看都像古董的凳子之間穿過，再跨過青銅盆子，走向窗簾。

我沒先預告，冷不防地拉開一邊的窗簾。

光線大量湧入房間，我瞬間閉上了眼睛。等適應亮光，才把臉轉向前方。

窗外一整片的白雲。

我把臉靠近玻璃窗往下看。

就這樣，全身定住了。

因為嘴巴大張，嘴又太靠近窗戶，所以霧氣在玻璃上擴散開來。

眼下是我非常熟悉的風景。

然而，是絕對不可能的風景。

建設當時，巴別高出周圍的任何建築物。現在左右就不用說了，對面也被櫛比鱗次的大樓超越了。巴別這個名字已經成為諷刺，像是在宣揚可悲的過往榮光。那麼，我為什麼是往下看呢？不知道為什麼，隔著道路的對面大樓，竟然在比我更下面的位置。

我解開鎖，打開窗戶。

只把頭戰戰兢兢地探出去，觀察左右狀況。平時去頂樓只能抬頭仰望的兩邊大樓，都不在該有的位置。也因此，我可以俯瞰只離我站的地方不到一半高度的隔壁大樓的頂樓與水塔，以前從來沒看過，也沒想過要看。往正下方看，建築物是面對馬路，從一樓經過各自都有窗戶的樓層，一直延續到我抓住的窗框。

「因為這裡是巴別。」

耳邊又響起女孩的聲音。

我總算了解女孩那句話的意思了。

這裡的確是巴別。

車子在非常下面的道路上奔馳。有兩輛巴士前後相連，後面跟著一個細長的黑影，應該是機車。車子從右邊、從左邊，不斷駛過單向兩線道的道路。兩旁隔著道路的人行道上，也有小黑點伸伸縮縮地動著。

是人。

「喂——」

我把身體探出窗外，不由得大叫起來。

「來人啊！」

「哇，救救我！」

「火災啊！燒起來了！」

不管我叫得多大聲，眼下的風景都沒有任何變化。是這個距離果然聽不見嗎？不對，不管聽不聽得見，為什麼沒有人抬頭往我這裡看？昨天還是五層樓建築的大樓，現在突然增高了好幾倍。出現「車子全部停下來、人群聚集」的慌亂狀態也不奇怪，時間的流逝卻跟平時一樣祥和。

如果把東西從這裡丟下去，會怎麼樣呢？還是不會有人發現我嗎？

我把身體縮回來，看左右有沒有東西可以扔。門對面的架子上，裝飾著一把乾燥花。把那個東西丟下去，應該不會釀成災害。

「沒用的。」

我轉頭看，女孩不知何時從裡面走出來了，站在吧台前面。

「什麼沒用？」

「我們看得見他們，但他們看不見我們。不管丟什麼，都不會有人察覺。」

這句話顯然是看穿了我的意圖，我把身體的正面朝向女孩說：

「丟這個也是嗎？」

我指著腳下像是會擺在中華街小物店店頭的青銅盆子。

「什麼事也不會發生。」

「妳怎麼知道？」

「因為我試過很多次，都沒有用。」

「很多次……妳都丟什麼？」

「很多種東西，譬如圍棋的棋子、拖鞋，最大的是床墊。」

「可是，丟下去總會撞到地面吧？」

「不會撞到，會掉到其他地方。」
「其他地方？」
「會掉到那個湖泊。你還記得在湖濱上，我留下這裡的鑰匙的那張椅子嗎？那就是我很久以前從窗戶丟下去的。」
我把頭探出窗外，又看了一次下面。
「怎麼看都沒有湖泊啊。」
「可是，就是有。」
我從鼻子冷哼一聲，回應她冷靜的斷定口吻。覺得對方的話很荒謬，想立即否決的心情滔滔湧現。但是，這樣探出頭的位置就很荒謬了，所以感覺跟她認真對槓也很愚蠢。想反駁她的心情，就像掉進紅茶的方糖溶化了。
「那麼，那時候妳也順便丟了收音機嗎？」
「收音機……？啊——可能丟了吧，你怎麼知道？」
「掉在椅子附近。裡面沒有電池，卻還在播放音樂呢。」
「哦，沒壞掉啊？好耐用的收音機。」
我還來不及回嗆她「這不是重點吧」，就聽見她說：
「最後我把自己也拿來試了。」
我大吃一驚，把視線拉回到她身上。
「把自己……總不會是從這裡跳下去的意思吧？」
「是啊，不過是從更高的樓層。」
「為、為什麼這麼做……成功的話，不對，說成功很奇怪，萬一直接掉到馬路上會死啊。」
女孩站在離我約兩公尺的地方。這應該是我幾次跟她面對面當中，最接近的距離。之前都只注意到她的濃眉，仔細看，她的鼻子也很有型。但是，不管各個五官有多好看，畢竟還是一張十歲左右的稚嫩的臉，表情怎麼會陰暗成那樣呢？仰頭看著我的眼睛深處，飄蕩著冷漠。小孩的長相與不是小孩的眼神大大不協調，看起來很不舒服，我不覺地撇開了視線。
「結果……怎麼樣了？」
「回過神來時，已經衝進了湖裡。我不會游泳，快嚇死了，幸好腳可以著地……可是，太可怕了，所以不會再那麼做了。」
她滿不在乎地道出了非常嚴重的事。我不知道該怎麼回應她的灑脫，只好盡可能改變話題。
「妳沒有父母嗎？」
女孩沒有回答。
「妳家在哪？今天不用上學嗎？」
女孩還是沒有反應。
「現在的傑尼斯有沒有妳喜歡的團體？」
女孩把雙手的手指彎起來，舉到臉的前面，開始檢查指甲的長度。
「妳認識我嗎？」
女孩稍微瞥我一眼，視線與我瞬間交會。
「不認識。」
「那麼，妳為什麼會在那個湖邊？是湊巧去散步嗎？」

「是有人叫我去見你。」

「誰？」

女孩沒有應聲。我耐著性子等她回答，但是，她的視線一直沒有離開指甲。

「打電話到下面房間的是妳吧？」

女孩輕輕點個頭說：「是。」

「妳叫我往塔上走，說有人在等我——是妳在等我嗎？」

「我只是聽從指示來接你而已。」

「那麼，是誰在等我？總不會是烏鴉女吧？」

「烏鴉女？」

「不對，也許應該稱她為烏鴉眼女人。她戴著超大的太陽眼鏡，摘掉眼鏡後，只有很小很小的烏鴉眼珠孤零零地黏在這裡，真不懂她幹嘛戴那麼大的太陽眼鏡。」

我把兩隻食指擺到眼珠子上方，在與拇指之間做出小圓圈給女孩看。

「那個女人不是妳的同夥嗎？」

「我不認識那種人。」

疑惑地蹙起濃眉的女孩，表情不像在演戲。

「對了，我差點忘了，不理她，她很可能會跟來這裡，因為她就在下面等我。在那棟山寨路邊餐館前面，就是妳的黃色車子前面。她是從天上飛來的。」

「飛來的……什麼東西？」

「就是烏鴉啊。三隻吵吵拍著翅膀，大肆喧囂地飛下來。不知道為什麼，其中一隻變成了烏鴉女。」

我想我這麼說她也聽不懂，就閉上了嘴巴。反倒是她露出令人畏縮的嚴肅的眼神說：

「那是什麼時候的事？」

「什麼時候……就是剛才啊。妳打電話給我後，我從窗戶往外看，就看到牠們出現了，所以我慌張地爬上樓梯……」

「你怎麼沒告訴我？早點說嘛！」

幾乎是尖叫的聲音，從女孩嘴巴衝出來。我從來沒有被這麼小的孩子怒吼過，所以不但嚇得往後退，還張大了嘴巴。女孩忿忿地看著這樣的我，把手指向門，以很快的速度說：

「沒空在這裡說話了，快走。」

「走？走去哪？」

「當然是上面啊。」

「等等，請先告訴我一件事，這裡到底是什麼地方？我同意我所知道的巴別跟這棟建築物在同一個地方，這點我同意。但巴別沒有這麼高，是比這裡矮很多、而且又老又破舊的混合大樓。然而，現在車子照跑、在下面走路的人也什麼都沒發現——這是怎麼回事？我到底在哪裡？」

「如你所見啊，你是在巴別。」

「我不認得這樣的巴別。」

「我不知道你說的巴別，你也不知道我說的巴別，如此而已。」

「如此而已？妳說如此而已？這麼霸道的結論，教我怎麼接受？那個湖是什麼湖？我從湖邊看到的塔又是什麼塔？為什麼我的房間會在那間山寨路邊餐館的二樓？那的的確確是我的房間，你們是怎麼準備的？」

「那是你的房間？」站在門前的女孩，突然停下正要推開鋪著黑紗的門的手，用帶著驚訝的聲音扭過頭說：「那部奇怪的小說就是你寫的？」

她的反應出乎我意料之外，我發出「咦」的怪聲，不知道該怎麼接話，視線在半空中漫無目標地飄來飄去。

這時候，女孩很快地轉向前方，推開了門。

我會把飄浮在半空中的焦點拉回來，不知道是因為先看見那東西，還是因為先聽到女孩響徹房間的慘叫聲。不過，在女孩「呀——」地發出短暫的慘叫聲時，我就清楚看見站在門前的黑色身影，而且下意識地想逃走，被腳下的盆子絆到，一屁股慘摔在地上。

女孩往後退，門在她前面敞開，鈴鐺叮叮噹噹地輕聲響起。

出現了穠纖合度的肢體，裹著深黑色的布料，上面飄著彷彿其他生物在爬行的噁心黏膩光澤。聽到高跟鞋的細鞋跟有點低沉的「喀」的聲響，我才發現自己是摔倒在鋪著木板的地面上。

「謝謝妳特地幫我開門。」

「妳、妳是誰？」

看到全身黑色的身影出現在樓面入口，女孩質問的聲調超越警戒，明顯帶著敵意。

「就、就是她，她就是我說的烏鴉女。」

聽到我的聲音，女人伸長脖子，歪起了頭。跟前兩次出現時不一樣，她把頭髮盤起來固定在後面，所以從敞開的胸口到細長的脖子、清晰的下巴線條，肌膚都白得發亮，綻放著耀眼的光芒。

「烏鴉女？」

架在挺直鼻梁上的大太陽眼鏡，捕捉到我跌坐在地上的身影。

「好難聽的名字啊。我們可是大有來頭的太陽使者呢，可不可以請你更尊敬地稱呼我們？哎，算了，你已經做得很好了。你幫我們找到門扉，還帶我們來到了這裡，我必須稱讚你。」

依然像堆起來的積木倒塌時咔鏘咔鏘作響的奇妙聲音，從抹著鮮豔欲滴的口紅的嘴巴迸出來。

「你們好像是要往上走，是打算去哪裡呢？」

「出去！」

可能是穿著高跟鞋也有關係，女人看起來比我高很多，小女孩卻毫不畏懼地瞪著她，大膽地對著她吼叫。兩人默默對峙了好一會兒，烏鴉女突然向前彎下腰，呢喃似的說：「我知道了，妳是在這裡卻也不在這裡吧？好可憐。」

我想她應該不是刻意展現，但因為配合女孩的高度向前彎下腰，所以胸口的乳溝幾乎裸露到讓人作嘔。

「妳現在要去見的人，我也有很重要的事要找他談。可不可以告訴我，要去哪裡找他？」

「不要，我不告訴妳。」

「妳在這裡待多久了？十年？二十年？還是更久？我可以把妳從這裡帶出去。」

「我絕對不帶妳去。」

女孩堅決地搖著頭，有點硬的頭髮沿著單薄的肩膀曲線搖晃。她在大腿旁緊緊握起小小的拳頭，洋裝的下襬配合呼吸，微微地上下波動。

「是嗎？」烏鴉女如吐氣般低喃，恢復原來的姿勢，說：「那麼，我也不帶妳出去。」

高跟鞋「喀」地向前一步，女人的長腳也隨著聲響猛然向前，縮短了與女孩之間的距離。

那件事就發生在一秒之間。

當我看到兩人的黑衣服彼此交疊時，女孩的身體就離開了地面。

女孩連尖叫的時間都沒有。

女人一隻手握住女孩纖細的脖子，輕輕舉起，轉動身體方向，毫不猶豫地把女孩從打開的窗戶扔出去。

我維持屁股著地的姿勢，張大嘴巴看著女孩的身體以慢動作從我上方經過。當米奇從樓頂被扔出去的視覺殘留影像浮現腦海一隅，女孩已經消失在窗戶外面了。

分不清是慘叫還是怒吼的聲音從喉嚨深處爆發，我站起來，把身體探出窗外。

女孩在很下面的地方。

以背朝下的姿勢，把雙手伸向了我。

「你的稿子——！」

當我聽見叫聲，她已經從我視野消失了。

就到此為止了。

黑色洋裝的下襬被風拉扯鼓脹起來那一瞬間的畫面，不斷在我腦海反覆播放，我茫然地俯瞰夾在大樓之間的道路。

到處都看不到女孩的身影。好像微微聽到「啵鏘」一聲，但那真是震動耳膜的聲響嗎？或者純粹只是我希望女孩平安無事的具象化？我不知道。

唯獨能確定的，就是眼下的風景沒有任何改變。人成為黑點在人行道上走來走去，正在等紅綠燈的車陣沒多久也緩緩流動起來，持續著日常的生活——極為祥和的日常生活——如此而已。

第六章

巡視承租店

不用說，我對烏鴉這個生物當然抱著明確的仇恨情緒，但其中也包含大半的棘手意識。至於理由，最大的可能就是關於迷路烏鴉的不愉快回憶。

辭職後，我搬到巴別，在新生活終於穩定下來時，獨自踏上了旅程。

目的地是恐山。

我想挑戰從沒搭過的臥舖火車、想更堅定自己面對今後困難的決心——選擇恐山為目的地，就是因為完全吻合這樣的心情。

第一次搭臥舖火車，覺得床好硬，完全睡不著。到達恐山時，又遇上非季節性的颱風，淋成落湯雞。恐山的女巫招魂很有名，但聽說女巫只有祭典時才在，靈場也冷冷清清，我一個人孤獨地走在灰色砂礫無限延伸的可怕風景裡。插在湖邊地上的風車，瘋狂地咔啦咔啦轉動，看起來很恐怖。

我只帶了薄衣服，所以冷得發抖，趕快離開靈場。在公車亭的候車室等公車時，我翻開了放在入口處旁的留言本。

「我請女巫召來藤子．F．不二雄老師的靈魂，問他胖虎的妹妹叫什麼名字，他說忘了。那個女巫是個騙子。」

翻開的那頁寫著這樣的留言，我心想現在的社會還真難混呢。

言歸正傳，主題不是恐山，而是我從旅行回來時發生的事。

經過好幾個小時後，我回到巴別，在爬上房間的樓梯時，忽然聽到聲響。

有什麼東西在上面一層樓動著。

住在車站附近的混合大樓，常常會被搞得很緊張。左右都是餐飲店聚集的大樓，人來人往出入複雜。有時，會有人以為五樓也有商店，來到我的房間前面。當我正躺在沙發上發呆時，聽到門外突然有很多人說話的聲音，譬如「什麼都沒有，上面是頂樓」之類的交談聲，我就會很緊張。有人喝醉在樓梯平台嘔吐，也有人在這裡小便。難以置信的是，甚至有人在這裡大便。樓梯是挑空結構也有關係，我一打開門，就會聞到從樓下傳來的沖鼻惡臭，產生不祥的預感。三十分鐘後，我會邊「嘔、嘔」地嘔吐，邊在樓梯清掃穢物。為什麼？因為我是巴別的管理員。

巴別的麻煩事，在我的眼睛看到前，其他感覺器官會先發現。

從恐山回到家時，耳朵先察覺異狀，眼睛才接著看到證據。

我的房間前面，被來歷不明的白色東西撒得到處都是。我戰戰兢兢地靠近看，發現好像是鳥糞時，就從頂樓傳來了顯然是生物的氣息。

我先把行李放在玄關，小心地爬上樓。為了節電，我拔掉了通往頂樓的樓梯的日光燈，所以黑暗逐漸覆蓋了牆面。我在與頂樓之間的樓梯平台折返時，突然響起「啪唦啪唦」的拍翅聲。

抬起頭，看到樓梯前方有隻烏鴉。

太陽已經下山了，但還有微弱的光線從嵌在頂樓門上的毛玻璃透進來。烏鴉停在扶手的終點處，把鳥嘴朝向了我。我轉過身，先回到房間。

「可惡的烏鴉！」

我邊咒罵邊走向洗臉台。

真是會惹麻煩的烏鴉。頂樓的門是關著的，所以，烏鴉的入侵途徑只有一樓的樓梯入口。不知道牠是像人類那樣一階一階地爬上來的，還是一口氣飛上來的？總之，牠就是誤闖巴別，在我房間前面到處大便後，被困在頂樓門前，找不到路回家。

我很想丟下牠不管，但是不行。我不知道那隻烏鴉誤闖巴別多少天了，但是只要我撒手不管，牠就會餓死在那裡。我絕對不想收拾那麼大的鳥屍體。

我從洗臉台下面的櫥子拿出了安全帽。不知道是誰的，從我搬來時就放在這裡了。我打算用來保護頭。為了預防眼睛被鳥嘴戳到，我也想要一副潛水鏡，但不可能正好有那種東西，所以我先把帽子深深戴到眼睛上方，再把安全帽往上戴。然後，用長袖運動衫裹住上半身、戴上工作手套，準備周全才走出房間。

烏鴉發現我又出現，立刻從上面發出「啪唦啪唦」的聲音迎接我。上樓前，我先在大腦做了沙盤推演。我要一口氣往上爬。我要一口氣衝上去。乘勢打開門，跑到頂樓。只要敞開著門，烏鴉就會自己跑掉。

我心想：「好，就這樣。」一點個頭，踩上了階梯。我每爬上一個階梯，帶點神經質的拍翅聲就更加渾厚地傳來。知道是烏鴉，就沒辦法像剛才那樣毫不設防地爬上去了。烏鴉隨時都可能攻過來，我彎著腰上樓，好不容易才走到中間的樓梯平台。

烏鴉張大翅膀，嚴陣以待。

沒想到烏鴉是這麼大的生物。從翅膀的這端到那端，寬度大概有兩公尺吧。說到烏鴉，會給人跟巫婆聯想在一起的灰暗印象。浮現在黑暗中的身影，只能用「邪惡」兩個字來形容。我不知道烏鴉算不算猛禽，但牠啞啞叫著威嚇我的嗆辣嗓音的兇猛度，讓我瞬間感受到小動物被鷹或鵰盯上時的恐懼。

烏鴉盤據在扶手終點，一副自己是樓梯平台主人的架式。我抬頭看著這隻蠢烏鴉，激勵自己「去啊」。可是，想到必須經過烏鴉旁邊，腳就完全不聽使喚了。我真的很害怕。光一隻烏鴉就把我嚇成這樣了。在SF電影裡，不管出現多大隻的異形，男、女主角都會毫不畏懼地採取敏捷果斷的行動，多麼勇敢啊。就在我發出場合不對的讚歎時，烏鴉突然飛了起來。

其實只是在扶手與天花板之間飛來飛去，飛翔高度大約一公尺而已。可是，被這個場面震懾的我看在眼裡，有無齒異龍來襲般的威力。

我嚇得往後退。

「咚！」

後腦勺好像撞到了什麼。

慌亂瞬間襲向了我。

純粹只是沒辦法緊密地套在帽子上而稍微往後戴的頭盔，撞到了牆壁而已，我卻以為背後有什麼東西，回神時已經像女孩般「呀」地驚聲尖叫，衝上了樓梯。

恐怕連烏鴉都被我嚇死了。

看到我邊叫邊衝上來，烏鴉拚命拍著翅膀，好像在說不要過來、不要過來，啞啞叫個不停。我繼續慘叫，從牠旁邊衝向門，活像一幅地獄圖。幾乎是以身體衝撞的力道，推開了重甸甸的鐵門。烏鴉好似等著這一刻，當外面悶熱的風吹進來時，就有一道粗暴的氣息從我頭頂揚長而去。等我把門完全打開時，烏鴉已經被釋放到黑夜中，轉眼間消失了蹤影。

以上是我從公司辭職還不到一個月時發生的事。

這個時候，我什麼也沒察覺。

誰想得到，那之後我會為了垃圾跟烏鴉爭執兩年，還會這樣被烏鴉女死纏爛打，不得不一直爬上沒有任何變化的樓梯。

在女孩消失的「古美術與咖哩　仁平」，女人也不知道有什麼根據，斬釘截鐵地說：

「那孩子沒事啦，她自己不也說過只會掉進湖裡。」

看到她剛拋下女孩就滿不在乎地笑著，我快崩潰了。鈴鐺清新地叮叮噹噹響起，女人打開門說：「走啦。」我還是站不起來，幾乎全身癱瘓。還來不及抵抗她，我就先敗給了自己腰圍的肌肉。

我掙扎好久才站起來，在她下巴的催促下走出房間。烏鴉女用細鞋跟幫我卡住門，我從她前面走過去時，光看到她扠腰的手放下來，就嚇得大叫：「哇，不要！」發出很窩囊的聲音。

「上去。」女人若無其事地說。

我沒有勇氣拒絕與她同行，聽從她的命令，搖搖晃晃地爬上樓梯。之後，我頭也不回地走上理所當然似的不斷重複的樓梯平台與樓梯的組合。女人在我下面幾階，示威似的踩響高跟鞋，尾隨在後。我知道我應該馬上推開女人，衝下樓梯，去湖泊看女孩怎麼樣了，可是，我害怕到心臟都縮起來了，就像當時與烏鴉對峙那樣。不但如此，聽到她說：「往上走，你有替我帶路的重要使命。」我甚至鬆了一口氣，心想她應該暫時不會把我從窗戶丟出去。

但是，在沒有窗戶、不斷重複相同風景的樓梯走著走著，我越來越在意女孩消失這件事。「不行。」不知道走到第幾個樓梯平台時，我終於忍不住轉身說：「我不想跟妳在一起，光是待在妳旁邊，我就覺得很噁心、很噁心、很噁心。我要去看那個女孩怎麼樣了，妳讓開。」

我瞪著在三個階梯下抬頭看著我的太陽眼鏡，一口氣把話說完。女人在太陽眼鏡外的表情沒有任何變化，平靜地問我：

「你也看見了吧？那座高聳入雲的塔、湖、道路——我從天空俯瞰了一圈，做得太好了，你知道那些是什麼嗎？」

我對「從天空俯瞰」這個部分非常介意，卻又不願探詢怪物的真面目，有點自暴自棄地頂她說：「我哪知道啊。」

「看來那個女孩什麼也沒告訴你，」女人缺乏抑揚頓挫的語調裡，透著挑釁的意味說：「你想你是怎麼來到這裡的？」

「這我也不知道。醒來時，就突然在湖裡了。是你們讓我昏睡，把我帶來這裡的吧？」

「不是我們，是你自己來的。你還記得那幅畫吧？那就是來這裡的門。你在我們眼前突然消失了，可是，我們不能像你那樣打開門扉。直到今天，產生了縫隙，我們才能進來。你知道這意味著什麼嗎？就是這裡快要崩塌了。」

女人稍作停頓，等著看我的反應。

「妳知道……這裡是什麼地方？」

對方的沉默誘使我主動提問，我感到後悔，但問題堆積如山，我也無法壓抑想知道答案的慾望。

「嗯，我當然知道。」女人用手指托著尖細的下巴，輕輕點著頭說：「其實你也知道吧？你認為這裡是實際存在的地方嗎？譬如說那個湖泊，你認為在哪張地圖上有標示嗎？」

「我怎麼可能那麼認為呢，這裡淨是不合常理的地方。」

除了山寨路邊餐館周邊沒有任何建築物的巨大湖泊、不斷往下坡走卻來到山上的道路、不會動的太陽、不會前進的帆船、高聳入雲的塔——根本就是毫無章法的大遊行隊伍。

「對，不合你的常理，也不合我的常理。但是，符合某一個人的常理。」

「什麼……意思？」

「你知道九朔滿男吧？」

「當然知道。」

他是我的祖父大九朔。可是，他跟現在有什麼關係呢？
「這裡的一切都是他做出來的。這個地方叫巴別，他是這個世界的王，掌管這個世界的所有一切。」
儘管斜下方一公尺處有條深似海的乳溝，我還是驚訝地張大嘴巴，放過了所有進入視覺的資訊，心想她在胡說些什麼啊？
「要開玩笑，妳的眼睛就夠好笑了！」
我很想這麼說，但還是算了。
「我沒話跟妳說，請妳讓開，我要走了。」
我這麼說，跨出一步要從女人旁邊經過時，女人無預警地摘下了眼鏡。
在不到五十公分的距離，我清楚看見了那雙眼睛。烏黑、分外潤澤的烏鴉眼珠子，一小點、一小點地鑲在蒼白的肌膚上。我看不出她的視線，卻能清楚感覺到視線投注在我身上。
「可不可以請你不要亂來？你必須跟我爬上樓梯，若是不照我的話做——」
烏鴉的眼珠子突然笑了起來。雖然沒有眼尾、沒有眼角、沒有眼皮、連眉毛都沒有，但看到眼珠子周邊的肌肉在動，就可以知道她笑了，那畫面恐怖到令人難以置信。我很快又嚇得全身癱瘓，一屁股啪嗒跌坐在樓梯平台。
「你想回去原來的世界嗎？」
「想、想啊……」
「那麼，只能去問做出這個巴別的人，只有他知道回去的門扉在哪。」
「問？怎麼問？」
我在大腦的一隅茫然地想像自己學女巫把大九朔的魂召來的模樣，但是，我當然沒有那樣的本事。

「爬上樓梯就行了，他在上面等著你。」

「妳胡說什麼啊，妳說的那個人已經……」

「你還不明白嗎？你會在這座塔裡，是被九朔滿男召來的。」

我注視著貼在女人臉上的眼珠子。

「要開玩笑，妳的眼睛就夠好笑了！」

我很想這麼說，但還是說不出口。

有股味道。

巴別大樓內的異狀，在我用眼睛確認之前，其他感覺器官就會先察覺。一如這樣的經驗法則，我的鼻子先聞到了味道。不過，儘管外形一樣，這裡並不是我所知道的巴別，即使有髒東西散落也不干我的事。然而，在搞清楚是什麼味道之前，身體還是不由自主地緊繃起來。

像是薰香的味道。

像個前衛走在女人前面的我，覺得纏繞在臉上的香味越來越濃。管理人的特質似乎發揮得不是時候，知道是不必打掃的味道，竟然莫名其妙地鬆了一口氣。這時，赫然出現一個面向樓梯平台的門。

不知道為什麼是我見過的造型。

我看著位於視線高度的長方形觀景窗。從表面色澤來看，不也是「畫廊蜜」的門嗎？我檢查安裝在右上方的電錶，可以看到數字的透明蓋子下面貼著「3F」的標籤。

說不定是回到原來的世界了——

我飛也似的把臉湊近觀景窗。

「啊？」

看到與我想像中相差太遠的光景，我不由得發出破音的尖叫。門的正前方擺著接待客人的吧台，左手邊是被窗簾遮住的窗戶，右手邊立著簡單的屏風，怎麼看都不像畫廊的模樣。

「我可以進去一下嗎？」

我用T恤的袖子擦去額頭上的汗，邊調整急促的呼吸邊轉過身去。女人站在樓梯中間仰視著我說：「可以啊，請。」臉上浮現妖豔的笑容，點點頭。她穿著恨天高的高跟鞋，喀喀作響地一階一階爬上來，卻大氣也不喘一下，換我來穿一定走不了幾步。

「妳——」

我才剛起個頭就閉上了嘴巴。

這個女人應該是烏鴉。那麼近距離看到了她的眼睛，已經無庸置疑了，但我又不想得到證實，所以還沒向她本人確認過。總之，她就是怪物。可能人類的外形只是暫時的，所以這個女人無法掌握展現感情的要領。尤其是無法理解「時間」、「場合」這兩大必須條件。她會在不該笑的時候笑。第一次出現時，她的穿著顯然就不適合來拜訪破舊的大樓。也就是說，這個女人總是處於脫序中。

今天這個女人也是戴著巨大的太陽眼鏡、掛著不合時宜的笑容，到底是對什麼事感到「開心」呢？我也同樣抱著這種場合不對的疑惑。她畢竟是烏鴉，過著每天翻攪垃圾為樂的人生，表現感情的基準當然也跟我不一樣吧？這麼一想，就覺得自己老在她的表情上挑毛病也太可笑了。

「算了，沒什麼。」

我背向女人，打開了門。

當更強烈的薰香味衝鼻而來，初惠阿姨的大提琴嗓音忽然在耳邊纏綿地響起。在關於蜜村先生的豐富店舖經歷的話題中，是不是有提到開畫廊前是經營泰式按摩呢？我記得好像說過會有薰香的味道飄到樓梯——

我悄悄走進店內。

正面的吧台上擺著一個黑亮亮的大象裝飾品。吼叫似的舉起長長的鼻子，彎到背部。背上有個盆子，我從裡面抽了一張名片。

上面印著店名「泰式傳統按摩 蜜」。

我從用來遮蔽視線的屏風的縫隙往裡面看，有一個裹著淺駝色床單的床墊直接擺在地上，旁邊有個很可能陳列在亞洲雜貨店的時尚照明，同樣擺在地上亮著淡淡的光芒。稍微隔開一點距離，也點著一盞照明，還有個怎麼看都是用來擺第二張床墊的空間，但沒看到床墊，只有床單和枕頭被孤獨地扔在那裡。

「蜜村先生！」

我試著叫喚，但沒有人回應。

房間的規畫似乎跟畫廊一樣，後面有扇員工室的門。難道這裡曾經是蜜村先生的店？那麼，他是自己替客人按摩嗎？那個笨手笨腳的蜜村先生？很對不起他，我覺得或許不是完全做不到，但應該沒辦法提供非常道地的按摩。原來，就是這樣才倒閉的？我自己展開刻薄的聯想，從床墊旁穿越，打開了裡面的門。

果然是當成員工室使用，眼熟的洗碗槽、瓦斯爐前面，雜七雜八地堆積著備用品。我環視不到兩個榻榻米的無人隔間，正要關上門，看到正面的鋼管桌上擺著堆積如山的床單和毛巾。我心想不會吧？向前一步，把手伸向毛巾，稍微往旁推，看後面有沒有東西。看到掛在牆上的裱框畫的邊緣時，我的手已經把毛巾小山推倒了。

據說是大九朔畫的那幅畫，掛在跟我碰觸時完全相同的位置。

但是，跟我看過的畫不一樣。

藍色湖泊的中央不見該有的黑門。原本是門的地方，漂浮著三個白色的小東西。是那三艘帆船。似乎是想靠立體地凸起來的顏料厚度，直接表現出迎風鼓起的船帆，但實在太抽象化了，在沒看到實景之前，根本看不出來是在畫湖。

我輕輕碰觸表面。

誠心誠意地祈求「讓我回去」，撫摸顏料形成的凸起。

然而，什麼事都沒發生。

我閉上眼睛，又祈求了一次。

原本想數到二十，但是，細鞋跟肆無忌憚地敲響地板的喀喀聲，喧囂地從背後傳來，所以我數到十就張開眼睛放棄了。把散落一地的毛巾放回鋼管桌，走出員工室，就看到烏鴉女站在地板中央。

「這裡是過去的記憶，全是做出來的。剛才那家店和你的房間也都是。你也看到了塔的周圍吧？我從來沒看過有人可以把環境也做得那麼精緻。」

我越過女人前面，走向窗前的窗簾。我記得畫廊蜜是換成了百葉窗。我邊在記憶中搜索，邊把窗簾往左右拉開，之前霧氣彌漫的風景，轉眼變成晴空萬里。我打開窗戶，小心地把頭探出去。比起從那家奇怪的古美術咖哩店往下看，地面又更遠了。周圍仰望巴別大樓的頂樓，看起來都比食指的指甲還小。剛才還能勉勉強強分辨衣服顏色的行人，現在只能看到點點而已。

「從那裡看到的東西都沒有意義，你眼中的景致、車子、人，隨時都可以做任何改變。天空、雲、所有一切都是假的——對，就像某種設定。」

我的視線追逐著從地面向上堆砌的巴別的牆壁與窗戶。手明明緊緊抓著窗緣、腳也緊緊抓著地面，卻感覺身體搖晃差點掉下去，我慌忙把頭縮回去。如果這個風景是假的，那麼剛才的頭暈目眩也只是錯覺嗎？我腳下的地面、握在手中的窗框，都是假的嗎？

「那麼，我們是站在哪裡？一路爬到這裡的樓梯、這棟建築物，全都是幻影嗎？」

我回過頭，看到女人手扠腰，跟我在頂樓見到她時一樣，稍微張開修長的腿站立。

突然，女人以奇妙的動作扭動了脖子。

從她高跟鞋的鞋尖到胸口，曲線異常完美的漆黑身體，都配合這個動作，唰地閃過令人厭惡的黏膩光澤。根本就是烏鴉。儘管外形全然不同，我還是在腦海裡清晰地描繪出黑色羽毛黏膩地閃爍著銀色亮光、脖子轉來轉去的烏鴉模樣。

「我們現在是在那座塔裡的某個地方，正在塔內往上爬。中途就像這樣，會有房間、窗戶、做出來的內容物、做出來的風景。這就是這個巴別的存在方式，懂了嗎？」

不懂，完全不懂。

「妳——來過這裡？」

「沒有，第一次來。」

「那麼，為什麼說得這麼有自信，好像妳什麼都知道？通常大腦會有點混亂，心想『這是哪裡？啊，搞不懂』才正常吧？」

「因為我們看過太多巴別了。」

「妳說的巴別到底是什麼？我知道的巴別，是五層樓建築、屋齡三十八年的混合大樓的名字。」

女人嫣然一笑。

又來了，又是不合時宜的笑。

「你說的巴別跟我說的巴別，原本是不同的東西。對了，我說的巴別應該是跟那個女孩說的巴別同樣意思吧。不過，巴別的入口場所、存在方式，會因為掌管的人不同而不同。這個巴別是九朔滿男建立的，同時，他又把用來藏鑰匙的建築物也稱為巴別。不過，那是過去的事了。現在，你、我所說的巴別，意思逐漸趨近了。你會站在這裡，就是最好的證明。在巴別不再是巴別之前、在巴別完全崩塌之前，阻止崩塌、進行清算，是我的職責。」

我還是一點都聽不懂她在說什麼。但是，她以沒有抑揚頓挫的語調淡淡陳述的話語傳入耳裡時，我卻能感受到話中在傳達什麼十萬火急的真相。我心想「不要被她騙了」，這個女人畢竟是若無其事地把女孩扔出窗外的瘋狂怪物。

「能不能請問……不阻止崩塌會怎麼樣？」

我絕不相信這個女人。但是，要脫離這個迷宮，必須從這個女人套出訊息。

「會發生非常不好的事。」

「譬如說？」

「這裡——」

女人放開扠腰的手，指向地面。不過是那樣站著，用食指指著地面而已，就架式十足到令人討厭。

「這裡會成為現實。這個塔會出現在現實世界，取代你所知道的巴別。」

「發……發生那種事，會引發大騷動啊——」

「那還只是開端呢，就像被塞住的栓子浮出地面而已。拔掉栓子後，會從原本被塞住的洞噴出什麼來，才是大問題。」

女人還是在笑，彷彿根本沒有任何問題。

「胡、胡說八道也要有個分寸嘛。妳突然說出這麼荒謬的話，我怎麼可能回妳說『咦，這樣啊』？喂，妳有沒有聽說過『死人不會說話』？那個被妳說成巴別之王的人，二十五年前就死啦。他死的時候我才兩歲，所以完全沒有記憶，但母親和阿姨都跟我說過很多關於他的事，我到現在都還很尊敬他，甚至尊稱他為大九朔。」

「大九朔？把九朔滿男稱為大九朔？這個名字不錯呢，我也這麼叫吧。」

「少來了，快向我道歉，再向故人道謝。妳竟然對著孫子，把祖父說成瘋狂科學家那樣人。」

「你的意思是不相信我說的話？」

「當然啦，大九朔已經不在這世上了。」

「那麼，這之後我見到他，將他剷除，你當然也不會說什麼吧？因為你的大九朔已經不存在於任何地方了。」

也太強人所難了，這根本是顛三倒四的理論。我嗆她說：「懶得理妳。」俯瞰眼下的風景，這時忽然想到女孩說從窗戶丟下去的床墊，會不會是本來放在後面的地板？腦中浮現女孩設法把那張大床墊搬到窗邊，再用纖細的手把床墊推到窗外的模樣。女孩說也用自己的身體嘗試過。我扭動身體往上看。說來奇怪，我竟然沒想過要這麼做，但果不其然，從這個角度完全看不到終點，只有牆面漫無止境地壓下來。

女孩曾經從這個樓層、或更高的樓層跳下去。那需要超乎常人的決心。她那麼想離開這裡嗎？話說回來，她究竟是什麼人呢？為什麼會在這裡？她的父母和她的家呢？我被扔到湖裡後，她是我見到的唯一一個正常的人，我卻對她一無所知。

我若是有心找到她、有心了解她，現在馬上從這裡跳下去就行了。應該會沉入湖裡吧？但是，只要稍微意識到會是那樣的結果，我抓住窗框的手就害怕到僵硬。不行，就算給我一億圓，我也不敢跳。

我關上窗戶，轉過身去。

「我完全聽不懂妳在說什麼，不過，我想知道妳若完成任務，這裡會怎麼樣？」

「會不留痕跡地消失。已經開始崩塌的東西，現在要留也留不住了。」

「那個女孩會怎麼樣？」

「會消失。」

「消失？喂、喂，等等，為什麼會變成這樣？妳的目標不是其他人嗎？」

「不只是她，所有人都會消失。」

「那我呢？我會怎麼樣？」

「你也會消失。」

女人說得簡潔扼要，好像在指責我幹嘛問這種理所當然的事。

我受到太大的震撼，一時不知道該接什麼話。

「當然，我也會消失。」

女人又補這上一句，嘴角浮現跟之前不一樣的溫柔笑容。當她笑到露出潔白皓齒時，本能告訴我「糟了」，這個女人說的話可能是真的。

「哺嚕嚕嚕嚕」

突然響起悠閒的電子音。

聲音來源在吧台附近。女人踩響高跟鞋，走向吧台，把手伸出去，從黑色的大象裝飾品上拿起像是無線話筒的東西，電子音就戛然而止了。

女人毫不猶豫地把話筒拿到耳邊，默默地維持相同的姿勢好一會後，把話筒遞給我說：

「找你的。」

「找我？」

「大九朔先生打來的，說要找小九朔先生。」

女人也不問我要不要接，就把話筒拋上了半空中。

我在接住話筒的同時，衝口而出問她：「大九朔？」

「對，你的大九朔先生。」

女人回答得很自然，一副沒什麼事的樣子。

「別開玩笑了。」

「我沒開玩笑，你聽就知道了。」

女人把手指擺在大象裝飾品上，撫摸向後彎成圓圈的大象鼻子。

我看著話筒半晌，心想就當作被騙了，把話筒拿到耳邊。

「歡迎你來。」

冷不防聽見男人的聲音。

「你好像被捲入了種種麻煩呢。」

是陌生的聲音。既不老也不年輕，是非常一般的音質。起碼可以確定，那顯然不是若還活著已經九十多歲的大九朔的聲音。

「呃……」我瞄一眼烏鴉女後，壓低嗓門問：「你在跟誰說話？」

「跟你啊，滿大。」

突然被叫到名字，我不由得把話筒拿開。女人看著大象的屁股，用不知道是真是假、總之塗得烏漆抹黑的長指甲的尖端，咚咚敲著大象的屁股。

「他是不是叫了你的名字？他對我們的事瞭若指掌，你想知道什麼，何不直接問他呢？你應該有很多事想問吧？」

女人說得好像聽見了我們的交談。

我把話筒放回耳邊，單刀直入地問：「你是誰？」

「我是九朔滿男。」

「我祖父已經死了。」

「那是在那個世界的事。」

「不，無論在哪個世界他都死了，可不可以請你不要做冒瀆死者的事？」

從話筒那端傳來呼呼呼的奇怪笑聲。跟前面的聲音不一樣，是好像突然老了好幾歲的笑法。

「是嗎？那麼，我來說件關於你的事吧。」
我還來不及對那個笑感到疑惑，他就興致勃勃地說了起來。
「譬如，你的額頭有道傷疤，在右上方。應該說是凹陷，而不是傷疤。那是你一歲時，在庭院跌倒留下來的。那時你剛學會走路，一個人在庭園玩，突然聽見你的哭聲，三津子驚慌失措地跑去把滿身是血的你抱回來。你是跌倒時，小石頭卡進了額頭裡。傷口不是很大，但留下了小小的凹陷。」
我默默撫摸右邊的額頭。這件事我沒有告訴過任何人，不，也沒必要告訴任何人。電話那端的聲音，正確描述了只有家人才知道的額頭傷疤的由來。
「我之外的事呢？」
我極力維持不變的聲調，刻意說得很冷漠。
「說你不知道的事也沒用——對了，你有沒有聽說過三津子的事？她小學三年級的時候，曾經忘了背書包就去上學了。學校在從家裡去巴別的途中，所以我幫她把書包拿到了教室。」
母親的老家在距離巴別步行約二十分鐘的地方，初惠阿姨現在也還住在那裡。母親就讀的小學，的確是在老家與巴別的途中。冒冒失失、忙中出錯，是母親的老毛病。忘記帶書包就去學校，是她少女時代最經典的一段插曲，我也從她本人聽過好多次。
「要說與你共有的記憶很難，因為我只見過你兩次，一次是你出生時、一次是你受傷時，兩次都是三津子抱你回老家。對了，差點忘了最重要的事，你的名字是我取的。」
我沉默下來，反芻對方的話。內容完全正確。但是，在這種「是我啦、是我啦」的詐騙電話伎倆上，使用故人的名字，根本上就算失敗了，所以他究竟是什麼目的？是想從我這裡套出什麼話嗎？

「你只見過我兩次，再也沒有第三次，你知道原因嗎？」

「那還用說嗎？當然是因為我在你兩歲的時候就死了。」

承認自己死了不就沒戲唱了？他卻爽快地越過了這個界線，我突然覺得認真聽他說話簡直是白癡。

「那麼，已經死掉的『我』，為什麼可以這樣跟我講電話？」

「這件事說來話長。不過，最主要的理由還是『因為我已經死了』。」

從電話那頭傳來的聲音十分沉穩，絲毫不會讓人感覺到話中有極大的矛盾。我把手指移到「關」的按鍵上，宣告說：

「我受夠了你這種唬人的說話方式，不管你是誰，我都要掛電話了。」

「你想回到原來的世界嗎？」

「想啊，我想回去。」

「那就消滅那個女人。」

在我大拇指使力之前，更低沉的聲音滑入了我耳裡。

「讓不速之客早早退場。你繼續往上爬，會到八八六十四。」

「八八六十四？」

「那裡擺著一個藍色的紙箱。你把那個紙箱交給女人，等她打開箱子，你就說『退去』，多小聲都沒關係，這樣女人就會失去能力。」

我假裝看窗外的藍天，偷偷迅速地瞄了女人一眼。她把從大象裝飾品抽出來的店名片夾在指間甩來甩去，不知道是在看還是在玩。

「那你呢？你在哪裡？為什麼不現身？」
「等女人退去，我就會去接你。」
「那個女孩呢？那個來湖邊接我的女孩是誰？是你叫來的吧？你知道嗎？她不在我身邊了！」
「我知道，她沒事。」
「你怎麼知道？」
「我怎麼知道？」男人又發出剛才的呼呼笑聲，說：「因為這裡的所有一切都是我做出來的。」那口氣像是在教小孩子。
「也就是說這裡發生的事，你通通都知道？那麼，那孩子很討厭這裡，如果是你做出了這裡的一切，她一定也很討厭你──關於這一點，你也都知道嗎？」
電話那頭忽然噤聲不語，我叫了好幾次「喂」，也都沒有回應。我想可能是掛斷了，正要把話筒從耳邊移開時，又聽到一聲：「八八六十四。」
說完，電話就斷了。聽到「嘟嘟」聲，我按了一次「關」的按鍵，又接著打給110、119、老家，果然都沒有人接電話。
「與大九朔先生的感動重逢如何呀？」
我把話筒拋回給女人。女人輕輕鬆鬆地接住話筒，放回吧台。
「別開玩笑了，他哪像我祖父，這世上才不會有人相信那麼沒水準的『是我啦、是我啦』的詐騙電話，因為連他自己都說自己已經死了。」
「即使你不想承認，他也是如假包換的九朔滿男。」
胡扯瞎掰的電話男人與怪物女人，都想剷除、消滅彼此，是極端的對立關係，但兩人都想逼我認同九朔滿男的存在。這是什麼奇怪的三角關係？

「說吧，去哪裡可以見到九朔滿男？」

「他叫我去八八六十四。」

「其他還說了什麼？」

會毫不猶豫地把女孩扔出窗外的女人，絕不可能是站在我這邊的自己人，所以我沒有說出叫我消滅女人的事。

「總之，他只叫我去那裡。話說回來，為什麼我要當傳聲筒？妳先接了電話，大可自己問啊。」

為了蒙混過去，我刻意粗聲粗氣地說。

「我一接電話，他就說沒話跟我們說，要我把電話交給滿大啊。」

女人張開原本交叉站立的修長雙腿，細鞋跟在地上「喀」地敲了一聲，說：「走啦。」走向了門口。女人打開門，走到鑲在視線高度的長方形觀景窗外時，我的記憶忽然一陣刺痛，想起「我見過這個畫面」。沒錯，那時候我就站在這附近。房間的黑電話被女人破壞後，我逃進了「畫廊蜜」。就在我猶豫要不要乾脆從窗戶跳下去時，男性檢查業者打破了那面觀景窗，往裡面噴了稀奇古怪的氣體。驚慌失措的我，逃進了後面的隔間。那是一大失策，即使雙腳都會骨折，我也應該從窗戶跳出去。那麼做，我現在就不會待在這個薰香味濃郁的房間。

都怪這個女人。

這個烏鴉女是所有事的元兇。

隱瞞打電話來的人與我商談的事，我原本感到心虛，但跟在女人後面出去後，那一點點的歉疚感就煙消雲散了。我有權漠視這個女人即將蒙受的災厄，我要正正當當地行使這個權利。

「快爬上去，沒有時間了。」

一到樓梯平台，她就把下巴指向了樓梯。

我從鼻子冷哼一聲，跨出第一步走上階梯。

「八八六十四到底是什麼呢？」我漫不經心地問。

「是店名吧。」女人很快地回應。

「妳知道這家店？」

我不由得回過頭，她冷冷地下指示說：「不要停下來。」我把手按在大腿上，嘿喲一聲，開始往上爬。

「『泰式傳統按摩　蜜』、『古美術與咖哩　仁平』，都是曾經進駐你那棟大樓的承租店吧？」

她的聲音被包在高跟鞋繚繞的迴音裡。

「那麼，八八六十四也是——」

「是以前的承租店，也就是說，是按照倒閉順序出現。」

「倒閉順序？」

「就是撤出你那棟大樓的順序，從最近撤出的店開始出現在這個樓梯，所以下一間應該是倒數第三間倒閉的店。」

「妳、妳怎麼會連那麼久以前的承租店的店名都知道？我都不知道呢——妳調查過？」

「當然，我們全部調查過。」

我扭過頭，瞪著女人的太陽眼鏡。

「妳不時會提起『我們』，那是什麼意思？剛才那通電話不是也說『沒話跟你們說』嗎？『你們』的『們』到底是指什麼？是指假扮成檢查消防設備的業者闖入我房間那群兇暴的夥伴嗎？他們在追殺我時還破壞了蜜村先生的門。妳根本就是多國籍竊盜集團的幹部吧？警察把妳的照片拿給我看了。警察知道嗎？知道妳摘下太陽眼鏡是怎麼樣一張臉嗎？」

我邊上樓邊說話，所以呼吸越來越急促。我用手擦去很快在脖子上微微冒出來的汗，偷偷確認女人的模樣。從胸口到脖子的蒼白肌膚，把天花板的日光燈的光線都吸進去了。完全看不出有冒汗的樣子。

「那幾個男人都是被雇用的，只是拿了錢聽從命令辦事而已。那幾個男人看不到也感覺不到巴別的任何東西，也來不了這裡。當然，也無法理解我們在找什麼、在做什麼。」

「所以，妳說的『我們』是什麼？」

「找到巴別、剷除巴別，是我們的職責。所以，應該說我們就是擔負起職責的人吧。」

「是怎麼樣的集合？某種團體嗎？秘密結社？尋寶團嗎？邪教組織嗎？多國籍竊盜集團是靠竊盜賺錢吧？妳說的巴別是藏著什麼寶貝嗎？」

「我們的目的與金錢毫無關係。為了在不被察覺的狀態下找到入口，偽裝成竊盜案比較有利，所以我們才會那麼做。」

「怎麼會沒被察覺呢，警察都清楚地拍到妳啦。」

女人沒回話，只是等間隔地發出響徹樓梯的「喀、喀」鞋聲，無言地傳達「前進」的號令。

「啊，膝蓋背面陣陣疼痛，是感覺很不好的疼痛。在疼痛之餘，可不可以問一個我很好奇的問題？我怎麼樣都找不到必須這樣往上爬的理由。不管妳是不是想找到巴別、是不是想讓還沒見到面的大九朔退出，都跟我毫無關係。我有個建議，妳何不一個人去呢？沒必要配合慢吞吞的我。妳不必替我擔心，我也想獨自一個人好好思考一下。」

「沒有你，我就見不到九朔滿男。」女人先把食指貼放在搽著閃閃發亮唇膏的嘴巴上，再用長長的指甲指著我的正面說：「你不但找到了門扉，還能進來這裡面，證明你很特別。」

突然，女人抿嘴一笑，我還來不及做好不祥預感的心理準備，女人就摘下了太陽眼鏡。

「不要！」

我立刻用雙手遮住視線，但還是看見了點點貼在臉上的烏鴉眼珠。

女人無聲地笑著，把太陽眼鏡戴回原來位置。

「一般人絕對看不到這雙眼睛，也聽不見這個聲音。」

接著，女人大大張開嘴巴，從漆黑一片的口腔深處，以嘲弄我的嗓音，發出保證令人厭惡的叫聲。

「qua、qua、quaaa！」

那個地方也是冷不防地出現。

樓梯與樓梯平台的組合永無止境地延續，在我快忘了樓梯平台原本的存在意義時，一個漆成藍色的門在樓梯前方等著我。

「休息啦、休息——」

我把手按在膝蓋上，不顧女人的視線，調整氣息。踩著緩慢步伐的喀喀高跟鞋聲，在我背後靜止了。女人挺直背脊，動也不動地俯視著我，真不知道她是怎麼樣的心肺功能。

我擦拭額頭上的汗水，撐起了身體。

那扇門的表面排列著像甲板的細長木板，木板上塗著藍色的油漆。比臉稍高的位置釘著正方形的白色牌子，中央大大寫著「8×8」。

果然是八八六十四。

但是，「8×8」的標記下面，小小地寫著「eight by eight」，這應該才是店名的正確讀法。「八八六十四」讀起來就像賣燒酒的居酒屋層次，而這個門的裝飾方式怎麼看都是追求時尚性，不可能是那種讀法。

「就是這裡吧？」

「請。」

「進去嘍？」

「應該是。」

我稍微回過頭，看站在我背後的女人。她把雙臂合抱在胸前，更誇大了乳溝的深度。不見她有防備的樣子。我只告訴她，打電話來的人叫我來這裡。打開門，說不定對方就在裡面等著，她卻顯得從容自若。我不禁懷疑，女人是不是知道對方在電話裡跟我商談要消滅她的事？但是，從女人的表情當然找不到任何線索可以做這樣的判斷。

既來之則安之，我霸氣地推開了門。

眼前飄浮著一件T恤。

從天花板吊下來的T恤，上面用毛筆寫著「美髯公」，旁邊畫著豪氣萬千的長鬚武將。就在整間店盡收眼底的同時，我不禁脫口而出內心的感想：「什麼啊——太酷了。」

跟前面的承租店一樣是長方形格局，但最大的不同是天花板裸露出管子、線路。白色鐵絲網纏繞著整片天花板，被掛在衣架上的Ｔ恤從各個地方垂下來。販賣的商品不只Ｔ恤，還有牛仔褲專櫃，架子上也擺著運動鞋、包包。也就是說，這家店是販賣時尚服飾與雜貨的複合式精品店（Select shop）。

窗戶沒有裝窗簾或百葉窗，店內採光明亮，形象開朗活潑。剛進門的地方所展示的Ｔ恤，每件都是幾何圖形、圖表曲線或化學公式的設計。擺在牆邊架子上的宣傳單，都是演唱會、俱樂部等與我無緣的領域。我拿起一張來看，上面寫的演唱會日期已經是七年前了。

女人走到店後面，打開了廁所的門。我從入口處的門探出頭去，看外面的電錶，上面貼著「４Ｆ」的貼紙。如果真如女人所說，是按照倒閉的順序出現，那麼，這就是在四条叔的「HAWK・EYE・AGENCY」之前進駐的承租店。

「不過，」我把頭縮回來，心想：「巴別竟然有這麼時尚的店進駐過？」那個打電話來的人，把這家店唸成「八八六十四」，感性也太陳腐了。這家店的旨趣顯然與那棟老舊的大樓不合。為什麼會有這種場合不對的店進駐呢？我思考了一下，馬上找到了答案。正是因為場合不對，所以倒閉了。假如，這裡如電錶的貼紙所示，是四樓的承租店，就不會有不經意看到的人偶爾上來逛逛。

我在爬上巴別的樓梯途中，好幾次都遇到有人提心吊膽地往上看，觀察樓上店家的狀況。可能是大樓太老舊，給人門檻很高的感覺。一樓的馬路邊店面的店租最貴，越往上越便宜，也是有它的道理。這家店的方針，應該是以固定客戶、常客為主吧？生意想必不好做。

我站在牆邊的窗前，自己胡亂猜測。

把額頭貼到應該是面向馬路的玻璃一看，下面果然是整片的街景。已經不是談論巴別前面的道路怎樣、左右大樓怎樣的高度了，根本就是從有點高的瞭望台看下去的風景。

我轉動金屬零件，試著打開窗戶，一打開就灌進無法想像的強風。

「哇、哇！」

我慌忙關上窗戶，但店內已經響起咔喳咔喳的聲音，我回頭一看，從天花板吊下來的T恤都懸空搖晃。放在牆邊架子上的宣傳單，也被吹得漫天飛舞。被海報像窗簾那樣遮住的架子下層，因為海報被掀開，露出了裡面的東西。

我的手還擺在金屬零件上，就那樣呆住了。

藍色紙箱藏在那裡面。

是個不大不小的箱子，大約可以放進一顆足球。

我確定女人正在看收銀台，才悄悄靠近架子，彎下腰，雙手捧起箱子。好輕，完全感覺不到重量，令人懷疑裡面是不是沒裝東西。那個打電話來的人叫我交給女人的東西，就是這個吧？可是，裡面是空的吧？

聽到高跟鞋聲靠近，我慌張地放下箱子站起來。

「他不在呢。」

女人踩過散落一地的宣傳單，走到窗邊，喃喃說著。

我心想當然不在啦，因為他在電話裡說，等女人退去後他就會來接我。

「喂，可以問妳一個問題嗎？」我沒提那件事，反問她：「假如妳盡到了妳的職責，也就是說，妳剷除了妳想見到的大九朔，那麼，這裡就會被消滅，妳和我也跟著消失，是這樣吧？」

「嗯，是啊。」

「妳自己也會消失，為什麼妳一點都不在乎呢？」
「因為這是我們的職責，我不是說了嗎？我們是太陽的使者。」
「什麼是太陽的使者？那是你們竊盜集團的正式名稱嗎？你們做那種見不得陽光的事，卻取這種名字，真是太不要臉了。」
被我這樣諷刺，女人也沒有任何反應。
「假如這裡有兩根柱子，」女人也不知道想幹嘛，把左右的食指舉到太陽眼鏡前面，提起了奇怪的假設，「一根柱子長、一根柱子短，在太陽照射下形成陰影，哪邊的陰影會比較長呢？」
「那當然是長的比較長啊，除非是太陽在正上方的頭腦急轉彎問答。」
「如果是短柱子的陰影比長柱子長呢？」
「不可能，那是錯的。」
「對，我們的職責就是糾正錯誤。」
不管她的自我介紹說得多麼自信滿滿，我還是完全無法理解。
「妳的意思是，有個應該很短的陰影出現錯誤，伸得太長了，也就是這棟全是樓梯的建築物？」
「不，相反，是這個巴別潛藏在長陰影裡。所以，我們會從空中搜尋，找出錯誤的陰影。快崩塌的巴別，會藏不住它的陰影。我們找到陰影後，就會進入成為陰影來源的建築物，尋找通往巴別的門。我們的目的是在完全崩塌前，清算巴別，恢復與太陽應有的關係。因此，我們要剷除九朔滿男。」
「等等、等等。」

我舉起一隻手，打斷了女人的話。
「大九朔被剷除，我也會連帶消失吧？妳知不知道，妳也會消失耶？也就是會死耶？是誰唆使妳做這種瘋狂信仰般的事？」
「我說過我是太陽的使者啊。」
「總不會是太陽叫妳來做的吧？」
「如果我說是呢？」
「我現在很認真在跟妳說話。」
「你不知道嗎？我們是從太陽的黑點生出來的。」
我注視著女人的臉好一會。忽然，我想起從「我的山寨房間」的窗戶仰望天空時，白色霧氣與浮現的太陽光圈交疊，三隻烏鴉像黑點從那裡飛下來的畫面。看來，她並不是在開玩笑。再說，她既沒開過玩笑，我也無法想像她開玩笑的樣子。
「換個說法吧，假如妳在這裡的任務失敗，我會怎麼樣？還是會消失嗎？」
「不會消失吧，因為久朔滿男需要你的存在。」
答案瞬間就出來了。
我從架子最下層拿起了紙箱。無論如何，我都沒道理選擇與女人殉情。
「這個給妳。」
「什麼東西？」
「打開就知道了。」
我一遞出箱子，女人就爽快地接過去了。
「剛才打電話來的人對我說，藍色紙箱裡有給妳的信，叫我轉交給妳，沒想到真的有，應該就是這個紙箱。」

不愧是想成為小說家的人，謊言順暢地從我嘴巴溜了出來。女人默默將太陽眼鏡朝向箱子的表面說：「是嗎？」毫不設防地打開了蓋子。

什麼事也沒發生。

「裡面沒東西啊。」

我前進一步看箱底。

的確什麼也沒有，是空的。

對了，這個時候好像要說什麼。

「退去。」

我想起電話中的指示，同時從嘴裡發出只有我自己聽得見的微弱低喃聲。

似乎有空氣在箱底緩緩扭動變形，當我看到像光粒的東西如汽水的泡泡般浮上來時，女人突然伸出一隻手抓住了我的脖子。

「唔，等、等等……」

她的指甲毫不留情地掐入了我的喉嚨。

我發不出聲音。更糟的是無法呼吸。雙腳脫離地面的我，心想她總不會就這樣把我的頭抓去撞玻璃吧？就在我對隔著玻璃延伸的那片藍空產生極度的恐懼時，我的身體已經被狠狠拋到了半空中。

那個女孩也是從這個角度，看著逐漸遠去的女人吧——我突然想起這件事。

女人對著我吼叫，但不是用人聲，而是烏鴉聲。

下一秒就爆炸了。

地板在地鳴聲中震盪，商品全都飛了起來。

有東西撞到我的背部，我顧不得呻吟，忙著撥開蓋在頭上的Ｔ恤和牛仔褲。我不知道發生了什麼事，總之抬起頭時，眼前的光景全變了樣。

店的牆面整個被摧毀，空洞洞一片，只看到天空。我似乎是躺在店的後面。經過幾秒鐘的時間，我才理解自己是被那個女人抓住脖子抛到了這裡。

震耳欲聾的聲響久久不散。

風灌入地板，如龍捲風般咆哮發威。從天花板吊下來的Ｔ恤隨風飄揚，就快被扯斷了。牛仔褲被吹走了，衣架也被吹走了。Ｔ恤被從衣架扯下來，一件接著一件被吸入了前面的天空。

「喂，不可以、不可以啊！」

靠牆的櫃子慢慢動了起來。

掛洋裝的衣架子會嘎啦嘎啦移動，是因為風的關係，但那麼大的櫃子會移動——是地板傾斜了吧？

好悲哀，被我猜中了。

因為我的身體開始哧溜哧溜地滑動。我心想不會吧？正要把身體撐起來時，胸口被席捲而來的強烈風壓推擠，整個人又向後仰摔倒在地。可能是更加傾斜了，左右的展示品擠成一團往下滑。我也以同樣的速度往下滑。我拚命扭動脖子，確認目前顯然是在下方的藍天那邊的狀況。

剛才烏鴉女站的那面牆的玻璃窗被整個摧毀，我正好看到下層藏著那個藍色箱子的架子倒下來，從地板的斷面消失不見。店裡所有商品都跟在那個架子後面，被風捲走散落空中。

這絕不能開玩笑。

我扭動身體，拚死拚活想抓住什麼，但所有東西都在滑落，所以抓住了也沒意義。想用指甲卡住地板，地板又是滑不溜丟的材質，滑到氣死人。可能是天空越來越近了，風更凌厲地劃過耳際，吹得翻天覆地。我一再用腳踢地板，試著把身體撐起來，但涼鞋的鞋底抓不住地板。我扭頭看為什麼抓不住，原來是兩隻腳都被T恤纏住了。

我無計可施，只能不停地往下滑，很快就被逼到了邊緣。明知現在不是在意那種事的時候，我卻在腦海一隅想著烏鴉女是不是被炸得粉碎了？那個女人把我拋出去是不是為了保護我？

支撐下半身的感覺，無預警地消失了，我放聲大叫。

但是，不管我怎麼叫，先是腹部、接著胸部，依然從成為斷崖的地板終點步步滑落。收銀櫃台如流水般從前方靠過來，在我身旁慢慢地傾斜，悄然無聲地掉下去了。

現在只剩手臂留在地板上，支撐著全身的重量。不管我怎麼揮動我的腳，都碰不到任何東西。我逆著眼睛要持續微張都有困難的強風，扭頭往後看，眼前只有一片藍天。

沒救了——

我頓時全身虛脫，這時雙臂突然被什麼抓住了。

「九朔老弟！九朔老弟！」

聽到熟悉的聲音，我張開了不知不覺緊閉起來的眼睛。

不知道為什麼，熟悉的光頭與氣派的鼻下鬍鬚，近在幾十公分前方。

四条叔脹紅著臉，以不輸給強風的威勢嘶吼：

「九朔老弟！絕對不要鬆手！」

第七章

檢查逃生設備、舉辦店內活動

無意識地伸出去的手，碰到了金屬器具。

不需要說明，我自然就配合四条叔的口號，把渾身力氣注入了手臂。在我抬起身體的瞬間，四条叔的手住抓我的脖子後面，把我連同T恤一起拉起來。他在我頭頂上叫喊著什麼，但稍一拉開距離就被風吹散，我聽不清楚他在說什麼。總之，我握緊金屬器具，死都不放開，在四条叔的協助下，把自己的身體拉上去。

「三、二、一——用力！」

臉在滑不溜丟的地板上摩擦，肋骨好像也撞上了硬物。不管傾斜得多厲害，四肢可以貼在地板上的安全感都是無可取代的。

颳不停的風，把頭髮吹得亂七八糟。似乎還有衣架卡在鐵絲網某處，發出咔鏜咔鏜的神經質聲響。我抬起頭，看到兩條平行的黃色繩子拉得筆直，中間有好幾條金屬棒跟我抓在手裡的東西一樣。也就是說，那是繩梯。往前一看，繩梯一直延伸到右邊入口處敞開的門。

「我要放手了，九朔老弟！」

抓住我脖子後面的力量消失了，四条叔變成壓在我身上，吃力地調整姿勢。他沒有跟我一起從地板滑下去，是因為他把腳掛在繩梯上，固定住身體，然後像在空中盪鞦韆上表演的人那樣，以倒掛的姿勢拉住了我。

我抓著搖搖晃晃的繩梯，從所有商品都被吹走只剩狂風肆虐的店內逃出來。因為地板整個傾斜，所以爆炸後倖存的窗框，以分不出是牆壁還是地板的角度朝向下方。當然，窗戶上已經沒有玻璃了。我背對被窗框框起來的舒爽宜人的藍天，一步一步走近門。入口處的門與脫落移動的地板，有大約一公尺的落差。四条叔先爬上了暴露在門下方的水泥斷面上。

「只差一點了，加油。」

我被四条叔的手拉上去，以趴倒的姿勢鑽過了門。就在我滾到樓梯平台的同時，四条叔拆掉卡在扶手上的繩梯把手，往店裡一扔，門就關上了。

風聲戛然而止。

只有兩個男人的呼吸聲，沉入包圍樓梯平台的寂靜底下。我仰躺在樓梯平台中央，把手擺在上下起伏的胸口上，瞇起眼睛面對從天花板照下來的不帶感情的燈光，邊數著心跳聲邊等待飽受驚嚇的餘悸從被風襲擊的肌膚、耳朵褪去。

「這是……怎麼回事？」

先出聲的是四条叔。

我扭過頭，看到他坐在樓梯上，筋疲力盡地垂著頭。汗水淋漓的圓光頭，反射著來自天花板的扭曲燈光。

「謝謝……謝謝你。」

我爬起來，從喉嚨擠出聲音。四条叔抬起頭，只舉起右手用手勢回應「不用客氣」。

相隔一拍後，在彼此四目交接的同時，兩個聲音重疊了。

「你怎麼——」

我伸出手掌示意「請先說」，四条叔也禮讓地說：「不、不，九朔老弟請先說。」

「不，四条叔請先說。」

「那麼，」四条叔輕咳一聲，提出了很直接的問題：「你怎麼會被困在那裡？」

這個問題很難回答。要把發生的事從頭到尾說一遍，很花時間，更重要的是我現在也沒有那種力氣。不得已，我只能挑重點說明。

「突然發生爆炸，地板傾斜，我就滑到那裡去了。」

「果然是爆炸。我就覺得跟地震不一樣，天花板的日光燈咔噠咔噠作響，地板也轟隆搖晃，我大吃一驚往下跑。往門內一看，竟然看到你，又大吃一驚。」

沒想到那樣的說明，他也接受了。

「你沒受傷吧？」

我撐起上半身，東摸摸西摸摸、試著動動看。被烏鴉女抓住的脖子、被拋出去時撞到的背部都還在痛，但沒痛到值得一提。

「好像沒事。」

我搓著脖子，忽然想起偵探剛才說的話有點奇怪。

「你剛才是不是說『往下跑』？」

「嗯，是啊。」

「從哪裡往下跑？」

「當然是從樓上啊。」

「為什麼四条叔會在樓上？」

「你這麼問，叫我怎麼回答呢？咦，九朔老弟不是從上面下來的嗎？」

「我是從下面上來的。不對，我應該先問，四条叔是怎麼來這裡的？你也碰了那幅畫嗎？」

「畫？你在說什麼啊？我只是從我的事務所下來而已啊。」

「事務所……那間偵探事務所嗎？」

「除了那裡，還會是哪裡？我看完娛樂報紙，想打開窗戶讓室內空氣流通，突然發現外面什麼景色都沒有。應該在眼前的對面大樓不見了，變成一大片的藍天。我心想總不會倒塌了吧？可是又沒聽見任何聲響，覺得不可能，就從窗戶往外看……居然是一望無際的景色，街道全部在底下延伸。」

「難道……四条叔的事務所還原封不動地留在上面？」

四条叔說是啊，毫不遲疑地點點頭，手扠著腰站起來。西裝下面是白襯衫的裝扮，完全就是工作中的模樣。他從西裝口袋拿出手帕擦臉。襯衫也因為汗流浹背濕透了，可以看到裡面的背心。

「幸好我那時候打開了窗戶，要不然風那麼強，那裡不知道會怎麼樣。總之，我就是覺得必須下樓，就走出了房間，然後不斷地下樓梯。好慘、好慘，走得膝蓋都痛了。剛才又用力過度，連肩膀都痛了。」

意思是救我的時候消耗了太多體力吧？我問他：「還好嗎？」他邊面有難色地說：「還好吧。」邊轉動右肩。

「對了，你居然找得到繩梯呢。」

「我打開門就正好在附近啊。」

「有那種東西嗎？」

「不是有一個灰色箱子嗎？那就是裝逃生繩梯的箱子啊。那個箱子被窗框卡住沒掉下去，所以我馬上拿出裡面的繩梯，卡在這個扶手上。」

四条叔又在階梯坐下來，用手中的手帕輕輕按壓光頭周圍，小心翼翼地擦乾汗水。

根據消防法的規定，必須準備兩條火災時的逃生路線，所以巴別在二樓以上的承租店放置了逃生梯。我的房間裡的確也有個箱子放在窗邊，但我從來沒有看過裡面是什麼。前面出現的樓下那幾家承租店，是不是也有放呢？我努力回想，但平時就無視於那東西的存在，記憶裡根本搜索不到。

「看到箱子就能想起要使用繩梯，真不愧是偵探。」我深感佩服。

「因為顏色、形狀都跟我事務所裡的一模一樣啊，擺放的位置應該也一樣吧。」

四条叔終於把手帕從頭上移開時，視線很自然地移向了用木板做裝飾的藍色的門。同樣的箱子會放在同樣的位置，或許有它一定的道理。

「呃——可以請問一件事嗎？您見過這個門嗎？」

「門？為什麼這麼問？」

「這裡會不會是偵探事務所進駐之前的承租店呢？」

起初，四条叔似乎無法理解我話中的意思，訝異地看著我。但我一指向「8×8」的牌子，剎那間，他就「啊」地叫了一聲。

「這個名字……我知道。對了，是我的事務所進駐前那家店。店還在營業時，我去找老闆商量過幾次，問他撤店後要如何處理內部裝潢。那家店的天花板張掛著鐵絲網，非常時尚——咦，你是說這裡就是那家店？所以逃生繩梯的箱子也在同一個地方？可是……為什麼以前的承租店會在這裡？」

胸口的悸動逐漸緩和了，所以我盤腿而坐，把身體朝向偵探的正面。

「我是從一樓爬到了這裡，途中也有像這樣的店。」

我說出了烏鴉女告訴我的推測，也就是以前的承租店依照從巴別撤走的順序出現在樓梯平台的論調。

「原來如此……你可以把你看見的店的店名告訴我嗎？」

「古美術與咖哩 仁平。」

「那是雙見進駐之前的店，味道糟透了。」

「泰式傳統按摩 蜜。」

「那是蜜村先生之前開的店，薰香的味道很重，會沿著樓梯飄上來，連事務所裡面都聞得到，所以我曾經去拜託他減少用量……我知道了，所以這裡是墳墓。」

「咦？」

「因為死去的店不是會照順序堆疊起來嗎？那麼，我來這裡的途中看到的店，也是以前進駐過大樓的承租店吧……」

「四条叔也看見了？」

「看見了啊，很多呢。」

「很多……有多少？」

我不由得欠身向前詢問。

「多到我幾乎記不得了，有七、八十家吧？簡直是沒有盡頭。」

滿臉疲憊地發著牢騷的四条叔，把手帕摺得整整齊齊，收進胸前口袋。

假如，過去三十八年間從巴別撤走的承租店，一個也不差地出現在這個樓梯，究竟會有多少家呢？從初惠阿姨的話中，可以知道大九朔還健在時，承租店的更迭非常頻繁。大九朔直接管理巴別的時間大約十三年，假設從地下一樓到四樓的五個樓層，每年都更換一次承租店，那麼，計算起來就有六十五家店撤走。

「真糟糕，如果我的事務所收起來，也會被列進來嗎？」

偵探用聽不太出來是嚴肅還是滿不在乎的口吻，說著消極的話。我聽著他的話，腦中突然咚的一聲，湧現一個疑問：

「為什麼會有我的房間呢？」

既然規則是倒閉的承租店一一出現，那麼，有我的房間就奇怪了，因為我現在還住在巴別的五樓。

「所以九朔老弟知道這裡是什麼地方嗎？」

四条叔這麼問，語調依然疲弱無力。

「不知道。」

我老實地搖搖頭。要求這種地方遵守統一性的規則，原本就不可能，東想西想只是時間的浪費。

「我知道。」

「知道什麼？」

「知道這裡是什麼地方。」

什麼？我驚訝地抬起原本朝下注視著地面的視線。

「這裡是——實現所有人願望的地方。」

我目不轉睛地盯著四条叔的臉，心想他的表情明明一本正經，怎麼會突然說出這種話呢？八成是個瘋狂的迪士尼迷。

「你在說什麼？」

「老實說，我試過了。」

「試過？」

「在來這裡的途中，有人教我怎麼做，我照做，真的實現了。只要站在門的前面，閉上眼睛，就能實現願望。我覺得這個方法未免簡單到有點可笑，可是真的實現了。」

才剛停止流汗的四条叔，又開始脹紅著臉說起話來。我慌忙打斷他說：

「呃，對不起，我好像聽到你說『有人教我』？」

「啊，對了，」四条叔自顧自地點著頭說：「我來這裡的途中，在某個樓層遇見一個人，是他教我的。在這個全是樓梯的建築物裡，不是只有我跟你。」

這麼驚悚的事，他卻說得泰然自若。

「我從事務所往下走到這裡的途中，就跟你撞見這個藍色的門一樣，我也撞見了突然冒出來的門。我稍微看了一眼，每家店都冷冷清清沒半個人，都是空蕩蕩的店，只有一家有人。」

「有人？是活人嗎？」

「當然，是位老先生。」

「老先生？」

「穿著打扮十分高尚的老先生，悠閒地坐在椅子上，喝著咖啡。他招呼我坐下來，我也向他問好，在空位子坐下來。看他的樣子好像什麼都知道，我就問他這是什麼地方，他很仔細地回答了我。他說這裡是實現願望的地方，名叫巴別——」

我緊盯著四条叔臉上從氣派的嘴鬚到鼻子一帶。

「你應該不知道那個人的名字吧？」

我從不知不覺中已經乾枯的喉嚨發出了聲音。

「知道啊，他一開始就自我介紹了，說他是九朔滿男。跟九朔老弟同姓，總不會是你認識的人吧？」

四条叔回答得很順口，用手指踮踮地捻著嘴鬚。

我跟在偵探後面上樓。

跟之前一樣，往上的樓梯綿延不絕。前面突然出現承租店，他就說：「不是這裡。」催我繼續往前走，是個非常嚴格的帶路人。我只能稍微瞧一眼裡面的樣子，就必須前往下一家。

我試著把出現過的承租店列出來。

沖繩風居酒屋「Tim Don Don」

復古制服店「Forza」

小餐館「蒙馬特」

占卜館「盟神探湯　kukatachi」

蒙古益智玩具專門店「察合台」

紙牌遊戲專賣店「巴爾薩斯要塞」

酒館「帝國」

人造花教室「笑美花」

涼鞋專賣店「趿屋」

假髮店「桂閣枝」

多國料理「亞歷山大」

時裝店「順子」
北歐積木專賣店「芬蘭」
京風食堂「歡迎回來」
手工飾品店「顫音」
專賣別墅房屋仲介「鎌鼬之朝」
健康食品販賣店「燦爛的明天」
廣島東洋鯉魚隊應援店「戀之行星[5]」

都是我不知道的店，而且毫不起眼。

這些都是堆砌出「巴別歷史」的過去的承租店嗎？或者，根本是虛構的幻境、幻影？每家店都是相同的格局，窗戶在相同的位置。每家店都點著天花板的燈，水龍頭也都有水。我和四条叔在餐飲店的廚房補充了幾次水分，借用了廁所。不過，還沒大膽到敢吃冰箱裡的食物。有一次經過有機漢堡店「SOHO 廚房」，我們進去喝水，順便把冰箱裡的蛋盒拿出來看，有效期限標籤上的日期是十二年前。

「應該快到了吧。」

每次停下來休息就搓揉膝蓋的四条叔，似乎有他想去的承租店。

我問他：「是有人的那家店嗎？」

5. 譯註：「鯉魚」與「戀」同音。

他搖頭說：「不是。」

我問他：「那麼，你是想去哪裡呢？」

他只是拍拍我的肩膀，敷衍地說：「去就知道了。」

於是，我又問：「你為什麼這麼鎮定呢？」

從爆炸現場出發後，已經走過幾十層樓的樓梯和樓梯平台。途中，四条叔不時對我說：「平時沒運動還是有差，我的腳踝快不行了。」卻沒問過我最關鍵的事。譬如，我是怎麼來到這裡的？那場爆炸是怎麼回事？九朔滿男是什麼人？他完全沒問。甚至，連偵探自己為什麼會闖入這種地方的基本疑問，他都沒提過。我告訴他，即使一直下樓走到一樓，建築物外面也不是我們所認識的車站後面的街道，他也沒有任何反應。面對我們應有的世界逐漸消失的狀況，四条叔顯得毫不在乎。

他不跟我交談，我也沒辦法告訴他，出現過的烏鴉女和女孩，以及九朔滿男是我死去的祖父等事情。烏鴉女是不是被炸得粉碎就那樣死了呢？那場爆炸果然是我引起的嗎？那時候，女人是想救我嗎？或者，只是氣得把我拋出去而已？女人說巴別就快崩塌了，這件事又怎麼樣了？眼前，所有事都處於被中途擱置的狀態。我會從其他角度提出「你為什麼這麼鎮定」的疑問，多少也是為了緩和這種混沌、不上不下的感覺。

沒想到他回我說：「不，我並不鎮定。」

面對轉頭回我話的四条叔，我想：「說得也是，他應該是在混合大樓的四樓工作，樓下卻無緣無故延伸出好幾層樓。他內心想必很不安，但身為年長者，他一定是為了不讓我擔心，所以掩飾他的不安，裝出堅強的樣子。」內心湧現安全感與對他的尊敬，但只維持了很短的時間。

從偵探嘴裡冒出了超乎我意料之外的發言。

「這種幸福洋溢的感覺，恐怕是我有生以來第一次的經驗。」

「幸福……嗎？」

我想會不會是我聽錯了。

「嗯，就是幸福，充滿了喜悅，你沒有感覺嗎？」

四条叔突然張開雙手，伸向我的胸口，像是在對我說「來啊」，我馬上向後退了一步。

「老實說，我並不是一開始就想從事偵探這個工作，是經過種種迂迴曲折，才在這一行定下來。小時候我是想成為職業棋手，你知道嗎？棋手。」

「打將棋的人嗎？」

「啊，不對，要說『下』才對。一般都說『下將棋』，不說『打將棋』吧？不過，會說打入棋子。」

啊？我實在聽不懂他在說什麼，越來越困惑。

「一直到國中，我都被稱為神童呢。啊，我是說在將棋方面。從五歲起，我就常去我家附近的將棋中心，小學時，跟大人下將棋也不會輸，常常在比賽中拿第一名。不過，都是地方比賽。但是，國中時中途放棄了，開始玩機車。那時流行飆車族，我老家在鄉下，所以我哥哥加入飆車族，我就跟著加入了。我不只愛下將棋，也愛活動筋骨，對玩弄引擎等機械也很在行。但是，最吸引我的還是速度，我完全迷上了騎機車，自然就放棄了將棋。」

四条叔做出好幾次轉動機車加速器的動作給我看，然後拿出胸前的手帕，擦拭額頭上的汗珠。

「我並不後悔喲。加入飆車族，不是值得稱讚的事，但對我現在的工作也有點幫助。因為我遇過好人，也遇過壞人。但是，我偶爾會想，如果持續認真地下將棋會怎麼樣呢？我當然知道職業棋士的世界有多嚴苛。在車站前的將棋中心耀武揚威那種水準的人，應該多如過江之鯽吧？我即使走上將棋之路，也絕不可能有大成就。可是，嗯……該怎麼說呢……」

他從額頭擦拭到耳朵附近、脖子，最後把攤開的手帕輕輕披在頭上。

「我這輩子最大的才能，不，應該說僅有的一點點才能，就是將棋。年輕時，我以為我應該還有其他程度差不多的才能，結果並沒有。上天不會給你兩個長處，不，說不定其實一個都不會給……」

把手帕披在頭頂上的四条叔，有點神經質地搓揉著膝蓋四周。

「現在我也還會想，假如就那樣認真地持續走在將棋這條路上，會走到什麼程度呢？說不定中的說不定，會成為職業棋士呢。不，即使成不了職業棋士，說不定也爬到不錯的位子了。或者，也可能一事無成……明知再想也沒有用，還是會不由自主地去想。在廁所小便時、在浴室等熱水來時、一個人洗碗時，都會不經意地去想……到這個年紀就懂了，能持續做下去才叫有才能。不是死纏爛打，而是自然地、淡淡地持續好幾年、幾十年，才算是真正的才能。那個時候就是不懂得這個道理，不過，國中生也不可能懂。」

四条叔浮現像是懊惱、又像是難為情的笑容，把頭上的手帕拿下來，摺好放回胸前口袋。

他出其不意的這番話，深深打動了我的心。

因為待在巴別的這兩年，我都在跟所謂的「才能」大眼瞪小眼。

到目前為止，我寫的文章從來沒有被稱讚過。別說文章沒被稱讚過，也沒人說過我可能擁有這方面的才能。把稿子寄去參加小說新人獎，也都在第一次評選就被淘汰了。這種時候，縈繞心底的都是「我是不是沒有才能？」這個灰暗的疑問。我不知道自己到底有沒有才能這種東西，如果能清楚知道，應該會輕鬆許多。因為知道了，就等於拿到了准許自己攀登險峰的通行證。手中有了未經琢磨的寶石，就能賦予自己的挑戰明確的意義。也能夠了解，在沒有工作、無人能理解的狀態下熬過的時間，是用來琢磨寶石的必經過程。更重要的是，可以成為安定精神的堅強憑藉——我一直這麼認為。

然而，四条叔的告白，清楚地說明了一個現實，那就是所謂的才能也未必是萬能的特效藥。四条叔有才能，想必有很多人認同他的才能，他卻沒走上將棋這條路。他說他不後悔，但直到現在，無法付諸流水的情感，還在心底某處保有藍色的火種。

也就是想得到沒有的東西。

任何人都會埋怨「我沒有」、「我沒有」，一心只想取得到手中沒有的東西。那麼，從一開始就沒有得到過一鱗半爪，還決定放棄四条叔所說的「持續走下去」的我，就是那種直到最後都與才能無緣的人嗎？

我第一次對偵探產生了無比的親切感。

我抬起大腿，縮短了我與偵探的距離。把他當成做什麼事都半途而廢的窮酸偵探，是我的愚昧、無禮，我為此感到羞恥，正想舉起手想幫他拍掉可能是從「8×8」帶出來的肩上碎屑時，聽到他說：

「但是，我的願望實現了。如果那時候繼續下將棋會怎麼樣，我已經知道了。」

我「啊」一聲，停下了手的動作。

「就在那裡。」

四条叔指著樓梯的上方。我越過他，先走上樓梯。有個面對樓梯平台的門，是顏色在黃色與茶色之間的整片玻璃門，上面掛著一個木牌子。

只用墨水寫的簡樸名稱「櫸俱樂部」俯視著我。

「是將棋俱樂部，氛圍就像我以前常去的站前將棋中心，你進去看看。」

打開門，正前方是吧台，擺著一顆刻著「王將」的大棋子。我走到吧台前，看貼在牆上的費用表，上面用工整的毛筆字寫著：

「平日費用　一般人四百圓　大學生三百圓　小中高生二百圓整」

耳邊有個聲音對我說：

「是在咖啡店遇到的老先生告訴我的。只要站在入口處默想，就會以那家店為出發點實現願望——」

我轉過頭，看到四条叔站在門框的正下方。

「當時我以為他是在開玩笑。可是，在這裡看到將棋俱樂部，我忽然想試試看。正好也覺得差不多該休息一下了，就抱著玩玩的心態站在這裡默想，如果那時候持續下將棋會怎樣呢？我想知道結果。」

偵探把雙手交合在胯下，閉上眼睛，下巴稍微上揚，像是在祈禱什麼。

「光是這麼做就實現了。」

四条叔徐徐張開雙眼，踏入樓面，拉開夾著最靠近的將棋盤的兩張鋼管椅的其中一張坐下來，椅子嘎唏作響。

「不知不覺中，這裡變成旅館的一個房間，我就像這樣坐在準備好的將棋盤前。不知道為什麼，我穿的是和服……不過，我很快就知道原因了，那裡即將舉辦一場名人賽。我先在坐墊坐下來，沒多久，對手出現了，是無人不曉的那個名人。他很自然地坐在我前面，見證人坐在旁邊，開始對局。對，我是挑戰者。成績是五分，由贏得這一局的人獲勝。我再贏一場，就成為新名人了。在排棋子時，畫面一幕幕浮現，是我從將棋中心成為職業棋士，一路走到這裡的漫長經過，回溯了我沒有選擇的生活方式。然而，那絕不是夢，因為對局開始後，我是靠自己的頭腦拚命思考該如何下棋子。那是真正的比賽。當時我才發現，這裡很大。」

四条叔把雙手的手掌擺在光頭上，做出輪廓逐漸擴大的手勢。

「這裡更大、更寬闊了——可以同時思考許多國中時根本無法比擬的攻法和守法。但是，僅有一瞬間。忽地擴張，又瞬間收斂。非常平靜，但火熱。是直覺，但深沉。能親身體驗頭腦這樣的運作，是非常不可思議的感覺。有一個我絞盡腦汁奮戰，還有一個知道不如此強大不行，冷靜地俯瞰著這一切的我——兩個我同時在現場。該怎麼說呢？總之，那是⋯⋯最美好的時刻。」

打開棋盒蓋子的四条叔，拿起一個棋子，在棋盤框的內側啪唏敲了一下。

「最後怎麼樣了？」

「我贏了，以九十七步、七九飛打敗了對方。」

我不知道這時候該怎麼回答，是不是該說「恭喜你」呢？四条叔在這樣的我面前，把棋盤裡的棋子咻地滑向前面說：「好了，我們走吧。」站起身來。

「走？走去哪？」

偵探拍拍我的肩膀說：

「贏了之後，我喝了放在旁邊的柳橙汁，好喝到沁人心脾。對局了好幾個小時，身體非常渴望糖分，眼睛下方還不由自主地顫抖了起來呢，我從來沒喝過那麼美味的飲料。」

他做出把杯子拿到嘴邊的動作，走向了門。

雙腳疲累不已。

走在前面的四条叔，用手按住側腹部往上爬，看起來似乎很痛苦。因為連出聲都有困難，所以彼此間的對話中斷了許久。我也沒興趣再探索途中出現的承租店，只隔著玻璃窗瞧裡面一眼，就配合四条叔「走吧」的信號，繼續往前走。一直是這樣的重複。

「怎麼回事？又是一樣的門。」

那是在從將棋俱樂部出發後算起的第六個承租店出現的時候。

四条叔終於說了一句完整的話。

因為已經連續三家承租店，入口都是玻璃門，而且都是長方形、無色透明的玻璃，只安裝了圓形把手。到處都看不到與店相關的訊息。怎麼看都不像做生意的門，竟然連續出現三次，也太奇怪了。

「是一樓店面。」

四条叔停在門前，把下巴指向玻璃門的後面。裡面擺著桌子、椅子等，隔著玻璃也看得出來是咖啡店的傢具。牆上貼著一張海報，上面寫著「請享用香醇濃郁的咖啡」。

「你看，那裡不是有窗戶嗎？」

我隔著玻璃往左手邊看，跟前面經過的承租店一樣，整個視野都是牆面和窗戶。

「你想想『ＲＥＣＯ一』的樣子，不是在一樓面臨人行道嗎？可是，這裡當然沒有人行道。也就是說，沒辦法重現從人行道進來的入口吧？因為被牆面和窗戶取代了，所以入口才擺在這裡吧？因為是不存在的門，造型就隨便了。」

聽到這麼明快的解說，我不禁發出「喔」的一聲。找不到店的招牌，也是因為這裡原本不是入口。

「好厲害的偵探洞察力。」

「其實，在前面兩家之前經過的中古唱片行，是『ＲＥＣＯ一』進駐之前的店，裡面有個奇特的大叔，非常有名。我還是學生的時候也去過。看到那家店我才察覺，原來一樓店面也會以這種形式出現。也就是說，有三家一樓店面陸續撤出了大樓吧？」

仔細一看，門的右上方沒有應該有的電錶。巴別一樓的電錶，是安裝在人行道那一邊，所以這一點也如實重現了。

「地下一樓的承租店沒有窗戶，所以在這裡出現時，應該會隨便在牆上黏個窗戶吧？」

不愧是以前被稱為神童的人。明明很疲倦了，頭腦卻還如此清晰，真是個厲害的偵探。可是，既然這樣，「HAWK・EYE・AGENCY」的生意怎麼會冷清到付不起租金而面臨三振出局的窘境呢？就在我想太多的時候，四条叔又下了出發的號令。

「應該是下一家店，就快到了，加油。」

我已經不知道這樣的強行軍是所為何來了。不斷重複樓梯、樓梯平台、樓梯、樓梯平台、樓梯、樓梯平台，感覺幾乎到了無我的境界，我只能死盯著腳下，一階踩過一階。踩著踩著，看起來以整齊的直角相連接的階梯，突然歪斜了、縱深加寬變遠了，沒多久突然逼近眼前，大概是腦子快出問題了。

這時響起了信號聲。

「到了。」

我抬起頭，看到樓梯平台上又是一扇簡單的玻璃門。門的右上方看不到電錶，所以也是一樓店面？

「你來看看。」

站在門前的偵探，肩膀上下起伏喘著氣，嘴上卻掛著笑容，在對我招手的同時讓開了位置。

我站到門前。

玻璃門裡面排滿了書架，左手邊是陳列雜誌的專區。

毫無疑問是一家書店。

門一開，悶在裡面的味道直撲鼻腔。我繞過門走向雜誌區，拿起一本方形的書，是出版日期遠在二十三年前的《少年週刊JUMP》。

「九朔老弟。」

聽到四条叔的叫聲，我回過頭。

「只要站在這裡默想就行了，如同我在將棋俱樂部做的那樣。九朔老弟一定也有想怎麼做、希望可以怎麼樣的事吧？你以小說家為目標走到了現在，何不站在這裡，默想放棄之前曾經期待過的道路呢？就當被騙了，做一次看看吧，又不會有任何損失。」

偵探指著樓梯平台與店之間的地上界線。

原來這就是他把我帶來這裡的理由。

「你是說真的？」

我笑著環視店內敷衍他。

舒適雅致的店內氛圍，讓我想起以前在車站後面那家個人經營的書店。用「以前」兩個字，是因為不久的一個月前關門了。這兩年來，我在那家書店查過好幾次新人獎的評選結果。雜誌出版當天，我會早早起床，或是根本不睡等待天亮。門一開我就進去，直接走到雜誌專區。看到主辦新人獎的雜誌，馬上屏氣凝神搜尋發表評選結果的那一頁。在後面找到只排列著好幾個名字那一頁時，還沒靜下心來，眼睛就自己動了起來。但是，沒看到我的名字。我想有可能是看得太急所以看漏了，再看一次還是沒有。我不死心地查看、再查看，同一頁查看了十幾次才闔上雜誌。

帶著纏繞頭部四周的沉重麻痹感走出書店時，上午的陽光總是燦爛到令人煩躁。那家書店從未給過我心花怒放地走出去的經驗，徒留痛苦回憶，但我並不討厭它。我喜歡它把紙張嚴重變色、老舊不堪的舊文庫本，大膽地放在書架上那種目中無人的感覺。另外，有時就是會很想看的犯罪實錄系列叢書，收集得非常齊全，也令我大為讚賞。

現在，那家書店已經從車站後面撤走，市內只剩下一家大型書店，開在站前大馬路上的商業大樓裡。以前，車站後面說不定有過兩家書店同時存在的時代。如果這家書店還在，我可能就是在一樓得知新人獎的結果，然後垂頭喪氣地回到五樓，不斷重複這樣的畫面。光是想像，那種如柴油般黏稠的沉重、悲慘的感覺就又湧上來了。當時，最讓我惱怒的，應該就是烏鴉愉悅地互道早安的叫聲吧。

「九朔老弟。」

聽到再次叫喚我的聲音，我把臉從排列著矮書架的店內轉回來。

「站在這裡，閉上眼睛。」

對方認真勸進的那股熱情，感覺很可笑。但是，跟偵探一樣，當作休息讓頭腦想些開心的事，也不是什麼罪過吧？我忽然這麼想，照指示站到店的入口處，對這麼怪異的發展暗自苦笑，閉上了眼睛。

「然後祈禱。」

在書店的氣味中，我要祈禱的當然只有一件事。若是沒有害我闖入這個「不合邏輯塔」的元兇，若是沒有烏鴉女在新人獎截稿日出現在頂樓的那場災難，我就已經應徵了新人獎。我想知道花三年完成的長篇稿子的結果——

我保持同樣姿勢等了一會。

沒特別感覺到有什麼變化。

對了，聽偵探剛才那番話的口吻，似乎認定我已經放棄當小說家了，我跟他說過這件事嗎？在偵探事務所，他給了我刊登新人獎結果的雜誌，但是，我應該還沒告訴他那之後所做的決定——心中正浮現這樣的疑問時，聽覺霎時被喧囂的聲音包圍了。不像是偵探一個人在說話，感覺空間很大、有很多人，彷彿換了一個場所，於是我張開了眼睛。

不知道什麼時候開始，我走起了路。

走出休息室般的地方，穿過很多人穿著圍裙在拆除包裝的後院。同樣穿著圍裙走在我前面的男性，推開了盡頭看似很沉的門。

門後面是書店。高度將近天花板的書架左右排開，我快步走在中間的通道上。書架前方有電梯，不停地運送大批人潮，看起來是相當大規模的書店。我步履蹣跚地跟在帶路男性的後面，一位戴著眼鏡的嬌小女性走在我旁邊。我知道這名女子是誰，也已經知道我為什麼會在這裡、正往哪裡去。在廟會的攤子，會有像盆子那樣的機器，把筷子伸進去，就會有蓬鬆軟綿綿的糖往筷子四周纏繞。資訊就像那樣，在我大腦裡不停地自行增長。

我要去的地方，已經有人在排隊了。大約有五十個人，在牆邊排成一排。我從隊伍旁邊經過時，一個站在隊伍裡看書的年輕男性正好抬起頭，與我四目相對。男子「啊」地叫了一聲，露出驚訝的表情，但很快就對著我低下了頭。

走到通道最前面時，書架中斷了，出現一個小小的活動會場。那裡孤零零地擺著一張桌子，面向排隊的人。在身旁的戴眼鏡女性的催促下，我繞到桌子後面，在備好的椅子坐下來。桌上有一支筆。

「可以了嗎？」

我輕輕點頭，回應女性的詢問。

「那麼，現在開始小說家吾海九朔老師的出道紀念簽名會。對老師來說，這是第一次的簽名會。」

剛才帶路的男性是書店的員工，由他介紹完後，開始了我的簽名會。

是的，我出道了。而且，很快就以出道作品成為暢銷作家。出道作品當然是花了我三年時間使出渾身解數完成，在應徵截稿日當天滑壘寄出去的大長篇小說。對了，剛才員工介紹的「吾海九朔」是我的筆名。因為是在「五樓」（Gokai）寫小說，所以取「吾海」（Gokai）這個筆名。

「您、您好，麻煩您了。」

眼前是位年輕女性，嗓音嘶啞，表情看起來很緊張。

「老、老師的書很有趣，尤其是與烏鴉苦戰那一幕。呃，我家前面的垃圾也常常被烏鴉翻得亂七八糟，所以我邊讀邊想，沒錯、沒錯，就是這樣。啊，對不起，說這些完全不相關的話。」

面對從臉頰一直紅到耳朵，誠懇地告訴我感想的讀者，我應該回一些讓人開心的話。可是，第一次當面聽到讀者親口說的感想，我一時樂昏了頭，只做出了零分的應對，回說：

「啊，謝、謝謝。」

站在旁邊的戴眼鏡的女性，立刻代替沒用的作者，做了婉轉的回應。

「老師會繼續寫出好作品，今後也請多多支持。」

她是我的責任編輯。

打開封面的書被遞到我眼前。

我打開粗麥克筆的蓋子，寫上對方的全名。糟糕，一下子寫得太大，沒地方簽我的名字了。看到這個情形，負責的女性馬上出言相助，對我說：「簽隔壁那一頁就行了。」我心想也對，把麥克筆的筆尖移到隔壁全新的一頁，簽下第一個簽名。是搭配「5F91」的原創簽名。不用說，「5F91」的組合是來自「吾海」的5F，與「九朔」的「91」。

我展現練習過好幾次的成果，流暢地簽名，附上日期。

「今天謝謝您特地來一趟。」

心情稍微平靜後，我低頭致意。

女性伸出小小的手說：

「請問，可以跟您握手嗎？」

「咦？」

我從沒想過，這世上竟然會有人想要跟我握手，慌得我不知所措。我在襯衫側腹擦過手掌後，應要求跟她握手。她的手冰冷纖細，還有點柔嫩。

「謝謝您，下一位。」

冷靜的責任編輯說完後，隊伍就前進了一步。那之後，我簽了各式各樣的人帶來的書。

有跟我母親差不多年紀的女性；有長得很像我上班時的部長的男性；有一起來的情侶；有帶小孩子來的人。其中，大約每五人就有一人跟我握手。我收到一盒餅乾、看不太懂的墜子、手帕，還有兩封粉絲的信。有人要求合照，我覺得難為情，拒絕了。

「哎呀——大盛況呢，再次恭喜你出道。」

聽到耳熟的聲音，我訝異地轉頭看，是穿著西裝的光頭偵探站在那裡。

「啊，四条叔，你不用工作嗎？」

「這是九朔老弟榮耀的新開始，我當然要歇業啦、歇業。」

「四条叔，我隨時可以在巴別替你簽名啊。」

「什麼話，最重要的是來簽名會讓你簽名這樣的場面啊。不過，真是太好了，我一直相信，你是一定會出道的人。」

我邊害羞地說沒有啦，邊把麥克筆移向已經打開封面遞過來的書。

「這個世界怎麼樣？」

「咦？」

筆尖才剛碰到紙張，我就抬起了頭。

「也可以永遠待在這裡哦。在這個地方，九朔老弟的願望通通會實現。你可以一直當作家，而且越來越有名。」

四条叔的嘴角浮現非常溫柔的笑容，用手輕輕撚著嘴鬚。霎時，不懂他在說什麼的心情、與十分理解他話中意思的心情，同時湧上心頭。好像在哪裡看著自己出現在電視裡的奇妙感覺襲向了我，我茫然地看著四条叔。

「我要待在這裡。」

偵探輕聲呢喃。

責任編輯站在我旁邊，與簽名會無關的客人也在書架前走來走去。四条叔的後面，也還有人在排隊等簽名。然而，桌子四周卻被彷彿現場只有我和四条叔兩人的靜寂包圍了。

「把剛才那句話說出來吧。光是這樣，就能實現所有願望，跟嚴苛的現實說再見。你可以讓你至今以來投入的熱情、時間，都得到實質的回報。這裡是實現所有願望的地方，所以——說出來吧。」

為什麼呢？總覺得哪裡不對。在搞不清楚哪裡不對的狀態下，我握著麥克筆，以僵硬的姿勢面對四条叔慈愛的眼神。

「你不是放棄繼續寫了嗎？可是，在這個地方，你可以一直寫下去。要投入多少心力都可以，也可以到達任何成功的境界。所有一切都隨你所願。所以，你要說『我要待在這裡』，光這麼做，這個世界就是你的了。」

最近我是不是曾經依照他人的吩咐說過什麼台詞呢？是在哪呢？

「退去。」

耳底忽然響起誰的聲音。不，感覺像是我的聲音。同時，整個牆面在爆炸時被炸飛，灌進樓面的強風毫不留情地打在臉上的觸感，以及脖子和背部一帶的疼痛，層層交疊地重現了。怎麼會這樣？是在哪裡發生的事嗎？是我的直接記憶嗎？或者是在電視看過的畫面？

「呃，四条叔。」

「怎麼了？」

「在四条叔的『HAWK · EYE · AGENCY』之前進駐的店，四条叔還記得店名嗎？」

我自己也不知道為什麼會問這樣的問題。

「當然記得，是八八六十四吧？怎麼了？」

聽到這個答案，我似乎知道了什麼、知道了很重要的什麼。我用麥克筆的前端，咚咚敲著紙張。是哪個部分重要呢？大腦裡如糖漿般黏稠，沒辦法馬上找到近在咫尺的答案。我繼續咚咚地敲著筆。那是我接著要簽名的四条叔的書，上面卻越來越多亂七八糟的黑點。在瞬間出現的短暫裂縫裡，我的確看到了什麼、看到了卡在我心裡的什麼疙瘩，但抓不住——

「來，你說說看。」

四条叔把雙手抵在桌上，把臉湊近我，盯著我看。他的聲音裹著甘甜的迴響，滑進了我的耳朵。在聲音的引導下，糖漿從大腦黏嘰嘰地滴到眼底附近。簽名會正在進行中，我卻打起了瞌睡。我想也好，我的目標就是成為小說家。可能的話，我希望今後也都是小說家。是我在巴別的五樓不斷訴說的聲音傳到了這裡，所以這裡為我敞開了長期關閉的門。好不容易才到達這裡，我不會傻到自己下電車。我現在所在的地方，不就是所有想成為小說家的人希望到達的巔峰嗎？今後也繼續待在這裡有什麼不對呢？

我蓋上了麥克筆的蓋子。

四条叔沒有出聲，只動著嘴巴，說出了透明的話。

「我要待在這裡。」

我點頭回應四条叔，正要把聲音擠出來時，右手腕突然被抓住，麥克筆彈出去，摔落桌上，從對面掉下去。

幹什麼啊？我驚訝地轉過頭去，卻沒看到應該站在旁邊的責任編輯。

「不行喔。」

換成穿黑色洋裝的女孩站在那裡。

「絕對不能說，說了就永遠回不去原來的世界了。」

女孩從濃眉下迸射出刺人的眼神，更用力地握住了我的手腕。

這個女孩是誰呢？

不是來排隊簽名的人吧？反應變得很遲鈍的大腦，響起女孩的聲音。

「說我要回去。」

我坐在椅子上，她那張小臉就在我眼前，音量卻很微弱，聽起來好遙遠。

「喂，九朔老弟。」

聽見四条叔的叫聲，我茫然地轉回了視線。

「對，看著我，說『我要待在這裡』。」

我從沒見過偵探這麼正經的表情。他對我說的話，在強而有力的眼神的引導下，不斷在我腦海裡迴響。

「你的願望是什麼？你一直在挑戰什麼？只要說一句話，你就可以得到所有一切了。」

被他一拉，我差點抬起了屁股。這時手腕一陣劇痛，是女孩毫不留情地把指甲掐進了我放在桌上的手。

「妳、妳做什麼啊？」

不知道為什麼，女孩的眼眸浮現清晰可見的悲哀神色，指甲又更用力地掐進了我的手。

「快醒來，這裡不是你的世界，這裡是巴別。」

女孩說到「巴別」時，有東西在我內心彈跳了一下。「八八六十四」的句子，就像瞬間被照亮而浮現出來的文字，閃過我的腦海。我剛剛才聽說，卻想不起那個句子意味著什麼。但是，頭腦清楚知道，裡面蘊含著什麼必須想起來的重要東西。與這個女孩是誰的答案一樣，有近在眼前的感覺。就像有另一個我，重疊在相差幾公分的位置，知道答案在哪，卻無法伸手取得。

倒是四条叔露出真誠的眼神，對我伸出了右手。

「來吧，九朔老弟。」

他是要我靠自己的意志，擺脫女孩的糾纏。我注視著他粗獷的手指，指背的地方密密麻麻長著毛，完全符合我對偵探的想像。

我把右手放在女孩的手背上。邊想她的皮膚好冷，邊對她點頭說：

「謝謝。」

女孩似乎有些不安，注視著我的臉好一會。可能是沒有話要說了，也可能是下定了什麼決心，拔起了掐入我手中的指甲。

「言語，一切都由言語決定。」

她似乎是要我做什麼，收回了她的小手。

我從椅子站起來。

四条叔露出溫柔的笑容，伸出右手等著我。

「四条叔。」

「嗯。」

「你錯了。」

「咦？」

「我不太清楚錯在哪裡，但是，四条叔應該是錯了。」

巴別住戶的眼角周圍出現了細微的皺紋變化，表情瞬間被困惑的笑容覆蓋了。看到我的右手擺在桌上不動，四条叔把手縮回去，正要去撚嘴鬚時，我看到一個黑影出現在他背後。是烏鴉。

剎那間，我這麼想。

怎麼看都是人類，但全身裹著黑色洋裝，連修長的腿都被黑色覆蓋，還用巨大的太陽眼鏡遮住上半部的臉，讓人不禁想到烏鴉。這個女人的身材好得不得了。大大敞開的胸口，清楚地露出乳溝，然而，更吸引我目光的是，每跨出一步就從全身浮現，滑過衣服表面的銀色黏膩光澤。我在心裡脫口而出：「果然是烏鴉。」

鞋跟的聲音喀喀響徹樓面，女人在四条叔的背後停下來。

大得離譜的太陽眼鏡的鏡片上，映著我表情僵硬的臉，以及四条叔的光頭背面。這個「烏鴉」跟女孩一樣，也不是來排隊參加簽名會吧？我似乎已經知道答案了。女人把手放在四条叔的肩上，嘴巴靠近他的耳朵說：

「很遺憾，時間到了。」

就在這一瞬間，女人的手纏住了他。

我完全來不及出聲叫他。女人的動作沒有絲毫的遲疑，俐落地勾住了四条叔的脖子，光頭的縱軸突然歪向了不同的角度。

響起詭異的「咔嚓」一聲。

女人一鬆手，就聽到西裝表面擦過桌邊的聲響，四条叔像人偶般從桌前倒下去了。

「四、四条叔！」

我以幾乎推開桌子的勁道，欠身向前查看四条叔的身體。但是，看到身體探出去的地方的地板，我發出了癡呆的叫聲。

「咦──？」

剛才倒下去的四条叔不見了。我心想怎麼可能？把身體更往前探，但是，一個龐大的大人的身體完全消失了。

「剛、剛才在這裡的人──」

我求助地把頭轉向女孩，撞見了從下面頂上來的視線。女孩有所壓抑地閉緊嘴巴，狠狠瞪著我。看到她不停眨著濃眉下淚光莫名閃爍的眼睛，我心想她該不會是在哭吧？

「說你要回去，不要再做夢了。」

我聽到女孩顫抖的聲音。

「因為這裡是巴別。」

我聽過這句話。大腦清楚回想起，在湖泊第一次見面時，她站在湖邊對我說了這麼一句話。

我環視樓面。大家到底知不知道剛才發生的騷動呢？簽名會依然繼續進行，我的讀者安靜地排隊等候簽名，責任編輯不知道跑哪去了，但穿著圍裙的書店男性員工還隨侍在側。不過，我知道，快樂時光結束了。

「閉上眼睛。」

我依指示闔上眼皮。

短短吸口氣，微微張開嘴巴時，忽然湧現「書名是什麼」的疑問。書都是責任編輯翻頁後再遞給我，所以我一次都沒看到自己作品的封面。我出道前究竟替那部大長篇取了什麼書名？我想到必須確認這一點時，嘴巴已經發出了聲音。

「我要回去。」

包圍聽覺的給人空曠感的迷濛嘈雜聲倏地消失了。

「可以了。」

正面傳來積木倒塌般的聲音，但我沒張開眼睛，呆呆站立了一會。記憶很快回來了，不，說是回來，還不如說是停止的時間又復活了，速度快到就像摘掉眼罩，瞬間看見了被遮住的視野。我在這樣的感覺中，反芻剛才發生的事。結論很簡單。緩緩張開的眼睛前方，果然站著那個烏鴉女。

「這麼輕易就被騙了，你真沒用。」

「剛才那是……夢？」

「只要你希望，那就是對你而言會成為現實的世界，也就是陷阱。」

無生命的音質，更增添了幾分冷漠，敲打著我的耳膜。這句話說明了一切。我中計了。我被什麼人利用、掌控，差點把自己推進了非常危險的處境。

我所站的門框位置，與我閉上眼睛之前分毫不差。窄到沒有空間可以放簽名會那張桌子的店內，沒看到女孩的身影，也完全沒有四条叔的氣息。

「四、四条叔呢？不會真的死了吧？」

「除了你之外，沒有人可以從外面的世界進入這裡。」

女人沉著地下斷論，把雙臂合抱在胸前。剛才勾住四条叔，折斷他脖子的細長手臂，滑過銀色的黏膩光澤，擴散到全身。

「那、那麼，那個人是誰？」

我似乎已經知道答案，卻還是忍不住要問。
「九朔滿男。」
冰冷的話語敲打著我的耳膜。
那表情、那語調、光頭上滲出的汗水——我無法馬上理解，那個四条叔怎麼可能不是真正的四条叔。不，想一整天可能也無法理解。但是，他必須是假冒的，否則我會很困擾。真正的偵探現在必須待在冷冷清清的事務所，生龍活虎但非常無聊地看著娛樂報紙，否則我會很困擾。
「沒有外人，就只有我們倆的重逢，感覺如何啊？你差點就被洗腦、被收買了，不，說不定早就被收買了，因為你殺了我。」
她的話無預警地直搗核心，嚇得我倒抽了一口氣。
「不、不是、不是的、不是那樣，我只是聽從指示去做，沒想到會發生那種事——」
「原來如此，果然是你。」
我慌忙閉上嘴巴。察覺說了不該說的話，但已經太遲了。
響起「喀」的尖銳細鞋跟聲，烏鴉女踏出了一步。她雙臂合抱胸前，所以更加突顯、完全不該出現在這種書店的白皙乳溝逼近了我。
「慢、慢著——對不起、非常抱歉、我向妳道歉、對不起、真的對不起。可是，我也差點死了。我是快掉下去的時候，被救了起來。」
「因為九朔滿男不會讓你死，他需要你。」
女人輕輕搖著頭，我看到跟著唦啦唦啦搖晃起來的頭髮，才發現髮型不一樣了。紮在後面固定住的頭髮，變成只到肩頭的長度。是什麼時候剪了頭髮呢？不對，發生連牆面都被炸飛的嚴重爆炸，她為什麼都沒怎麼樣呢？當這樣的疑問湧上來時，我才想到女人說的話很奇怪。

「妳說我殺了妳？」

她的乳溝的肌膚滑嫩，綻放著淡淡的光芒，別說燒燙傷了，連一點擦傷都沒有。我不由得指著那一帶說：

「妳現在不是好好地走在這裡嗎？」

對於我這樣的指責，女人毫無反應，細鞋跟穩穩地敲打著地面，走到離我三步前停下來。

「進入這個巴別時，我們死了很多同伴，活著潛入的——」

忽然，女人的臉改變了方向。我也被那個動作影響，循著她的視線望過去，看到店裡面的門敞開，女孩低著頭走出來。她跟烏鴉女同樣穿著黑色洋裝，給人的印象卻可以如此不同。我這麼想，等著她纖瘦的身體從兩旁書架聳立的通道穿過來。她從幾十層樓高的地方掉下去，而且中途就消失了蹤影。可以平安無事才是奇怪，可是，看她走路的樣子，好像也是毫髮無傷。而且，站在把自己從窗戶丟下去的殺人未遂兇手的旁邊，她似乎也一點都不排斥。

「妳們……和好了嗎？」

說「和好」是有點奇怪，可是，她在「古美術與咖哩　仁平」第一次見到烏鴉女時，明顯露出了敵意，所以我想不出那之外的其他說法。

「這個人不是那個人。」

「咦？」

「不是把我從窗戶扔出去那個人。」

我聽不懂她在說什麼，也沒辦法從她的表情取得暗示，因為她一直低著頭。

「要感謝這孩子。是她先看到裂縫，進入你夢裡，試著把你拉回來。」

烏鴉女的太陽眼鏡反射著沒有感情的光芒，她放開合抱的雙臂，把黑色指甲指向我的右手。我垂下視線看她在說什麼，看到手腕部分清楚留著指甲掐過的痕跡。似乎掐得很用力，痕跡怎麼揉都揉不掉。難道那個簽名會不是夢？不，絕對是夢。我更在意的是，她怎麼可以大搖大擺地進來夢這麼私密的地方，這算什麼結構？不只是女孩，連四条叔、這個烏鴉女，都有進入我夢裡的入場券嗎？

「剛才，呃——謝謝妳。」

儘管那麼想，我還是向女孩說了謝謝。就那樣沉浸在暢銷作家的世界也不錯，但是，我有我非回去不可的地方。

「不關我的事。」

從有點硬的頭髮下，傳來含糊的說話聲，接著是輕輕擤鼻子的聲音。

「妳在哭嗎？」我不禁問她：「在夢裡，妳是不是也哭了？那只是我自己捏造成出來的可笑的白日夢，跟妳毫無關係，妳為什麼——」

「因為他是我父親。」

語氣強烈到出乎我預料之外的聲音打斷了我的話。但是，她沒辦法馬上接著往下說，露出頭髮外的紅腫鼻子發出了抽噎聲。

「誰是妳父親？」

「一直在你夢裡跟你說話的人。」

我目瞪口呆。也不把垂下來的頭髮撥開就抬起頭的女孩，露出了紅通通的眼睛。

「不、不會吧——四条叔是妳的父親？」

「不是。」女孩立刻搖著頭說：「是九朔滿男。」

「什麼？」

「九朔滿男——是我父親的名字。」

當預想不到的事發生時，人類會動不了喉嚨。也就是說，無法將空氣送入肺裡，我第一次知道連聲帶都不會震動。

「慢、慢著，妳叫什麼名字？」

我們的視線短暫交會，但女孩很快別過臉去，切斷了視線。

「九朔初惠。」

為什麼會在這時候出現跟初惠阿姨同樣的名字呢？

忽然，我的視線停在女孩側面的某一點上。那個鼻梁的形狀很眼熟。是在哪見過呢？我歪著頭暗自思忖，很快就在記憶裡找到了答案。

是我——

跟小學、國中時拍的照片裡的我一模一樣。在運動會的加油席上，戴著體操帽子大聲叫喊的那張照片，現在也還擺在老家的櫥子上。她的側面，尤其是鼻子的輪廓，跟照片裡的我簡直是一個模子印出來的。為什麼我都沒發現呢？女孩才十歲左右，骨骼尚未發育完成，所以鼻梁也還沒有太強烈的自我表現，但的確可以看出初惠阿姨的「巫婆鼻子」的雛形了。以前母親曾經說過，這個鼻子是代代相傳的線條。

那是我的鼻子，也就是九朔家的鼻子。

第八章

確認大地震或停電等緊急狀況的搶救方法

「過去的事就算了，我們也沒什麼興趣知道發生了什麼事。」

女人優雅地蹺起腿，打開眼前的自來水的水龍頭。水涓涓流出來，先流到放在水面的盆子。盆子底部被鑿穿一個洞，好讓水從那裡流出來，再沖入竹子的管道裡。

「可不可以告訴我關於九朔滿男的事？為什麼你可以在夢裡製造裂縫？」

我在六人坐的桌子，與烏鴉女面對面而坐，呆呆望著水從裝設在桌子中央的竹子管道流過。

沒錯，提議的人是我。

為了鎮定混亂的頭腦，我提議找一個可以靜下心來談話的地方。對於我的提議，女孩說可以在往上的第三家店吃飯。從「我的山寨房間」離開後，只偶爾補充水分，什麼都沒吃的我，立刻表示贊同。於是，我們走出書店，經過多肉植物專賣店「仙人掌」和吉他工房「To Be With You」，到了這家店。

面對樓梯平台的門，旁邊擺著一個招牌。

上面寫著「山彥」的店名，並加註了一行說明：

「日本第一家可以二十四小時吃流水麵的店！」

打開門，迎接我們的是雅致的民俗工藝風裝潢。四張六人坐的桌子，朝向後面並排。我的肚子當然餓了，但更想聽女孩說話。但是，她說她要去煮麵，馬上走向了後面的廚房。剩下我和烏鴉女，不得不面對面坐在同一張桌子。

「那是九朔滿男準備好的舞台，你被騙上了舞台。你要說是做夢也行，沒錯，或許說沉浸在夢裡會比較正確。你差點就沉下去，再也浮不上來了。但是，你製造了裂縫。也就是說，你把手伸出了水面。所以，我和那個女孩才能進去。」

「我不知道妳說的裂縫是什麼？我不記得我製造過什麼裂縫。」

我的視線追逐著從盆底流出來的水，經過緩緩傾斜的竹子管道，被吸進排水溝，心想這個二十四小時營業也太瘋狂了，想必很快就倒閉了。

「因為你在夢裡發現了什麼破綻，所以形成了裂縫。」

「破綻……？」

「對，應該有什麼東西讓你沒辦法那樣往下沉。」

「難道是……八八六十四？」

我暗想「糟了」，很可能因為我這句話又重提爆炸的事。我假裝什麼都沒想到，偷偷觀察對方的神情。女人把雙手擺在交疊的膝上，動也不動地看著我。

「妳不記得了嗎？」看她毫無反應，我竟然自己提起了那件事。「那裡是擺著那個東西的地方啊。」

「然後呢？」

女人沒有任何表情，淡淡地催我往下說。我用手指在桌面寫下「8×8」給她看。

「這是店名。有人打電話叫我爬上樓，去這家店。就是……妳稱為九朔滿男那個人。那時候，他在電話裡把那家店稱為『八八六十四』，可是，一般不會這樣唸，因為看起來是很時尚的店。在那裡發生了爆炸。喂，妳真的不記得嗎？」

正彎著腰搓揉小腿的我停下來，凝神注視著女人的臉。這個女人原本就沒什麼表情，有沒有表現情感的習慣都令人懷疑，但應該還是要有某些反應。難道真如女孩所說，她是另外一個女人嗎？我看著她短到肩膀的頭髮，直接問：

「妳剪頭髮了？」

女人沒理我。

「我不知道是什麼結構，總之，是炸彈。我被騙，引爆了炸彈。我說了對方在電話裡叫我說的話，就突然爆炸了……牆壁被炸飛，地面傾斜，店被炸得亂七八糟。」

對了，回想起來，電話裡那個人不是說女人退去後會來接我嗎？偵探如他預告的出現了。

「我快從地板掉下去時，是四条叔救了我。那個四条叔在簽名會時，說了『八八六十四』。只是這樣，我並沒有什麼確鑿的證據。自己也只是在無意識中出現了疙瘩，覺得哪裡不對。」

「就在那時候，形成了短暫的裂縫，那孩子沒有放過。」

「夢的裂縫到底是什麼？妳們為什麼可以鑽進那種地方？」

「你忘了嗎？你也是從裂縫進入了這個巴別，就跟你那時候一樣。因為有那個女孩，我也跟在後面進來了。不過，九朔滿男逃走了。」

「那、那樣也能逃走？妳不是狠狠折斷了他的脖子？」

「真把他剷除了，我就不會悠閒地坐在這裡，已經著手清算巴別了。」

女人淡淡地說，把手伸向水龍頭，關住了水。

我仔細觀察坐在流水麵裝置前，伸直背脊、高高挺起胸部、把太陽眼鏡朝向我的女人的模樣。除了髮型外，我完全看不出任何變化。衣服、胸部爆開度、布料的噁心黏膩光澤、不知道怎麼發出來的奇怪嗓音、片面宣佈讓人不知如何反應的內容後那種難以親近的氛圍，通通都一樣。

「那孩子說——妳不是之前那個人？」

女人慢慢把手從膝上舉起來，依序張開食指、大拇指、中指給我看。

「一個人爬到塔上、一個人在空中飛、一個人在地表偵查。這就是到達巴別的我們的工作。很多人飛進了裂縫，可是，活著進來的只有這幾個。」

她的手指似乎是表示數字的「3」。忽然，三個黑點在太陽中浮現的畫面閃過腦海。現在，已經成為很久遠的記憶了，那是我從「我的山寨房間」的窗戶仰望天空時的事。三隻烏鴉恍如在光圈的保護下出現了。其中一隻降落後，不知何時變成了烏鴉女。

「也就是說，之前跟我說話的是負責爬上塔的人？」

「你殺了那個人。」

女人把中指收進手掌的內側，以手指表示「2」。

「果然……真的死了？」

雖然是強烈到把牆壁都炸飛的爆炸，但那個女人可是穿越天花板踩壞了黑電話、單手把我抓起來拋出去的怪物呢，最有力的證據就是那雙黑眼珠。

「響起爆炸聲後，一個人掉下去了。我去了湖邊，但沒救活。」

女人把手指的「2」直接指向了廚房。

「在湖邊我見到了那孩子。那時候聽說了，她是從窗戶被拋出去了吧？所以剛開始她對我很兇，但是，知道那不是我就安靜下來了。」

從她淡淡的語調中，我完全聽不出失去同伴的悲傷，只覺得我跟她是不同的生物，有很深的隔閡。

「那孩子說她也要來，所以我們就從爆炸後牆壁倒塌的地方進來了，因此省去了爬樓梯的時間。」

「進來……怎麼進來？」

「飛進來啊。」

女人斷然回答，說得毫不猶豫。

我正要反問她飛是什麼意思，就響起聲音說：

「煮好了。」

女孩從廚房入口處的門簾後面走出來，雙手抬著看起來很重的義大利麵鍋。

我急忙站起來，接過她手裡的鍋子。鍋內有個濾網，裝著滿滿的細麵，冒著蒸汽。女孩折回廚房，又端來上面擺著裝佐料的小盤子、筷子、容器的托盤，坐到我旁邊。她先把筷子擺在容器上，遞到我前面，再問烏鴉女：「妳要吃嗎？」

「我不用。」

女人維持蹺腳的姿勢不動，搖了搖頭。明明剩菜剩飯撒得到處都是也吃得那麼開心，現在卻不吃？我在心裡這麼嘀咕，要拿起筷子時，突然想起一件很重要的事。

「請問一下，這些細麵是從哪裡拿來的？」

「從哪裡？當然是放在那裡的東西啊。」

「妳是說廚房？」

「這裡是流水麵店，要多少細麵就有多少細麵啊。」

女孩打開醬油露瓶的封條，咕嘟咕嘟往容器裡倒。

「不，我不是問這個……這些蔥、生薑也是？」

女孩點點頭說：「冰箱裡有，我就拿來用了。」把瓶子擺在我前面。

聽她的語氣，似乎全然不懂我在擔心什麼，所以我把瓶子拿起來看，確認有效期限，上面印著二十五年前的日期。

「我知道不該在妳做了這麼多之後說這種話，可是，這也太古老了吧？從生產到現在經過四個半世紀了。提供標示上的『柴魚高湯』的鰹魚，也是更久之前就在海裡游了。」

「放心啦。」

「放在冰箱裡的東西更不能吃吧？不過，看起來還很有水分呢。」

女孩用筷子把生薑和蔥夾到倒入了醬油露的容器裡。

「在這裡的東西都不會產生變化，所以不用擔心。」

她又這麼告訴我，把裝佐料的小盤子推到我前面。

「不會產生變化？」

「東西全都是出現在巴別當時的模樣，所以不會不能吃。外面不是一直都那麼亮嗎？在這裡的東西，永遠不會產生變化。你在那個房間睡過，難道沒有發現嗎？夜晚不會到來。」

說得也是，我差點忘了，自從在湖的四周徘徊以來，我一直有「太陽的位置沒有移動」的疑惑。的確，從「我的山寨房間」出來後，至少經過半天了，窗外泛白的藍天卻依然明亮，沒有出現任何色調上的變化。

「喂，可不可以請你把細麵丟到那裡面？要用水流著吃吧？」

我的肚子非常餓，可是不敢吃。因為這是在我兩歲時候擀出來的麵——心裡浮現這句拒絕的話時，我忽然想到二十五年前正是大久朔腦中風猝死的那一年。原來當時有這樣的店進駐。也就是說，在這層樓之前出現的店，都是母親繼承巴別之後倒閉的承租店。初惠阿姨說過，她曾經向我母親建議，最好選擇感覺能長久經營的店。老是讓這種充滿冒險精神的店進駐，確實很難指望巴別能夠穩定地經營。初惠阿姨的建議太正確了。

女孩看到我不拿筷子，手也不伸向鍋子，保持不動如山的姿勢，就把身體轉向了烏鴉女說：「妳來放。」
「放什麼？」烏鴉女嘎答歪起了頭。
「把鍋裡的東西一點一點放進那個盆子裡。」
女人看著放在我與女孩之間的鍋子好一會後，默默伸出了手。那個鍋子對我來說也非常重，她卻越過竹子管道，只用手指抓住邊緣，就輕輕鬆鬆把鍋子拿到自己前面了。她正要把手直接伸進冒著蒸汽的鍋內時，被女孩制止了。
「用這個夾。」
女孩把筷子遞給了女人。
女人把反著接過來的筷子，直接插進了鍋子裡。筷子看起來就像單純的兩根樹枝。女孩又說：「等一下。」離開座位，從廚房拿著夾麵用的夾子回來。
「妳為什麼可以這麼不在乎？」女人接過夾子後，兩次、三次地練習該怎麼夾。我把她拋在一旁，忍不住問女孩。
「不在乎什麼？」女孩把頭轉向我。
「不管她是不是前一個人的替代品，外表都長得一模一樣啊。換作是我，死也不會跟把我從窗戶那樣拋出去的人坐在一起，更不可能把自己要吃的細麵交給她放水流。」
女孩拿著筷子，注視著浮在醬油露上面的蔥好一會後，喃喃說道：
「我應該是很開心吧。」
「開心？」
「因為這是我第一次跟人一起吃飯。」
我的視線焦點固定在女孩的濃眉與內雙的眼睛一帶，半晌無法移開。

「第一次……那麼，以前妳都怎麼吃飯？」
「一個人吃啊，像這樣走遍所有的店，有什麼就吃什麼。」
「為什麼？妳不是有父母親嗎？」
「你是說我父親？我從來不跟那個人一起吃飯。」
「母親呢——？」
「在這裡的只有我跟那個人。」
「妹妹呢？妳沒有妹妹嗎？」
霎時，我插入了一直想確認，卻又莫名地害怕，不敢提出來的問題。
「有兩個，富二子、三津子。」
女孩正確地說出了中間的阿姨和母親的名字。
「但是，她們都不在這裡。」
眼神突然變得黯淡的女孩，沮喪地弓起了背。
「為什麼會問我有沒有妹妹？」
「沒、沒有啦，因為妳叫初惠，所以我猜妳應該是長女。」
我邊牽強地搪塞過去，邊端詳女孩微低著頭的側面。沒想到這麼纖瘦的身材，五十年後會變得那麼有分量。我把她跟記憶中的初惠阿姨重疊，結果當然是合不起來。
「妳今年幾歲？」
「不知道。」
「咦？」
「我一直都是這個樣子，就像這裡沒有黑夜，我的歲數也不會增加。」

「慢著，也不會長高嗎？」

女孩無言地點著頭。

我越聽她的話，越覺得有什麼詭異的東西籠罩著她。這樣的感覺，很快就跟這個地方詭異到不行的結論連結上了。

「妳從什麼時候開始待在這裡？」

「從這個巴別出現時就在了。」

我本來要問那是什麼時候，但這孩子連自己幾歲都不知道，我想到這根本是她無法理解的問題。我的大腿和膝蓋都哀哀叫，全身也覺得疲憊、飢餓，由此可見時間的確在流逝。摸摸下巴，也稍微長出了鬍子。然而，這裡似乎也是夜晚不會到來、女孩停止成長、月曆失去功能的地方。

「我要放進去囉。」

聽到突然介入的聲音，我抬起頭，看到烏鴉女正夾起細麵，要放進積滿盆子的水裡。不知何時，水龍頭被打開了，流過竹子管道的水又復活了。在盆子裡鬆開的細麵，順著水流從底部的洞滑落到竹子管道。

「這孩子的存在，是久朔滿男製造出來的。剛才那個光頭男只是人偶，但這孩子不一樣。這孩子存在於這裡，卻又不在這裡。」

在樓下的「古美術與咖哩　仁平」撞見的烏鴉女，好像也說了類似的話。建築物也就罷了，活生生的人被說成「製造出來的」，我怎能同意地回說：「喔，是這樣啊。」而且，在女孩本人面前說這種話好嗎？我偷偷看女孩的表情。

「放心吧。」烏鴉女似乎看透了我的心思，說：「這孩子都知道。知道自己是什麼人，也知道這個世界裡的所有東西都是被製造出來的，對吧？」

女孩沒有肯定或否定，用筷子夾起隨著受控制的水流搖搖晃晃到來的細麵，放進容器裡嘶嘶吸食。

「吃下去也沒問題哦。你都有喝水吧？就像那樣。」

烏鴉女這麼說，把第二批細麵放進盆子裡。看到細麵在竹子的曲面大把地滑下去，我的肚子咕嚕咕嚕叫起來。拚命往樓上爬，已經餓到極限。我再也忍不住了，伸手拿起佐料的小盆子，仔細聞味道。生薑與蔥的新鮮味道撲鼻，我馬上抓起生薑舔舔看，舌尖一陣嗆辣的刺激。不是毒的刺激，是誘發食慾的刺激。

女孩用筷子攔住流過來的細麵，瞄我一眼。我猶豫地拿起容器，她就幫我把撈起來的細麵放進容器裡。

我下定決心，拿起筷子，試著吸食細麵。在舌頭上翻滾的感覺很可怕，但味道不錯。我咕嘟吞下去，細麵就順暢地經過喉嚨，送進了胃裡。我心想管他三七二十一，用手指抓起適量的生薑和蔥放進容器，把筷子豪邁地插進又流過來的大把細麵，高高撈起放進容器裡。

好一陣子，我們都埋頭吃著細麵。

烏鴉女默默往盆子裡不斷補給細麵，我和女孩默默回收。

還沒吃到肚子痛。

我想再吃一點，放下容器，邊把手伸向醬油露的瓶子，邊跟女孩說話。

「我想問妳關於承租店的事。」
「承租店？」
「承租店就是進駐大樓的店。比如，我後來不是在一家奇怪的咖哩店遇見妳嗎？那家店是妳來這裡時就在了嗎？」
「剛開始只有建築物，還沒有塔，所以那種店一家也沒有。」
女孩冷冷地回答，把醬油露的瓶子擺到我前面。
「什麼建築物？」
「上面不是有瞭望台嗎？」
「妳是說那座山丘上的建築物？」
「剛開始只有那個。我跟那個人住在二樓，後來塔才出現。」
「突然冒出那種高聳入雲的東西？」
「剛開始很矮，是每出現一家店就長高一點。最先是出現在那棟建築物的二樓，下一家店出現時，原本在二樓的店就會被往上擠。店越來越多，塔就越來越高，不知不覺就看不到頂端了。」
聽起來還是很荒謬，但是，按女孩所說的道理，就可以解釋從最近撤走的店開始依序出現在樓梯平台這件事——對吧？不對，我的房間以最新物件出現在那棟「山寨路邊餐廳」的二樓就說不通了，我的房間從來就不是承租店，我也還沒有從那裡撤走。
「總之，蓋那棟建築物是為了用來當塔的入口？」
「是這樣嗎……我想也是用來瞭望湖泊吧，因為那個人喜歡在瞭望台作畫。」
從螺旋梯爬到最上面，有個格格不入的小台子，我想起從那裡眺望的湖泊的圓形輪廓。

所有災難的源頭，也就是我在蜜村先生的畫廊碰觸的那幅畫，果然是在那裡畫的？

「我還是半信半疑，不對，是什麼都不相信。如果這個世界是妳父親做出來的，那麼，幹嘛做那個湖泊？有什麼意義？」

「意義？」

女孩停下動筷子的手，滿臉狐疑地看著我的臉。一把細麵就在這個空隙流向了竹子管道的終點。筷子來不及反應，她慌張地叫著「啊、啊」，那模樣讓我深深覺得她還只是個孩子。

竹子管道的盡頭下面擺著濾網，女孩拿起濾網，把流走的麵放進自己的容器。我也趁這時候補充醬油露，撈取又流過來的細麵。

「我記得那個人好像說過喜歡——」

「喜歡？喜歡那個湖泊嗎？那裡什麼都沒有，也沒有人啊。」

「那是那個人家鄉的湖泊。可是，他跟我說過一次，那個湖泊已經被掩埋了、不在了。那個人的父親——就是我爺爺，以前在那裡捕魚。你有沒有注意到，湖面有船漂浮？」

「妳是說……張著白帆並行的那三艘？」

「對，那個人說爺爺就是搭那種船去捕魚，有時候也會讓他上船幫忙。建築物不是一直在播放音樂嗎？那是他家鄉的歌。」

我知道九朔家的根是在東北鄉下。我記得母親說過，她小時候也去過一次祖父母的家，也就是大九朔的老家。不過，我倒不知道捕魚這件事，而且居然不是在大海，而是在湖泊。或許是我孤陋寡聞，從沒聽過那麼大的湖泊被掩埋。創造這個世界的主人，宛如在做鐵道的立體透視模型，把故鄉的風景以原尺寸大小做出來了。連三味線的音色都配上了「咚咚登登、咚咚登登」的熱鬧背景音樂——

「喂！」

我正想得出神時，有個聲音把我叫了回來。

「啊，對不起，都是我在撈細麵，撈太多了，下次換妳。」

「換我問你問題了，你是誰？」

問得好直接，害我把咬到一半的一大坨細麵咕嘟吞了下去。

我是誰？

我不能說我可能是她的外甥。

也不能說大九朔的事。

我慢慢轉過臉去，撞見了女孩猜疑與緊張的神情交織錯雜的眼眸。我想我應該也是同樣的眼神。

即便現在坦承我是九朔家的人，在這種亂了調的狀態下，也不可能接納彼此的現實。我所認識的初惠阿姨，已經超過六十五歲，邁入老年了，是個派頭十足的女社長，再怎麼顛覆，也不可能跟這個女孩重疊在一起。儘管鼻子十分相似、儘管她知道我母親的存在、儘管她小小年紀就散發著我所熟悉的威嚴，但不是阿姨就不是阿姨。至於大九朔，二十五年前就去世了，不該那麼自然地打電話給我。

這個地方的現實，永遠不會跟我的現實重疊在一起。

沒東西咀嚼的嘴巴裡，飄散著二十五年前的醬油露的味道，害我好想喝水。

「你知道我為什麼救你嗎？」

女孩把容器放在桌上問我。

「那個人想把你留在這個世界，是我阻撓了他。因為我知道他想永遠把你關在這裡，就像把我關在這裡那樣。」

我大吃一驚，抬起不知不覺垂落在右手腕的指甲痕上的視線。女孩看著我，視線焦點卻好似落在我背後，從她這樣的表情我才察覺，她在我夢中做的事，對她而言是背叛父親的行為。

「你是來自外面的世界嗎？」

「外面的世界……？啊，算是吧。」

「那個有很多人、有車子在跑、有很多聲音的世界嗎？」

原來，在承租店窗戶外的遙遠下方轉來轉去的世界、那個絕對搆不到的風景，就是這孩子所知道的「外面」的所有一切——有了這樣的理解，我才知道她想從那麼高的地方跳下去，不，是真的跳下去的行為意味著什麼，痛徹心扉的感覺湧上心頭。

「那個人說過，塔裡的東西都是從外面的世界搬過來的。可是，即使店增加到天空那麼高，也沒有任何人出現在這個巴別。你是第一個出現的人。」

「第一個？我是妳來這裡之後，第一個見到的——其他人？」

女孩默默注視著我。

「總不會除了妳父親之外，我也是第一個跟妳交談的人吧？」

女孩微微點頭，幅度小到幾乎沒動。

「妳從來沒跟誰玩過，也沒有一個朋友嗎？」

看到女孩的眼睛泛起淚光，我慌忙說：「我沒什麼意思。」猛搖頭蒙混過去。難怪在湖邊遇見她時，她的態度那麼生硬、粗暴，現在我可以理解了。我也一樣，獨自關在房間裡時，突然有推銷員來敲門，我的應對態度也是那麼冷漠，不，是更冷酷、不講情面。那是她築起的高牆，名為孤獨。

「你是誰啊？」

女孩又問了一次。

「我——只是個管理員。」

我也把容器放在桌上，再把筷子擺在容器上。

「我現在也還住在妳所說的建築物的二樓的房間。在那裡，也就是在外面的世界，當一個混合大樓的管理員。那棟混合大樓的名稱是巴別，被搬來這裡的店好像就是倒閉後撤出那棟大樓的承租店——呃，這不是重點，我要說的是，我是個一點都不特別的人。我不知道我為什麼會在這裡，也不知道妳父親為什麼要找我來。」

我沒必要道歉，卻還是低下了頭說對不起。

女孩沒有回任何話。我似乎聽見，在她和小野洋子一樣中分的有點硬的長髮底下的眼睛，響起了什麼東西凝滯往下沉的聲音。我清楚感覺到女孩強烈的失望。

「那麼，也請你遵守約定。」

女孩稍微張開嘴巴，用幾乎聽不見的聲音說。

我想問她什麼約定，烏鴉女就像算準了時間似的插嘴說：

「細麵都沒有了。」

女孩立刻站起來說：

「我再去煮一點。」

她拿起空鍋，頭也不回地消失在廚房。

「她很依賴你呢。」

烏鴉女刻意把夾子前端像梳子的部分，夾得咔喳咔喳響，喃喃說道。
「妳對她說了什麼？她說的約定是什麼？」
「我說救了你，她就可以離開巴別去外面的世界。我說你有那樣的力量，所以才會被九朔滿男盯上——大概只說了這些吧。」
「妳、妳怎麼可以亂說……謊話連篇。」
絲毫沒有愧疚之意的女人，用夾子的前端指著傻眼的我說：
「我們的職責就是剷除九朔滿男。這裡消失後，那個孩子也會消失不見。不管我說什麼，結果都一樣。何況，我說的也不全是謊言，九朔滿男需要你，這是不爭的事實，因為這個巴別不能欠缺你的力量。九朔滿男已經沒有力量保住這個巴別了，他需要某種助力，那就是你。你知道他為什麼讓你做那種夢嗎？」
「這個嘛——」
我的直覺告訴我，那個夢只是如實地具體呈現出我的願望，太過歡樂又太過短暫，一定是有什麼不好的目的，也就是陷阱。但我的根本疑問是，對方讓我成為暢銷作家，能得到什麼好處？
「你不知道也無可厚非，他是在測試你。」
「測試？開那場暴露我卑微願望的簽名會，是在測試我？」
「你繼承了九朔滿男的力量，但是，你不知道怎麼使用那個力量。他想測試你能不能在這個巴別使用那個力量。那個夢不是九朔滿男讓你做的夢，而是你自己創造出來的世界。正確來說，是九朔滿男為你備好舞台，你就靠自己的力量動了起來。一般人當然做不到。其實，從你順利進入這個巴別那刻起，就該知道自己不尋常了。可是，你的力量還很弱，太不成熟了，所以中間才會出現裂縫。也幸好是這樣，你現在才能回到這裡。」

我完全聽不懂她在說什麼。我有力量？至今以來，我連一秒都不曾有過靈異感應的經驗。運氣不好，也沒有特殊才能。花三年寫的小說，連第一次評選都沒通過。

「那是什麼力量？從哪裡、怎麼樣冒出來的？大約有多少？」

「那就不知道了，因為只有你自己可以發揮出來。」

啊？我忘了要克制，大聲叫了出來。

「我可以肯定地說，我沒有半點那種力量。還有，妳說的巴別到底是什麼？是像連鎖店那樣，到處都有嗎？」

「巴別是潛藏在陰影裡的東西。按理說，陰影是由太陽產生的。可是，巴別做出了不是由太陽產生的陰影，在那裡面創立世界，把陰影養大。所以，我們要剷除它。我們在天空飛翔，尋找陰影。除了太陽之外，我們絕不允許其他控制陰影的存在。」

「別管了。」

貿然吐出這句話後，我才發覺這是我內心真正的想法。

「就當作這世上有科學無法解釋的奇特現象吧。妳知道我為什麼這麼說嗎？因為我可不想為了配合妳們的規矩而死。我沒做過什麼壞事，至今以來也算活得中規中矩，是那種人生平凡到不行的男人。現在卻被捲入這種莫名其妙的事，最後還要聽妳說不允許巴別的存在、要剷除它、要消滅這裡、要把我當成犧牲品——突然聽到這種話，有誰會說『哦，這樣啊』坦然接受呢？」

我忘了還在廚房的女孩，粗聲粗氣地說得口沫橫飛。

「我們是太陽的使者。巴別完全失控了，現在還來得及，必須在崩塌之前剷除它。」

「幹嘛這麼吹毛求疵，在這之前，也未必每一件都成功剷除了吧？也有失敗的時候吧？」

「有時候會失敗。」

「什麼啊，還是有嘛。妳的前任威脅我說，巴別崩塌時，會發生很嚴重的事，可是，世界一直都很和平啊。所以，妳們只是說說而已，根本不會發生什麼大事吧？」

「這百年間，失敗的時候發生了兩次世界大戰。」

「喂，妳開玩笑吧？」

烏鴉女的嘴巴浮現淡淡笑容。根據之前的經驗，我非常清楚她不會因為開玩笑而笑。那麼，這是為何而笑？總不會她說的是真話吧？我硬是拋開了逐漸爬上背脊的寒意，把容器裡剩下的醬油露倒進竹子管道裡，在水龍頭下沖一沖，然後一口喝下接滿的水。

「對了，妳的前任一直說沒時間了，叫我快快快，不停地催我往上走，妳怎麼這麼悠哉呢？」

我強行轉變話題，再把醬油露倒進容器裡。

「因為我已經知道，有你在的地方，九朔滿男一定會出現。他也一樣沒有時間了，所以我們不必主動去找他。」

蹺著腳的烏鴉女，優雅地交換左右腳，把手肘抵在膝上，乳溝當然因此被大大地往前推。滑過的銀色黏膩光澤，更強調了被布料覆蓋的胸部的隆起。我想我這輩子，對乳溝這個東西都不會有明亮、開朗的印象了。

「對了，跟妳說也沒用，不過，我還是說吧——」

這時候，廚房響起嘎咚一聲，好像是什麼東西倒下來了。我把注意力轉向那裡，想知道怎麼回事，但那之後就沒有聲音了，所以我繼續說下去。

「妳的前任救了我。該怎麼說呢，發生爆炸時，她保護了我。若不是她那麼做，我已經死了。現在對著妳說也沒用，但我還是想說謝謝——」

廚房又響起了聲音。這次是更大的嘎啦嘎啦聲，明顯聽得出來是堆疊的東西倒塌了。

「喂，妳沒事吧？」

在我叫喚的同時，烏鴉女也挺直彎著的腰，把身體轉向了廚房。

響起「颼」的風切聲。

女人的上半身伴隨著一聲悶響搖晃起來。

飛過來的東西，不用確認也知道是什麼。前端被斜斜削尖的粗竹筒，從正面貫穿了女人的白皙胸口。

女人看著從自己身體突出來的竹子好一會。沒有流血。就像棒子插在黏土上那種無生命的畫面，女人與竹子結合成一體了。

女人垂著頭摘下太陽眼鏡。

「把這個從窗戶扔出去——」

女人發出積木倒塌般的聲音，把貼在臉上的黑眼珠朝向了我。眼珠的大小比前一個女人小了一圈，小到我都看不出來視線有沒有對上我。她把太陽眼鏡放在桌上，銀色黏膩光澤恍如被撣落般，從黑色布料的表面徐徐往下方移動，女人搖搖欲墜地往斜後方傾斜，發出震天價響的聲音倒在地上。

「喂、喂——」

我張口結舌，從椅子站起來。

「九朔老弟。」
響起我非常熟悉的聲音。
我反射性地轉過頭去。
四条叔站在廚房入口，咚咚敲響手中的粗竹子，爽朗地笑著。
「嗨。」

看到黑色裙襬在偵探背後不安地搖晃，不知道為什麼我想起了「射干玉」這個辭彙。對了，因為體型相差太遠，所以我不曾聯想在一起，初惠阿姨不就像是個有「射干玉」習慣的人，終年穿著黑衣服嗎？
站在廚房陰暗處的女孩，從四条叔的腰部左右探出頭來，注視著倒在地上的烏鴉女。我不認為她是「背叛」。畢竟對方是把她從幾十層樓高的地方扔下去的那幫人之一，隨時都有可能再做出同樣的事。但是，另一方面，我又覺得女孩與烏鴉女接觸時，的確是卸下了戒心。她讓烏鴉女把細麵放入流水中，絕不是為了讓對方疏於防備的演技。她是事先知道結果會是這樣，還把夾子交給了烏鴉女嗎？女孩面對女人的雙眼紅了起來，與我的視線對上時，就逃也似的躲進了廚房。
「裡面堆著好幾根這種東西，所以我就拿來用了。」
四条叔手上的竹子，被切成跟眼前的竹子管道同樣的長度，但還沒被剖成兩半。他咚咚互敲竹子，敲奏著旋律走過來。

「終於沒有人阻撓，可以好好談話了。」

穿著與來參加夢裡的簽名會時一樣，上下都是老舊西裝的四条叔，走到女人前面停下來。他把斜斜削尖的竹子前端對著女人，以備隨時可以再補上一擊。躺在地上的女人動也不動，嘴巴微張，小小的鳥眼望著虛空。依然沒有流血。可能是因為這樣，我沒辦法把躺在那裡的東西視為生物。面對女人裹著黑色衣服的肢體，我只有宛如看著人偶倒在那裡的冷漠隔閡感。儘管剛才我還跟她面對面交談。

偵探呼地吐口氣，放下雙手的竹子，走到窗邊，毫不遲疑地打開一扇外面是淡淡藍天無限延伸的窗戶。我想起在「8×8」發生的爆炸，不由得擺出防備的姿態，但房間還是很安靜，令人懷疑窗戶到底有沒有打開。

「沒有風啦。」

四条叔察覺我的動作，笑了起來。

「那時候的風是我做出來的，平常外面不會有風。因為既然有窗戶，起風就沒有意義了吧？只有湖邊會起一些風，因為不那麼做，就不會產生波浪。」

他把兩根竹子粗魯地扔出窗外，撚著嘴鬚走回來。

他在烏鴉女前面蹲下來，輕鬆地抱起了那個身體。被黑色包覆的手、腳軟綿綿地下垂，在布料表面神采奕奕地跑來跑去的銀色黏膩光澤全都消失了。我覺得比起胸部被竹子貫穿，黏膩光澤的消失更清楚傳達了女人失去生命的事實。

四条叔抱著女人，往打開的窗戶走去。我連問都不想問他要做什麼。他毫不猶豫地把女人的頭卡在窗框上，再把她往外推拋下去。傾斜的身體從偵探的手脫離，快速滑落，最後黑色高跟鞋朝向天空，無聲無息地消失在窗戶外面。

「肚子還餓嗎？她剛才煮麵煮到一半，還要吃的話，我叫她拿來。」

若無其事地轉過身來的模樣，怎麼看都是四条叔。有點邋遢的穿著、以6：4混合憨傻與超然的說話方式、反射窗外灑進來的陽光的光頭的出油度，無一不是我所認識的窩囊廢偵探的特色。但是，做出四条叔外形的核心部分迥然不同。即便對方是怪物，他也不是會滿不在乎地把對方推出窗外的偵探。連在巴別的頂樓對大嘴烏鴉說話時，聲音都充滿友愛的人，才是四条叔。

「不過，才剛發生這種事，我想你也沒有食慾吧。」

那個不拘小節的獨特聲音，我越聽越覺得冒瀆了『他』的存在。我當然不能接受這種光模仿外表的冒牌貨，然而，不接受他就等於要接受另一個我更不想承認的存在。

「你、你就是……九朔滿男？」

我帶著認輸的心情，說出了祖父的名字。

「是啊。」

「那就不要再模仿四条叔的說話方式，聽起來很噁心。」

「那很難呢。」

偵探擰起一邊嘴角，做出充滿戲劇性的表情，從窗邊走開。

「我並不是做出空心的人偶，寄居在裡面。在這裡的是如假包換的本尊，也就是你非常熟悉的偵探本人。關於將棋的事也不是謊言，他真的在國中前都被稱為神童。」

他走到隔著桌子與我面對面的位置，發出「嘿喲」一聲，在剛才烏鴉女坐的位子很吃力地坐下來。

「從一開始，我就打算找個地方跟你好好說話，所以特地叫我女兒去接你，沒想到出現那幫傢伙，給我捅了大樓子。你也看見了吧？一聲招呼都不打，就把我的脖子折斷了。」

偵探皺著眉頭，撫摸脖子一帶。怎麼看都是四条叔平時的樣子，我看不下去，把臉別開了。那個「女兒」把臉探出了廚房外，但是，在與我的視線交會前，就倏地縮回去了。

「你也坐下來吧。」

「你那麼做是因為知道那個女人的來歷嗎？」

女孩可能正豎起耳朵聽我們說話，我不知道在她面前該如何稱呼四条叔，還來不及思考就脫口而出說「你」了。這樣的稱呼，很適合飄盪在我們之間的距離感、緊繃感。不過，對我來說，不管「阿公」或「爺爺」，這種稱呼祖父的基本形式原本就不存在。不用說，當然是因為在我學會說話前，大九朔就往生了。

「當然，就是他們讓我做出了這個巴別。」

偵探輕輕點個頭，關上了水流不停的水龍頭。我又把視線轉回他的光頭，問他是什麼意思？他以悠閒的口吻對我說：

「你在這裡也問過吧？巴別是不是到處都有？你不覺得奇怪嗎？到處都有這種東西被隨便做出來，還被統一稱為巴別——很奇怪吧？對，都是他們教的，所以才能做得出來。是他們說過著一般生活的人，絕對不會察覺，叫我做出陰影裡的另一個世界。起初，他們接近我，唆使我做出巴別，等沒有利用價值了，就來消除所有一切，太狡猾、太卑鄙了，最後還把你也逼出來了。」

偵探拿起放在桌上的夾子，把前端對著我胸口一帶，骨碌骨碌轉著圈子。夾子的轉動當然影響不了我，但頭腦暗暗混亂起來。他說的話，跟烏鴉女說的話正好相反。

「我聽說你是在這裡為所欲為。」

「為所欲為？不，我只是聽他們的話去做。沒錯，我有力量，所以他們才找上我，問我要不要用這個力量建立巴別——」

「那孩子呢？她為什麼在這裡？」我壓低嗓門，用視線指著廚房。「她說她叫九朔初惠，跟我認識的初惠阿姨是什麼關係？總不會是她本人吧？」

「是她本人啊，不過，是她的影子。」

我知道不會聽到合理的解釋，但沒想到會從偵探嘴裡冒出這種遠遠超乎想像、讓我不知如何回應的答案。

「女人說那孩子是你做出來的！」

「別開玩笑了。是那幫人為了讓我乖乖聽話，把她拉進來的，你也一樣。」

轉動的夾子指向我的臉，突然停了下來。

「跟我一樣？什麼一樣？」

「你們都是被帶來當人質。」

我無法馬上了解話中的意思，目不轉睛地盯著表情嚴肅的偵探的臉。

「你說我是人質？」

「是啊，來這個巴別是你自己的意志嗎？」

「怎麼可能，我是在那個女人追殺我時，莫名其妙被拋進了湖裡。」

「狀況完全相同。當時，他們為了逼我做出巴別，就把我女兒拖進了這裡。他們說如果我不合作，就把我女兒丟在這裡。當時，這裡還是一片漆黑。他們威脅我說，我女兒會永遠一個人被丟在這個沒有亮光的地方。所以，我做了巴別。拓展天空、引入亮光，把這裡改建成比較正常的地方。沒錯，以邏輯來思考，那孩子或許不是真的初惠。可是，那孩子有感情，也能思考，只有個子一直沒長高，因為影子不會成長。這就是那幫人的手段，利用人類的弱點，隨心所欲地操控。他們不是人類，所以根本沒得商量。是的，是我親手建起了這個巴別，但我是為了我女兒——」

四条叔把夾子放在桌上，洩了氣似的嘆息，垂下了視線。

「這次又想利用你，讓我屈服。他們的要求之一，就是把這個巴別交給他們，企圖奪走我擴展到這麼大的東西，跟利用我女兒那時候一樣。」

「慢、慢著。」我不由得舉起手，打斷偵探的話。「這跟我之前聽到的話完全不一樣。為什麼我會變成人質？我在這裡，會成為你的什麼把柄？我們彼此毫無關係吧？」

「他們給了我訊息，說要把你扔在這裡，毀了你的人生，問我可以負起這個責任嗎？說白了，就是威脅。」

我定睛注視四条叔的臉。白色的東西如黑白棋般，漸漸被置換成黑色的感覺，在大腦裡縈繞，但理解力跟不上感覺的步調。

「你是說我會來到這裡，都是那幫人的奸計？」

偵探點個頭，眼神十分平靜。

「我知道那幫人遲早會闖進來。我沒告訴我女兒你是誰，但讓她去接你前，我交代過她，如果有你之外的人闖入要小心。因為你會出現在這裡，表示那幫人下了最後通牒。」

「可是，」我環視統一的民俗工藝風格、可說是太過挑戰性嘗試的細麵二十四小時營業店的店內，說：「那個女人想從這裡得到什麼呢？這裡一個客人也沒有，也收不到租金。占據這種滿滿都是幽靈承租店的鬼塔有什麼好處？」

「那幫人要的不是這座塔，而是巴別這個東西。如果交給他們，一切都會消失，包括天空、建築物、當然還有我女兒——那幫人要的是囤積在這個巴別裡面的陰影。」

「囤積的陰影？那是什麼東西？」

「這個嘛……你可以想成是石油那樣的東西。我靠增加這座塔的高度，來拓展巴別本身。所謂巴別，就是一個容器。洞是越往下挖越大吧？這裡是塔越往上延伸，容器就越大。陰影會囤積在容器裡。所謂陰影，就像是城市、社會、人類所產生的沉澱物。如同下雨時雨會流入地下的下水道那般，陰影會囤積在這裡。那幫人為了取得陰影，找人到處建立巴別。他們也極盡所能地利用我在這裡囤積陰影，現在要來回收了。」

他說的話毫無要領可言。烏鴉女也說過「巴別藏在陰影裡」、「控制陰影」之類意義不明的話，但我現在沒有心情詳細探討他們彼此的主張。結果，全都是那個烏鴉女搞的鬼。正如我最初的推測，是那幫人的詭計，我卻三言兩語就被騙了，跟女人和氣融融地爬上了樓梯，真是太白癡了。什麼太陽的使者嘛、什麼不阻止崩塌就會引發世界大戰嘛，全都是用我當餌釣大九朔這個獵物的手段。

「我有……三個問題。」

我在偵探對面坐下來，發出嘶啞的聲音。

「嗯，什麼問題？」

「我的祖父在二十五年前就死了，這是事實。你自己在電話裡也承認自己已經死了，那麼，你到底是什麼？可以變成別人的樣子，被折斷脖子也沒事，你是幽靈嗎？還是妖怪？」

怕女孩在廚房聽見，我把嗓音壓得很低。

「我也是——影子。」四条叔盯著我半晌後，喃喃說道：「我跟我女兒一樣，不過，我是靠自己的力量，把自己的影子拖進了這裡。你沒聽說嗎？我是在這裡倒下的。」

看到我不自覺地皺起眉頭，偵探指著相隔兩張的桌子說：

「我現在也還清楚記得，我是坐在那張桌子跟店主閒聊。店主是經營拉麵店起家的。我來找他收水、電費，順便聊天。那時舌頭突然打結，說不出話來。我心想『咦，奇怪』，視野就扭曲變形了，意識也很快模糊了。不知道為什麼，有種冷水流過腦髓的感覺，身體不由自主地傾斜。當我發現我想撐住身體，手卻動不了時，就知道自己發生了什麼事。所以，我在頭撞到地板前，讓自己的影子飛到了這裡。沒有我，巴別就無法維持下去，我不能把我女兒一個人孤單地丟在這裡。」

盯著地板好一會的四条叔，把手掌擺到光頭上。

「我這裡——發生了腦溢血。三天後，我死在被送去的醫院。幸好，在這邊、在巴別的我沒有消失。但是，從此在我女兒面前出現時，都必須像這樣使用別人的身體，因為我沒有實體了。但對她而言，那就是別人的模樣，她不喜歡。所以，有事的時候，我們都是電話聯絡。」

我知道大九朔的死因是腦中風，但沒聽說過他是在哪昏倒。我的視線飄到桌上的醬油露瓶子上，看到有效期限的標籤上，確實標示著二十五年前大九朔往生的那一年。

「大概是覺得房東死在店內不吉利，這家店在我死後兩個月就關了。對了，這個模樣如何？我想這樣一定比較好跟你說話，所以又選了這個偵探。」

「一點都不好說話，我恨不得你現在就換個樣子。」

「那麼，換成三津子吧？」

「別開玩笑了！」

我絕對不要在這種地方跟母親面對面談話，與其換成母親，我還寧可換成初惠阿姨。

「那孩子在這裡幾年了？」

這個問題很自然地衝口而出。

「五十五年。」

立即回覆的數字，大到讓我說不出話來。五十五年前，初惠阿姨大約十歲，跟女孩的外表正好吻合——但時間也未免太長了。

「當然，跟你感覺的五十五年不一樣，這裡沒有嚴格定義的時間。」

「到目前為止……你跟那孩子吃過飯嗎？」

「沒有，因為我跟她都不會餓。可以享受吃的快樂，但沒必要吃。」

桌上擺著女孩用過的容器，裡面有剩下的兩、三條白麵，以弧狀沉在醬油露底下。我往廚房張望，但感覺不到女孩的氣息。我看著無人的入口，試著想像五十五年來的孤獨，但無法想像。至少，在大九朔死後的二十五年間，女孩是一個人活在這個瘋狂的世界。

孤孤單單一個人。

烏鴉女倒下前放在桌邊的超大型太陽眼鏡，還沒有人碰過，鏡片朝向我這邊。烏鴉女說她的鳥眼一般人看不見，那麼，在一般人眼中，那個女人是什麼長相呢？我試著替她加上人類的眼睛、眉毛，在心裡描繪她的模樣，但那雙鳥眼給我的印象太強烈，根本無法修正。

「下一個問題呢？」

「是關於我做的夢。你為什麼讓我做簽名會的夢？告訴我理由。女人說那是陷阱，我也認為你讓我做那種宛如童話裡的蒲島太郎被帶去龍宮的美夢，一定有什麼意圖。如果，當時我照你的要求說出那句話，會怎麼樣？」

「原來，你是這麼想啊，」四条叔把手放在光頭上，輕輕地來回撫摸，「老實說，我全都是為了我女兒。這個世界消失後，我消失沒關係，因為我已經死了，可是，我女兒不一樣，她是無辜的，對吧？那幫人強行把她帶來，現在沒用了就要把她剷除，我絕不允許他們這麼做。所以，我想設法逃開他們的施壓。」

「你的理由是，把我永遠關在夢裡，問題就解決了？」

「我希望起碼能讓你在夢裡度過你所嚮往的人生。沒有了你這個人質，我就可以拒絕那幫人的要求，盡我所能為女兒奮戰，這是我唯一能想到的方法。」

「你在電話裡對我說過，想回到原來的世界，就要消滅那個女人。那是什麼意思？你總不會來個超絕的黑色結論，說原來的世界就是夢的國度吧？」

四条叔把手放在膝上，深深低下頭說：「對不起。」我俯視著他朝向我的圓圓頭頂，感覺有股暗潮從胸口深處慢慢地衝上來。那是自從我被拋進湖裡以來，就刻意拒絕面對的絕望。但在承認之前，我就硬撇開了視線。

「我已經沒有方法回到原來的世界了嗎？」

這就是我的第三個問題。

最重要的問題。

「現在還相信女人說的話，或許很愚蠢，但她說過，你是這個世界的帝王，知道回去的門扉在哪。」

四条叔抬起光頭，以悲哀的表情搖著頭。

「那是他們為了把你留在身旁引我出來的瞎話，如果有辦法讓你回去，我早就那麼做了，沒必要把你關在夢裡。」

「可是，直到二十五年前，你不是都可以在這個巴別和另一個巴別之間來來去去嗎？既然這樣，我應該也有辦法回去吧？對了，那幅畫是什麼？就是你畫的那幅油畫，現在還掛在蜜村先生的地方。我一碰到那幅畫，就被拋進了湖裡，差點溺死。那不就是門扉嗎？」

「你是影子。」

「咦？」

「你是影子，所以沒辦法回去。」

「你、你在說什麼啊，也太突然了。」

我覺得臉頰的肉緊繃到很不舒服，硬擠出笑容回應。

「你是被那幫人強拖進來的，過程跟我女兒一樣。一旦在影子的狀態下被拖進來，就再也回不去了，只能留在這個世界。」

「你、你瞎說什麼——」

「真正的你，在那個世界平安無事地活著，就像初惠那樣。」

「你騙我！」

就在我站起來時，椅子翻倒了，發出撞擊地面的巨響。

「不、不要胡說八道！你、你看，我有影子啊，你看，我怎麼會是影子呢？影子還有影子不是太奇怪了？」

我指著天花板的燈光在地上、桌上照出來的自己的影子大叫。

「我也有影子啊，我女兒也有，但那不是我所說的意思的影子。」

四条叔把手擺在桌子的上方給我看，說話的語氣與我的激動成反比，甚至帶點冰冷。

我聽見廚房有聲響，轉過頭去，正好對上從入口處探出上半身的女孩的視線。她擔心地看著我，我背向她，逃開她稚嫩的視線說：「沒什麼事。」

我把翻倒的椅子放回原來的位置，茫然地坐下來，像結束最後一回合比賽的拳擊手般垂下了頭。

「那麼，我該怎麼辦……？」

我對著地板發出了連自己都覺得狼狽的聲音。

「接下來還不知道他們會怎麼對付我們，但是，我會盡我所能保護你，我保證──」

聲音突然中斷，我抬起頭來看怎麼回事，偵探把視線轉向了窗戶。

「不對，」他撚著嘴鬚，歪著頭說：「有風。」

他說得沒錯，有風輕輕拂過了我的臉頰。

他站起來，走到窗邊，把手放在打開的窗戶的窗框上，漫不經心地往下看。

就在這時候，屋內突然暗下來。

我不由得抬頭看天花板，奇怪的是天花板上的燈還亮著。不是變暗了，是亮度不一樣了。我拉回視線，發現窗外突然變成了夜晚。

窗外什麼也看不見，所有東西都被塗成了黑色，就像玻璃窗上貼著薄膜。對，只能說是「夜晚」。

「怎、怎麼了？」

當我發出高尖的叫聲時，藍天又無聲無息地回復了。

我以為是我的錯覺，但偵探也把上半身探出窗外，專注地盯著上空。

「喂、喂，剛才那是……」

我才剛從背後叫他，天空就又失去了顏色。整片天空都被黑暗吞噬，白晃晃的樓面燈光映在玻璃窗上。

藍天與黑暗一次、兩次地交錯，黑夜宛如在巴別的樓梯，發出「咔嘰、咔嘰」聲響忽暗忽亮的快壽終正寢的日光燈，攻破防線步步進逼。

「這、這是怎麼回事？」

即便天空恢復原有的明亮與湛藍，我半抬起的屁股也無法再坐回椅子上。

偵探一轉身，窗外的背景又被浸染成黑夜。我看到弧形的光頭輪廓，清楚反射著來自天花板的光線，但這也是剎那間的事，輪到樓面的照明全消失了。

「停、停電了嗎？什麼也看不見啊！」

在完全失去視力的狀態下，我戰戰兢兢地用指尖摸索桌子，嘎答咚隆地踢到腳下的椅子時，耳朵清楚捕捉到一個腳步聲從我眼前通過。

那個腳步聲一直線走向了窗邊。

「住、住手！」

突然響起四条叔的聲音時，窗外的天空彷彿以此為信號，恢復了明亮。

小小的身影伸出雙手，把四条叔的上半身往外推。

被突擊的四条叔，變成身體在窗外往後仰的姿勢。那個身影沒錯過這個機會，在他腳下蹲下來，以彈跳的動作抬起了他的兩隻腳。

偵探的身體從視野悄然無聲地消失了，簡單到讓人目瞪口呆。

我無法理解發生了什麼事，盯著一身黑色洋裝的纖瘦背影。

女孩呼吸急促，以僵硬的動作轉過身來。

她用纖纖手指，把凌亂地披散在臉前的頭髮往左右撥開，露出了依然像小野洋子的濃眉。被逼入絕境的眼神從濃眉下射出來，讓我不禁想往後退。

「為、為什麼——」

「為什麼？當然是為了讓這個男人從這個世界消失啊！」

就在女孩的叫聲響徹樓面時，連窗戶玻璃都被震動得地鳴聲轟然大作。同時，劇烈的左右搖晃氣勢洶洶地襲來。我「哇、哇」叫著攀住桌子，好不容易鑽進了桌子底下。這是個會讓本能大叫危險的天崩地裂的搖晃，椅子從地面彈跳起來翻倒，掛在牆上的工藝品也一件件掉下來。

不知道搖了多久。

等地鳴聲靜止，窗戶玻璃也不再嘎答嘎答震響，我才抬起頭來。

「妳沒受傷吧？」

跟我一樣趴在地上的女孩，輕輕點個頭，邊拍打黑色洋裝的裙襬，邊慢慢地站起來。

我以雙手雙膝著地的姿勢，看著東西統統掉下來、凌亂不堪的慘狀，簡直就像換了一個房間。

「怎麼會這樣……」

聽到這個聲音，我扭過頭去，看到女孩像失了魂似的注視著窗外。

「怎麼了？妳看見什麼？」

女孩沒有回應。

看到她動也不動的樣子，我很緊張，搖搖晃晃地站起來。我強忍著地還在搖晃的感覺，走到女孩旁邊，從四条叔掉下去的窗戶往外看。
我也一時說不出話來。
「怎麼回事……」過了好一會才發出這樣的疑問。
遙遠的下方是龐大無比的湖泊。
水光瀲灩的湖面，映著整片藍天。照亮一道道波浪的陽光成為粒子，綻放著耀眼的光輝。沒錯，這個世界的出發點，也就是我與女孩相遇的湖泊，就在我們眼下。
「這才是從塔往下看的真正風景。」
女孩嘶啞的嗓音傳入我耳裡。
爬著沒有盡頭的樓梯，一直爬到現在，都沒有身在塔裡的真實感。不用多說，當然是因為窗外那個環繞破舊混合大樓的街景。但是，爬得越高，眺望的範圍應該越廣，眼下卻到處都看不到在那片平原上迤邐綿延的灰色建築物的波浪。取而代之的是從湖邊仰望時高聳入雲的那座塔往下看時應有的景色。
「大、大九朔呢？不對，妳父親怎麼樣了？為什麼突然可以看到這樣的景色了？」
「為什麼？因為那個人死了啊。那個人的力量消失，假的景色就消失了。」
女孩的眼睛泛著淚光，卻絕不讓眼淚掉下來，聲音顫抖地看著我。
「為、為什麼那麼做？」
「我、我再也不要當那個人的道具了。」
「可、可是，妳父親說他所做的一切，都是為了保護妳啊。」
窗外沒有任何預警，突然變成了黑夜。
樓面的照明沒有復原，站在我眼前的女孩的臉融入了黑暗裡。

「騙人，那個人根本不是那樣的人。」

感覺就像黑夜開口說話了。聲音十分微弱，卻帶有深不可測的抗拒意志。我不知道該如何回應，只能看著藍天變回來、又很快轉為黑夜、再倉促地變回來，不停地變來變去，好不容易穩定下來。

「這是……發生了什麼事？為什麼黑夜會突然來臨？」

「那不是黑夜，是充斥巴別的陰影裸露出來了。那個人在這裡建立巴別之前，這裡就是這個樣子。」

在流水麵前坐下來的四条叔，不，是大九朔說：「拓展天空、引入亮光，把這裡改建成比較正常的地方。」其實是從無到有做出了天空？亦即，這個天空也是大九朔做出來的假東西。

「那個人知道，這個巴別就快結束了，卻不死心，還想抗拒。但是，現在的天空變化、剛才的地震，都是巴別即將結束的最好證明。這座塔也快崩塌了。」

女孩預告自己所在的地方即將結束，口吻卻無比淡然，甚至不帶一絲眷戀。

「妳父親……真的死了？」

「自從失去實體後，那個人就不能走出塔外，只能活在塔裡面，所以才叫我去接你。但是，只要待在塔內，那個人就不會死。我那麼做，是唯一能埋葬那個人的方法——」

可能是還留著當時的手感，她在腰部一帶擦拭雙手好幾次，用力地深呼吸。

「接下來……我們該怎麼辦？」

「爬到最上面。」

「上面？不是往下走嗎？萬一又搖起來……妳不是說快倒塌了？」

「要往上，這是救你的唯一方法。」

雖然是十歲女孩的音質，聲音裡卻有著不容分說的氣勢，我清楚感覺到我所熟悉的初惠阿姨的「大提琴聲」已經萌芽了。

「走吧。」

女孩沒等我回應，就往門走去。

「等一下！」

我叫住她，從翻倒的椅子之間鑽出來，走向剛才坐的那一桌。容器、筷子、醬油露瓶子等所有東西都掉在地上，有的破成了兩半。我從那些東西中間，撿起了烏鴉女的遺物。

「你要做什麼？」

女孩看到我拿起太陽眼鏡走回來，站在門前驚訝地看著我。

「丟掉啊。」我說完就從窗戶丟出去了。

斜斜一直線掉下去的太陽眼鏡，瞬間化為黑點不見了。對方是把我召來這個瘋狂世界的罪魁禍首，我卻這麼耿直地實踐她的遺言，連我自己都不知道是為了什麼。

烏鴉女被大九朔從這個窗戶拋出去、大九朔被女兒從這個窗戶拋下去，我又把太陽眼鏡從這個窗戶拋出去，這一切都太瘋狂了。

說不定我也跟著瘋了。

這樣的想法最吻合現況。

涼鞋的聲音呸噹呸噹迴響。

這個樓梯到底有多長呢？

我循著餘音繚繞、宛如被吸走般往上飄揚的涼鞋聲，仰頭往上看，但只看見燻黑的天花板，以及照亮天花板的無罩式日光燈的白光。當我抬起疲憊不堪的大腿，走上只與樓梯平台相連的階梯時，從流水麵店離開後的不知道第幾次的天搖地動再次襲來。

所有日光燈咔嘰咔嘰地忽亮忽滅，對心臟不好的嘎吱嘎吱傾軋聲從四面八方湧過來。我們正待在可能一點也不符合耐震標準，宛如火柴棒的塔裡面。我嚇得魂飛魄散，緊緊抓著扶手，勉強穩住了身體。女孩在我視線前，臉色蒼白地蹲著，等待搖晃停下來。

搖晃一停下來，女孩就繼續往上走。途中，她一句話都沒說，我也沒跟她說話。不，是沒辦法跟她說話。面對猛烈的搖晃，我再笨也知道時間越來越少了。除此之外，我還能確認什麼？大九朔死了，巴別的帝王退場了，接下來只能盡快趕到女孩說的「有法可救」的地方。

在我們沉默走過的樓梯平台上，承租店一間接一間出現，又消失在後頭。

比如，出現過一間 LIGHT 店。

安在門上的牌子，寫著「蜜村 LIGHT」。

那應該是初惠阿姨說的蜜村先生不斷嘗試的挑戰之一。

比如，出現了一家咖啡店。

店名是「CAFÉ MEETS」。

我覺得「MEETS」大有可能就是「蜜」的拼音。因為立在樓梯平台牆上，用實心板子做成的漂亮招牌的「C」字下面，有貼過「K」這個英文字母的金屬片的痕跡。初惠阿姨果然沒說謊，她說蜜村先生起初是以「KAFE」的店名營業。

還有木工椅店。

店名是「木工椅店　蜜村」。

正是以他的名字命名。

我想確定一件事，所以往裡面瞧了一眼。可能是搖晃的關係，整個樓面用來展示的椅子都翻倒了，狀況慘不忍睹。我蹲下來，端詳滾到門附近的椅子。與我在湖邊看到的那張沒有椅背的椅子，果然是同樣的外型。我確定椅面背後刻著一個「蜜」字，就關上了門。

女孩正要經過上面一個樓梯平台。我在河邊挖出來的那張椅子，就是她從這裡丟出去的嗎？正想問她這件已經無關緊要的事，就聽到「咚」一聲，又開始搖晃了。

這回一開始就非常強烈。天花板的照明全部暗掉，搖晃從正下方頂上來，伴隨著籠罩整個樓梯的地鳴聲。我用幾乎不成聲的聲音叫著「哇、哇、哇」，在黑暗中拚命抓住扶手。門內響起什麼東西掉落的嘎鏘嘎鏘聲，重物移動的聲音與撞擊牆面的聲音交疊。我以全身抵擋幾乎可以說是毀滅性的搖晃，心想這次肯定完蛋了。我匍匐在地上，塔啪嘰折斷成兩半的想像，在大腦裡浮現好幾次。

搖晃停止後，照明還是沒有復原。我心想總不會巴別已經崩塌，整個消失了吧？我這樣蹲在黑暗裡，是因為已經死掉了吧？——這麼一想，我立刻發出很丟臉的尖叫聲：「喂、喂！」

沒有來自任何地方的回應。

「慢、慢著，不會吧？」

「快到了。」

從上面傳來女孩的聲音，我才鬆口氣安下了心，真的很沒用。隔了一會，天花板的日光燈也亮了，女孩馬上站起來繼續往上走。

我用手按著膝蓋，搖晃地站起來，踏上階梯，使勁地抬起身體。從流水麵店出發後，不知道已經爬上幾層樓高的樓梯了，中途經過的承租店應該有二十家，不，三十家以上。頭腦已經昏沉，肺也喘不過氣來了。每走三階，膝蓋內側的不舒服疼痛就會吱地慘叫，腳底肌肉也像在嘲弄嘴角彎折的我，火辣辣地疼痛起來，痛到好像哪裡斷掉了。T 恤因汗流浹背而貼在身上，汗水從額頭叭答叭答滴落涼鞋，在腳背上留下冰涼的感覺。

我爬這樣的樓梯，究竟是為什麼？

自從在湖裡醒來後，我問過自己這個問題幾百回，最後連一個答案都找不到。即使想後悔「說不定這樣做、那樣做，就不會搞得這麼慘」，也連分歧點都找不到。因為完全不是我的錯。我只是個在破舊大樓當管理員的男人，每天的生活就是計算水電費、打掃公共場所、在樓梯平台擺老鼠藥、躲在房間裡專心寫永遠不會出頭的小說。可是，現在為什麼、為什麼——

因為一直看著腳下，專心往上爬，所以我沒注意到女孩的腳步聲什麼時候靜止了。

「就是這裡。」

我驚訝地抬起頭，看到女孩停在樓梯平台上。

我按著膝蓋，走完樓梯。

有扇門面對樓梯平台。

白色的門看似堅固，掛著四角形的木牌，上面寫著「畫廊　九朔」。

「你記得從塔的入口到這裡，共經過幾家店嗎？」

我當然不可能記得這種事。

「不知道……五十或六十吧？不，有七十吧。」

「有八十八家。」

從那間山寨路邊餐館算起，經過了這麼多家嗎？我究竟走完了多少階梯？

「這是第八十九家——最後一家，也就是最先出現在這座塔裡的承租店。」

我的視線從用端正的毛筆字寫著「畫廊 九朔」的招牌，移向右上方，看到那裡的電錶貼著「３Ｆ」的貼紙。三十八年前建立巴別時，大九朔把自己的畫廊搬進來，成為剛起步時的承租店。後來，他把三樓樓面讓給在畫廊幫忙的蜜村先生，所以畫廊成為從大樓撤出的第一家店。

「對了，烏鴉女說過，承租店是依照從大樓撤出的順序出現的。這家畫廊的確是最資深的一家店，可是，最下面的最新物件，為什麼會是我的房間呢？我可不記得我什麼時候撤出了。」

我用Ｔ恤的袖子擦拭額頭上的汗水，邊啪答啪答拉扯胸口把空氣送進去，邊喃喃自語地提出並不期待得到答案的疑問，沒想到女孩毫不遲疑地回應了。

「那不是你的房間，是那個人把保險店做了裝修。」

「保險店？」

對哦，我差點忘了。

保險代理店跟這家畫廊一樣，也是剛起步時的承租店，大九朔死後，由二阿姨繼承。在我辭去工作，以管理員的名義占據那裡之前，保險代理店還在那裡的五樓繼續營業。不過，說是保險代理店，卻連個業務窗口都沒有，只是個也可以用來居住的事務所。因此，我搬進去時，沒有動過任何地方，使用的也是原本就放在那裡的桌子、家具、冰箱，所以我本身不太有「店已撤走」的意識。

我不知道把那棟「山寨路邊餐館」的二樓，看成塔的一部分是否適當，但最下面是與我交替而撤走的保險代理店、接下來是在雙見的「清酒會議」之前進駐的「咖哩與古美術 仁平」，的確符合出現的順序，也沒有矛盾，可是，我就是覺得奇怪。

「為什麼要做那麼精細的修改，重現我的房間呢？——算了，跟妳說這種話也沒用。」

「不是為了你，是為了等那幾個女人到來、為了把那幾個女人引來，你只是誘餌。」

把手扠在側腹調整呼吸的我，不知該如何回應。

女孩抬頭看著我說：「進去吧。」

她連大氣都沒喘一下。

「我爬了這麼長的樓梯上來，到底為了什麼？」

「你進去就知道了。」

我注視著她濃眉下目光炯炯的眼睛好一會後，走到了門前。

把手擺在門把上，用力往前推。

映入眼簾的是熟悉的風景。

那是蜜村先生的租賃畫廊，正確來說，是沒有人租的時候，牆壁、樓面都沒有任何展示品的空無一物的風景。

不——有一幅畫掛在正面的牆壁上。

我橫越無人的樓面，被那幅畫吸引上前。

有展示時，會密密麻麻掛滿一整排作品的牆面，只在正中央掛著一張空白的畫布。若不是鑲著有厚重感的金色邊框，恐怕早與牆壁的白融為一體，我根本不會注意到它的存在。

「這是那個人——九朔滿男的秘密。為了保護這一張畫布，那個人建立了這個巴別。」

我轉過身，面向從背後靠近的輕盈腳步聲。

「這……完全空白啊。有些畫像普通塗鴉卻值好幾十億，這也是那種莫名其妙的現代藝術之類的畫嗎？」

「這張畫布什麼都還沒畫，所以可以畫任何東西。那個人注入這個巴別的力量完成的結晶，就是這張畫布。只要站在這幅畫前面許願，不論任何事都能成真。可以實現所有願望，得到一切想要的東西。那個人是這麼說的。」

這依然是我完全無法理解的說明，但女孩所準備的結局，開始浮現出朦朧的輪廓了。

「你也只要對著這幅畫許下你的願望，任何事都會實現，你之前就證實過了吧？」

原來如此，這就是「有救的方法」？我仰望天花板，深深嘆口氣。

「可以問妳一件事嗎？」

「什麼事？」

「如果妳知道就回答我，我是影子嗎？」

我循著來自天花板照明的燈光，把視線移到腳下，看到我和女孩的影子在一片靜寂中，格外清晰地盤據在地板上。看到那麼明顯的輪廓，我才注意到窗外的景色完全被黑暗籠罩了。

「現在的你，是你的一部分。」

「請不要說得拐彎抹角。」

「你是影子。」

針刺般的麻痹感，從頭部右側一帶往太陽穴、臉頰蔓延。女孩的洋裝的黑色往四周滲透，視野如水墨抽象畫般扭曲變形。

「第一次在湖邊遇見你，我就知道你是影子，跟我一樣。」

疲憊侵蝕全身，我卻不再有感覺了。臉部的麻痹也逐漸遠去，連手、腳都好像不在那裡，變成了別人的東西，感覺好生疏。

「我……我該怎麼做？」

我好不容易才張開嘴巴，硬擠出聲音。

「只要站在那幅畫前許願就行了。」

為什麼我會被召來這個巴別？

這就是答案，這就是結局。

我將對自己施行精神上的安樂死。

現在，就在這裡。

第九章

從巴別撤走時的清算及其他雜務

我用指尖整理著胸前的紅色緞帶時，戴眼鏡的小個子女性對我說：

「差不多該進會場了。」

我說知道了，站起來，拉拉西裝的袖口。

走出休息室，皮鞋踩著剛鋪好的鬆軟地毯前進時，我滿腦子想的都是「等一下該說什麼話？」、「終於等到這一天了」、「在這種場合聊以前的辛苦，一定很煞風景吧？」，不知不覺就來到了會場的入口。

穿著西裝聚集在那裡的人，很自然地空出了一條路。其中也有人對我輕輕點頭致意。從天花板懸掛下來的水晶吊燈，綻放著華麗的光芒。為立餐宴會準備的圓桌上，擺著啤酒和空玻璃杯。我穿越圓桌之間的縫隙，走到最前面備好的椅子。

才剛費力地坐下來，從休息室把我帶來這裡的女性就走到主持台前，拿起麥克風宣佈：

「各位，時間到了，典禮開始。」

籠罩全場的喧譁嘈雜聲浪倏地退去。

「首先由敝社社長致詞。」

微胖的大光頭男性站到台上，拿起麥克風開始說話。他的嗓音低沉，靈活地使用敬語，向聚集的人發表長篇大論的感謝心情。我邊聽邊感嘆：「喔，不愧是社會人士的聚會。」社長說完後，主持人宣佈：「請評選委員代表致詞。」戴著黑框眼鏡的銀髮、矮小老人站到台上，說了「今年是激戰」、「直到最後都在討論得獎人要複選或單選」之類的話，最後以「希望得獎者今後也能大放光彩」作為結論。

我好緊張。

從內衣的冰冷感覺，可以知道我稍微動一下上半身，腋下就汗流如雨。也難怪我會這樣，因為在台上兩人的演講詞中，我的名字出現了好幾次。

主持人接著介紹：

「讓各位久等了，現在我們歡迎今天的主角上台。」

等主持人說「吾海九朔先生請上台」，點到我的名字時，我才用力抬起害羞到僵硬不能動的腳，走到台上。

我接過麥克風，以生澀的動作行了個禮。

「呃，大家好，我是吾海九朔。這次能獲得愧不敢當的新人獎，呃，實感三生有幸。方才，呃，承蒙社長，呃，以及評選委員不吝給予溢美之詞，呃，我就一心想著贏了也不能鬆懈這種僭越的事。呃，老實說，我長時間在混合大樓擔任管理員，邊工作邊寫小說。不過，說是工作也沒多辛苦，就是會有老鼠出沒、會有小偷闖空門、會有房客不付房租、還有難搞的房東、囉唆的房東的姊姊，啊，這些事不重要——總之，我就是在這麼忙碌的日子裡寫小說，終於這樣出頭了、獲得了認同。這次得獎的作品，是從我在公司上班時開始寫，花了三年的時間才完成的大長篇。呃，我似乎曾在心底想過、又好像從沒想過，有一天可以讓自己之外的人閱讀，總之，從公司辭職後的這兩年，我都過著這種不安與期待時時交替的everyday。呃，在句子的最後擺上英文，會給人頭腦不好的感覺，但我要說的就是，終於有了光明的未來，我真的很開心。但是，最開心的還是今後可以繼續寫小說、也可以抬頭挺胸地說我是靠寫小說過活。我深深明白，以一個作家來說，我還是隻雛雞，然而，即便前方是多麼險惡的道路，我都很開心可以走在這條路上，這就是我的 feeling——」

在我說話時，閃光燈此起彼落。也不知道是哪裡好笑，不時有人發出淺笑聲回應我的話。只要稍微意識到所有目光都集中在我身上，已經支離破碎的演講內容，就會在空中完全分解，所以，我盡可能盯著廚師帽，努力維持心情的平靜。是的，為立餐宴會而準備的食物，以自助形式擺在會場的正中央，所以到處都有戴著高廚師帽的廚司隨時待命。共有四頂從擠滿會場的人潮中突出來的廚司帽，我的視線輪流落在那上面，終於結束了演講。回座位時，就坐在戴黑框眼鏡的評選委員大師旁邊。他稱讚我說：「講得非常好。」所以我回他說：「都要感謝廚師帽。」他訝異地看著我。

「接下來，要頒發獎狀和紀念品，所以，要拍照的人請到前面來。」

還沒休息到，又上台了。

剛才那位禿頭社長拿著獎狀等我上來，對我說「恭喜」，把獎狀頒給我。閃光燈在這一刻閃了起來。我深深低下頭說「謝謝」，伸手接過獎狀。頒發紀念品時，換成戴黑框眼鏡的大師。他穿著布料非常高級的西裝、打著蝴蝶結領帶，看起來很有品味，撫摸著銀色頭髮，接過旅館工作人員推過來的紀念品獎牌。

「這個世界怎麼樣？活得下去嗎？」

大師拿著雖小但看起來有點重量的獎牌，抿嘴一笑。

「這是好不容易才拿到的入場券，我會盡可能寫下去。」

「嗯，說得沒錯。」大師點點頭，忽然壓低嗓門說：「那麼，你一定要說這句話給我聽。」

他似乎有什麼話要說，我不由得靠向他。

「說我要留在這裡。」

大師把獎牌遞給我。

這個要求很突然，但我想他的意思應該是要我表明決心，面對將來的困難。畢竟，大師是以自己的名譽作為賭注，從多數應徵者當中推薦了我。

「你說說看。」

「是、是。」

為了接獎牌，我又向前一步。

「我──」

伸出手時，獎牌上的文字「吾海九朔先生」映入眼簾。

我是從激烈競爭中脫穎而出，獲頒新人獎，現在才能站在這裡。刻在獎牌上的自己的名字，就是最好的證明……可是，我的得獎作品是什麼呢？

「怎麼了？」

大師被迫維持把獎牌遞出去的姿勢，以狐疑的眼神看著我。

「對、對不起，可能是太緊張了，突然想不起來。」

我再看一次獎牌上的文字，確定沒有記載得獎作品。把夾在腋下的獎狀攤開來看，也只看到我的名字和那之後的文章。「對了，上面。」我把視線往上移動，看到懸掛在半空中的白色大牌子上，用粗大的文字寫著：

「吾海九朔　小說新人獎頒獎儀式」

「快點接下獎牌！」

聽到大師焦躁的聲音，我慌忙把頭轉回來，心想還是先接過獎牌，把手伸了出去，但──心裡還是有疙瘩。

「我知道自己這樣真的很糟糕，可是，請、請問我的得獎作品是什麼？」

「都這個時候了，你還問這種事？」

「對不起，如果您記得，可以告訴我得獎作品的書名嗎？」

這個問題問得太荒唐，我還以為大師會破口大罵，沒想到他呵呵笑著說：

「你真有趣呢，將來一定大有可為。儀式結束後，要讓你的責任編輯好好訓你一頓。真是前所未聞，居然在頒獎典禮上忘了自己作品的書名。這件事想必會為成為名插曲，一直傳到十年、二十年後。不過，條件當然是你必須以作家的身分存活下來。是我選擇了你，所以我更希望你能給我承諾，對我說『我要留在這裡』——」

說完，他把獎牌頒給了我。

我把堅硬的重物收入掌中，低下了頭。比剛才都強烈的閃光燈，立刻對準了我。

大師的嘴角浮現惡作劇的孩子般的笑容，對抬起頭的我喃喃說道：

「這是秘密的言語。凡是在我面前說過這句話的新人作家，全都爬上了暢銷作家的階梯，效果極大。所以，你也跟在他們後面這麼做吧，我對你有很大的期望。」

我的身體轟地熱了起來。可以的話，我當然也想成為暢銷作家。生活會比較輕鬆，又可以一直寫小說，還會有很多好事，文章也會越寫越進步。

「謝、謝謝。」

我把身體站直，鄭重地做個深呼吸說：

「我要——」

忽然，我的視線停在大師的臉的正中央。支撐著黑框眼鏡的框架的鼻子，不知道為什麼吸引了我的注意力。好熟悉的鷹勾鼻、好像巫婆的鼻子——不，與其這麼說，還不如說是像極了我的鼻形。

「我認得。」

腦中冷不防冒出這個聲音。

我無意識地吞下了接著要說的話。

我認得這個人，但並不是因為他是全國十大暢銷作家，不是那種知識上的「認得」。我沒辦法說得很清楚，但我是基於更本質上的意思，說我「認得」這位穿著高雅的老先生。

「你看，主持人都被你攪亂了，她不是你的責任編輯嗎？你會妨礙到儀式的進行。快說『我要留在這裡』，以堅決的心意對我許下承諾，這樣你就可以獨當一面了。一定也可以在這個世界活得很好，一定會，快說吧。」

最後被出乎意料的強烈語氣催促，我的身體顫抖了一下。

但是，我沒張開嘴巴，倒是不知為何閉上了眼睛。

必須現在馬上察覺什麼的焦慮心情，以及早知道自己會在這種不明瞭的感覺下站在這裡的預言似的心情，不可思議地對等並存。對了，所以我的書名怎麼樣了？我就是克服了我最棘手的取書名的難關，才能夠獲獎，然而我卻忘了這個最關鍵的書名，怎麼會這樣？是我的頭腦癡呆了嗎？還是這世界哪裡出問題了？

「喀。」

敲打耳膜的堅硬聲音，突然震天價響。

我張開眼睛，看到戴黑框眼鏡的大師還站在我前面。但是，他的斜後方站著一個不知何時出現的高大女人，全身裹著黑色衣服，戴著場合不對的巨大太陽眼鏡，遮住了整張臉的上半部。胸口也大大敞開，發亮的白色肌膚隆起，展現出非常有分量的乳溝。

「剛剛出現了裂縫，所以我進來了。」

女人說話的聲音，就像積木倒塌時發出的咔鏘咔鏘聲。但是，那樣的聲音從背後傳來，大師也絲毫不為所動，繼續盯著我眼睛說：

「說『我要留在這裡』就行了。」

「我——不能說。」

「為什麼？」

「因為這裡不是我該存在的世界。」

在跟我的形狀相同的鼻子的旁邊，大師的臉頰震顫起來。他雙手合十，把指尖抵在鼻頭上。從他往上拉的嘴角，發出介於「喝」與「哼」之間的粗暴聲音，臉扭曲變形。雙唇間那排泛黃的牙齒，瞬間看得特別清楚。他露出彷彿變成另一個人的表情，以刺人的眼神盯著我。焦躁、死心、憤怒、悲傷等各種表情，在他臉上出現又消失，最後只剩「落寞」。在眼鏡底下扛著許多皺紋的細長眼睛，看起來疲憊不堪。

四周安靜得出奇，我往旁邊一看，在台下排成一排的攝影師都不見了。聚集在他們後面的一大群來祝賀我得獎的人，也都不見了。廚師的高帽子也都不知道哪裡去了。還沒有用過的金屬餐盤，整齊地排列在空空蕩蕩的大會場中央，綻放著孤獨的銀色光芒。

「不，這是你該存在的世界。因為這裡是你唯一可以活下去的地方，是『有救的方法』。」

我聽到大師一個字一個字咀嚼般發出來的聲音。他沒有用麥克風，說的話卻響遍了整個會場。我抬頭看一眼照亮無人地毯的豪華水晶燈，再把視線拉回到正前方。

「我非常不擅長取書名，現在應該也還是不擅長。也就是說，我沒有任何改變。然而，現在的我卻變了，出道了，我覺得這樣很奇怪。」

我不知道我是說給眼前的大師聽，還是說給我自己聽，把手上的獎牌丟到地毯上。把夾在腋下的獎狀，也撕成兩半再撕成四半，在手裡揉成一團。

「你錯了，你是有能力才會站在這裡。」

我搖搖頭，扔掉揉成一團的獎狀。骨碌骨碌翻滾的紙團，滾過大師旁邊，停在黑色高跟鞋的前面。

女人修長的腿跨過了那團紙。

細鞋跟的聲音在會場喀喀迴響。

女人在大師旁邊停下來。因為身材高出許多，所以她彎下腰，把嘴巴湊近大師的耳邊，低聲說：

「你好像連改變自己外表的力氣都沒有了呢。」

宛如有生命的銀色黏膩光澤，從緊貼著女人線條的黑色布料表面滑過。

「結束了。」大師看著我，平靜地說。

「沒錯。」女人把修長的手指擺在大師的胸前，緩緩地往上攀爬，爬到他刻滿皺紋的臉上。再把另一隻手也擺在他臉上，包住他的兩頰，溫柔地說：「再見。」

下一個瞬間，大師被女人的手夾住的臉，轉向了奇怪的角度，響起令人毛骨悚然的「喀嚓」一聲。

雙手雙腳虛脫無力的矮小身體，眼看著就要癱瘓倒地了，但女人說：「這次不會再讓你逃走了。」用手夾著大師的臉，把他舉起來，親了他的嘴。

剎那間，銀色頭髮、打著蝴蝶結領帶的西裝、閃閃發亮的皮鞋、深深刻在臉上的皺紋等老人的所有一切，通通變成了陰影。

維持人類模樣的黑影，稍微掙扎後，在我不覺中四散了，等我回神時已經消失得無影無蹤。

女孩站在那後面。

不知道是剛才被老人遮住，還是現在才出現的女孩，穿著黑色洋裝、長髮懶得處理似的披下來，茫然地望著陰影消失的那一帶。

「說你要回來。」

女孩把紅通通的眼睛轉向了我。

「要說出來才行。把心裡想的事說出來，就會成真，這就是這個巴別的規則。」

從她失去血色的嘴唇發出來的聲音，不知道是在對我說、還是在對女人說、或是在對她自己說？也不知道是生氣、是悲傷、還是虛脫？彷彿以上皆是，又帶點飄浮在半空中的味道。女孩在哭。淚水明顯濡濕了她的臉頰，從她喉嚨的震顫也可以看出她壓抑著嗚咽。儘管如此，她意志堅決的強烈眼神，依然銳利地貫穿了我的眼睛。雖然沒有任何憑據，我卻覺得應該照她的話做。

我點點頭說知道了。這次，我毫不遲疑地說了「我要回去」。

我一個人站著。

注視著眼前鑲金框的畫好一會。

從頭白到尾的畫，沒有留下半點我畫過的痕跡。

頭腦還有點混亂，但我已經明白了。

我回來了。

很久沒穿過的西裝的觸覺不見了，確定已經變回T恤、短褲、涼鞋的平時裝扮後，不知道是安心、失望或絕望，不自覺地發出嘆息聲，自己也不明白為何而嘆。

「清醒了嗎？」

我回過頭，看到烏鴉女站在樓面中央。

她以雙手扠腰、修長的右腳稍微向前的姿勢迎接我。

「妳是——第三個？」

在逐漸模糊的記憶與逐漸清晰的記憶的狹縫間，言語自己冒了出來。

「算是吧。」女人透過巨大的太陽眼鏡看著我說：「你這個男人還是這麼會添麻煩。」

「我不過是照女孩說的話去做，妳憑什麼對我說三道四。」

「你想就那樣留在那裡嗎？」

我懶得理烏鴉女，對站在她後面的女孩說：

「說這樣下去我會跟巴別一起消失的是妳，帶我來這裡的也是妳。叫我站在這幅畫前面，像在書店那樣閉上眼睛描繪夢想的也是妳。從頭到尾都是妳，這是怎麼回事？請妳說清楚。」

我壓抑就快激動起來的聲音，拋出了疑問。

「還需要說明嗎？你都知道了吧？」

轉頭看看我再看看女孩的烏鴉女，介入了我們之間。

我舉起手制止她說：

「妳住嘴。」

女孩沒有抬起頭的意思。她用手掌抹去從臉頰流到下巴的淚水時，視線與我剎那交會了。中分的凌亂頭髮下，是一對紅通通的眼睛。從鼻子吸氣時，整張臉顫抖起來，淚水又一滴、兩滴地滑下臉頰。我沒辦法再逼她說話。不再對她說什麼，是因為我發現我已經知道答案了。

「是大九朔嗎？」

我從即將消失的夢的記憶，搜出黑框眼鏡的大師的臉。摘掉他的眼鏡，與母親相簿裡畫面粗糙的祖父照片比對。感覺很模糊，好像是、又好像不是。但是，我可以確定，盤據在那副黑框眼鏡下的鼻子，是眼前這個臉色蒼白的女孩的鼻子、也是我的鼻子、更是擔任社長的初惠阿姨的鼻子，也就是我們九朔家的鼻子。

「結束了。」

老人在夢裡說的話，不經意地浮現耳底。

「對，結束了。」

同時，烏鴉女如積木倒塌般不帶感情的聲音也重疊響起。

「你只是看了一場木偶戲。主角換人了，你是跟久朔滿男操縱的新人偶來到了這裡。」

我隔了幾秒鐘才理解她話中的意思。

「總、總不會……跟我來到這個樓面的是……」

「不是這孩子，是九朔滿男。如何？最後的野餐很快樂吧？」

我拚命穩住混亂的思緒，試著把時間倒回去。她的意思是，從那家流水麵店出發的漫長樓梯旅程，陪我一起走的女孩，其實是大九朔假扮的……？

「這孩子在廚房後面昏迷不醒。我不知道他是怎麼做到的，跟他之前扮演的人替換了。

應該是把那個人從窗戶推出去了，因為這樣他只要操縱一邊就行了。像你這樣的人，想必很容易就被騙了。」

四条叔響起慘叫聲的確是在黑暗中。天空再亮起來時，就看到女孩瞬間把偵探推出了窗外，我並沒有看到他們之間有任何爭執。那麼，停電也是設計好的一環嗎？對了，四条叔就是在那之前突然跑到窗邊——。

「可是，為什麼要那麼做……」

「為了把你帶來這個地方啊。他精心演出這場戲，是要讓你以為這個世界的主人九朔滿男已經死了，巴別快要崩塌了，逃到這裡避難是唯一的選擇。」

女人伸出修長的手，指向我的背後。我回過頭，只看到掛在牆上那幅畫。

「九朔滿男的目的，就是要逼你站到那幅畫前面。」

「那、那麼，天崩地裂的搖晃、天空變暗也是……」

「那是巴別即將崩塌的預兆。九朔滿男一定也很焦急，因為他清楚知道自己的力量已經控制不了巴別了。」

「他說的影子呢？我、我是——影子嗎？」

「影子？怎麼可能。」

「真、真的嗎？」

我回得太急躁，喉嚨打結，不由得咳了起來。

「你會餓吧？會累吧？那就是你擁有時間的證據。影子沒有時間，所以那孩子不必吃東西。」

烏鴉女的頭動都沒動，手一扭，就正確指向了女孩。沒錯，大九朔不也說過影子沒有時間嗎？

「不用擔心，你是非常一般的、處處可見的人類。」

彷彿有道肉眼看不見的安心波浪捲住我的腳，害我差點站不穩。我邊咳嗽，邊像放屁似的洩出一聲「哦」。

「我都聽那孩子說了，你被九朔滿男強行灌輸了很多事，我不知道你相信多少。譬如，他說我們把那孩子拖進來這裡、再把你拖進來，利用你們來威脅他——現在這些都無關緊要了，但那些都是謊言，全都是用來拉攏你的假話。哎呀，你那是什麼表情——看來你全都信了呢。」

被她說中了。我呆呆地張大嘴巴。好不容易止住了咳嗽，換頭腦被暴風雨侵襲，我什麼都搞不清楚了。

「慢、慢著，如果那些話全是謊言，妳沒有拿我來威脅他，那麼，我……我為什麼會被召來這個巴別？」

「是你自己來的啊。你自己碰到門扉，就闖入了巴別。你自己應該最清楚，那不是被誰操縱的結果。」

被她推得一乾二淨，我啞然無言。沒錯，是我自己在蜜村先生的畫廊碰到了畫。可是，用那麼強硬的手段把我逼上絕路的，無非就是眼前這個怪物女人。

「現、現在妳還推卸什麼責任。我就是被妳追殺，才會被帶來這裡！」

「我們只是在找門扉。在清算巴別時，你並不是什麼不可缺的要素。不過，我們在調查從九朔滿男開始的大樓歷史時，對你也有了相當程度的了解。你應該也聽說了吧？你也遺傳了九朔滿男一部分的力量。不過，你大概沒有時間磨練，也沒有機會使用了。」

在流水麵店時，這個女人的前任似乎也說過同樣的話。當然，我不會相信這種胡說八道的話。

「九朔滿男天生就擁有力量，是一般人不可能擁有的龐大力量。所以，我們教他建築巴別的方法，沒想到他建出了如此巨大的巴別。一般人根本不可能建到這種程度，因為區區一個人類不可能擁有那麼大的力量。那麼，九朔滿男為什麼辦得到？答案是那座湖。」

「湖──外面那座大到離譜的湖嗎？」

「既然都說了，我就告訴你吧。九朔滿男並不是為了眺望故鄉的風景，重建了那座湖，而是把整座湖移過來，當作他的力量來源。九朔滿男是一個從湖泊得到特殊能力的人，因為他出生在那樣的家族。但是，他故鄉的那座湖，因為土地開發被掩埋而消失了，從此再也沒有人擁有那樣的力量。唯獨他一個人沒有失去力量，因為他把整座湖都搬來了這裡。這是五十多年前的事了。從湖泊取得力量的九朔滿男，完全脫離我們的監控，在這裡築起了屬於自己的世界。你也是可以從那座湖得到力量的家族的血脈，如何？有沒有一點感覺？」

「妳說話正經點！從湖泊得到力量的家族？不要散播這種連我都不知道的事，從頭到尾都是胡說八道。」

「最後你會出現在這裡，說不定是必然的。因為那座湖是你的根，而什麼都不知道的你，就住進了潛藏著那座湖的巴別的正上方。現在又照我們的計畫，發現了門扉。唯一的失算，應該就是不知道九朔滿男這麼想得到你吧？」

「什、什麼必然，不要自己做假設、自己導出結論，又不負責任！我會搬去那裡，是因為下定決心要成為小說家，所以辭去了工作。住在那裡不用付房租，對生活有很大的幫助。就是妳，妳是所有事的元兇，從頭到尾都怪妳，是妳攪亂了我的生活──」

「不要說了！」

突然，響起鞭子般柔韌的細微聲音。

我驚訝地轉過頭去，看到女孩充滿憤怒與輕蔑的眼神射穿了我。

「現在不是說這些話的時候！」

她說得沒錯。

現在該討論的是接下來該怎麼做，但在那之前，不先確認我被迫爬那麼長的樓梯的理由，我就是沒辦法嚥下這口氣。

「對不起。」

我兩次、三次地深呼吸，讓心情平靜下來。怪物的發言太不負責任，徹底激怒了我。我告訴自己，跟怪物理論有什麼用呢？把所有憤怒吞進了肚子裡。

「妳剛才說——大九朔想得到我，是什麼意思？」

我感覺女孩的視線扎刺著我的臉，但我還是跟烏鴉女再次展開問答。

「九朔滿男已經沒有力量，所以需要你。」

「他不是有很大一座湖嗎？妳剛才說的。」

「那是九朔滿男還有實體的時候。自從他在地上失去實體，也失去了從湖得到的力量。這也難怪，因為他畢竟是死了。」

烏鴉女把裹著黑色衣服的修長雙手交疊，合抱在乳溝下時，銀色黏膩光澤就窸窸窣窣地往上爬，分成好幾條遍佈全身。

「沒有實體的九朔滿男，已經失去身為管理員的大半力量，不能再隱藏巴別，所以最後被我們發現了。接下來只要老老實實等我們來清算就行了，他卻想永遠保有巴別。」

的人。」

「那是為了保護那孩子吧？為了讓那孩子活下來——」

「才不是呢，」又響起尖銳的聲音，劃破了緊繃的空氣，「騙人，那個人根本不是那樣的人。」

在流水麵店扮成女兒模樣的大九朔，也親口說過完全同樣的話。他會那麼說，是因為清楚知道自己在女兒心中的形象嗎？

「那個人只是為了測試自己的力量。他想做實驗，看能不能把自己以外的人也帶來這個巴別，所以我才來到了這裡。但是——」

女孩在濃眉下瞪著我的炯炯發亮的眼睛底下，有團黑暗慢慢燃起悶燒的火焰，幢幢搖晃。然而，在語氣上毫不掩飾憎惡情感的女孩，突然閉上了嘴巴，所以我問她：「但是怎麼樣？」催她往下說。

「他把妳拖進來，卻不知道怎麼讓妳回去，所以妳一直待在這裡。」

烏鴉女毫不客氣的聲音介入我們之間。

「九朔滿男一開始就沒打算讓她回去，她說得沒錯，只是測試力量。」

「不會吧——」

在流水麵店時，大九朔說女孩被帶來這裡已經五十五年了。當時他提到為女孩著想的心情，雖是借用四条叔的外表，但聽起來不像在說謊。

「不、不要亂說，妳向本人確認過嗎？哪有把小孩一個人丟在這種瘋狂的世界也無不在乎的父母？」

「看來你還不清楚對方是什麼人。九朔滿男這個男人，根本不在乎女兒會怎麼樣。即使把女兒拖進來的嘗試失敗了，女兒死了，他也不會悲傷。對了，你有空管別人的事嗎？你應該多花點時間想想，什麼都不知道的人，為什麼會站在這裡才對吧？」

「妳說我應該多花點時間想想？我都想破頭啦！突然被拋進湖裡、被迫繞著路轉圈子，被迫爬上了好幾百階、不、好幾千階的樓梯、被捲入爆炸、被迫出席了荒誕無稽的簽名會和頒獎典禮——我想了又想這是為什麼？但是，不管我怎麼想，都想不出有任何理由。」

「有，」烏鴉女淡然回應了我的咆哮：「有明確的理由，那就是九朔滿男為了保有這個巴別，無論如何都需要你的力量。」

「需要我的力量？我的什麼力量？如果是湖的超級力量，那麼，我連一米厘，不對，是一公克嗎？單位是什麼？公升嗎？總之，我一點感覺都沒有。」

不論我如何張大眼睛瞪著那個巨大的太陽眼鏡，女人還是用冷靜到令人厭惡的聲音說：

「我們目前所在的塔，在巴別扮演著什麼樣的角色，你知道嗎？」

烏鴉女把頭骨碌轉一圈，環視屋內。與第一個、第二個不一樣，披在肩上有點波浪的頭髮，配合她那樣的動作搖晃起來。不知道為什麼，我覺得這個頭髮的氛圍很熟悉。搞不好是跟我在混合大樓第一次見到的傢伙同樣髮型——我想起了這種無關緊要的事。

「知道、我當然知道，在流水麵店我都聽說了。雖然完全聽不懂，但我知道好像是容器之類的東西。」

「對，巴別是個容器。」

女人突然大大張開了嘴巴。從一片漆黑的嘴巴深處，迸出稀奇古怪的發音，不同於平常像烏鴉叫的「quaa」。

「這是用我們的語言說的容器。」

烏鴉女又張開了嘴巴。大概是重複著相同的發音，連接方式聽起來很不舒服，就像豬接連三次發出了「吧」、「哺」、「嘍」之類的鼻息聲。

「不知道是你們當中的誰、從什麼時候開始，把這個稱呼換成了巴別。那是發生在幾千年前，人類開始有智慧的時候。你也從外面看見了吧？九朔滿男築起的這個塔，高聳入雲。塔才是巴別的核心。塔往高處延伸，巴別就會增加深度，容器就會膨脹起來，變得更大。陰影會流向那裡。如果塔停止延伸，容器滿了，就是巴別壽終正寢的時候。我們清算完後，那個巴別就會從世上消失，管理員會回到原來的世界。這一切都是為了保護這個世界。這就是我們的規則。就像太陽照射的地方會產生陰影那樣，是昭然若揭的事。」

女人說到「太陽」時，我不經意地望向了窗外。從頒獎典禮回來後，天空依然是像所有燈熄滅後的夜色。不，那不是黑夜，而是陰影吧？依她所說，他們這幫人就是定期開著吸糞車，回收囤積在化糞池裡的穢物，持續做著大到無法想像的世界規模的千篇一律的清潔工作。那麼，當穢物從化糞池溢出來時，一定會造成非同小可的悲劇。

「沒有確實清算，流進去的陰影從容器溢出來時，巴別就開始崩塌了。九朔滿男築起的這個巴別，就快撐到極限了。我們正在這裡說話時，陰影也還不斷滲入，就等溢出來了，狀況非常危急。到處都出現了崩塌的前兆，譬如陰影已經裸露出來的天空、剛才的搖晃。地上的世界也出現了偏移──你還記得吧？你在頂樓看到的老鼠。」

死在通往頂樓的樓梯平台上，頭蓋骨碎裂的老鼠的模樣，猛然浮現腦海。果然就是這個女人。感覺很遙遠了，但我知道她就是隔牆抓住巨大的老鼠、穿過天花板踩碎房間裡的黑電話、把我逼進蜜村先生的畫廊、害我碰觸畫的那個女人。說什麼「你還記得吧？」我死也不會忘記。現在她竟然伺機以第三個女人的身分現身了，實在太可惡了──真是氣死我了。

「九朔滿男已經走投無路了。就算可以逃過我們的追捕，不被清算，總有一天陰影滿出來的巴別也會崩塌。失去實體的他，已經沒有地方可以回去，最後本身還是難逃毀滅一途。正陷入四面楚歌的窘境時，有人送上門來了——那就是你。」

都怪妳啦、都怪妳啦——我正在內心激動地叫喊時，她突然把食指指向了我，所以我就那樣喊出聲來了。

「都怪妳啦！」

我把她的話當耳邊風只管叫喊，她完全不理會我，慢慢走過來。

「要是一般人早就死了。那個裂縫非常危險，連我的同伴都幾乎被夾死了，你卻帶著實體活著進來了。從那一刻起，就可以確定你與這個巴別有強烈的親和性。所以，九朔滿男把你當成了賭注。他先用那孩子當餌，把你引進塔裡，再讓你消滅我們的同伴、讓你做夢。你果然不負期望，靠自己的力量築起了一個世界。也就是說，你通過了考試。為了做最後的收尾，九朔滿男把你帶來了這個畫廊。他要讓你在這幅畫前面再做一次夢——因為這是攸關巴別存亡的最後一片拼圖。」

響徹房間的細鞋跟聲音，越過我身旁，停在畫的正前方。

「這到底……是什麼畫？」

「就是白紙的意思。那孩子告訴我，最早進入塔內的是這間畫廊。九朔滿男把他的力量封入這幅畫，做成在心裡描繪願望就能實現的一幅畫。想必他過得很開心吧，在畫布的那一邊，他可以如自己所願，操縱所有的人事物，就像統治世界的帝王。失去實體也要緊緊抓住這幅畫的心情，你應該可以理解吧？因為你親身體驗過這幅畫的力量。」

「別、別開玩笑了！妳知道我是以怎麼樣的心情站在這幅畫前面嗎？」

我大聲吼叫，罵得口沫橫飛，也無法阻止我的心急遽發冷。儘管他要我在精神上安樂死時，就已明顯背叛了我，但偉大的「大九朔」的形象還是勉強留在我心中，如今一舉萎縮了。在流水麵店時，大九朔藉由四条叔的嘴說，即使失去了實體，他還是為了女兒選擇留在這個巴別。到這個畫廊時，他又藉由女兒的嘴說，他不斷增建巴別是為了守住這幅畫。究竟哪邊才是事實呢？假如，他真正的目的是在這個充滿孤獨的塔裡，一心玩空想遊戲，耽溺在夢裡，那麼，哪配得上「大九朔」的「大」字呢？

「把你封入這幅畫裡，是九朔滿男讓巴別存活下來的最後手段。然而，你兩次都自己在夢裡製造了裂縫。也就是說，九朔滿男的失算是在你身上。」

「哼，少胡說八道了。把我丟進這幅畫裡，跟巴別的存活有什麼關係？我想在哪個世界做什麼事，都跟大九朔沒關係吧？」

「有關係。」

女人把手指放在白底的畫布上，像是在畫看不見的塔，用塗黑的指甲從下往上畫出一條線。

「塔要長高，需要成為來源的力量。跟流入巴別的陰影一樣，塔的來源也是從地上世界引進來的。」

可能是要傳達來自地上的意思，這次又用手指由上往下畫了一條透明的線。

「要建立巴別時，是由巴別管理員判斷要建在哪裡、要以什麼作為塔的來源。你知道嗎？九朔滿男原本經營工廠，為什麼會開始經營與之前的經歷完全無關的畫廊生意呢？」

她突然偏離了話題，我疑惑地搖搖頭。關於這件事，我聽母親說過幾次。但是，大九朔沒這方面的知識、經驗，卻突然開了畫廊，連祖母和初惠阿姨到最後都不知道原因。

「開了畫廊以後，又在原地蓋了混合大樓。他的目的是什麼？為了賺更多錢嗎？」

「不，不是的。畫廊是有賺錢，但蓋大樓並不是用來賺錢。他都是帶著鼓勵的意味，刻意把店租給年輕人，所以流動率非常高。如果是以賺錢為目的，就會找更穩定的承租店進駐吧？在那個地點，他也大可把房租再提高一點。妳說這座塔裡有多少家承租店？八十九家嗎？那些幾乎都是大九朔當房東時的店，因為當時進駐的店都做不久。」

「那就是久朔滿男的意圖。」

女人用手指「咚」地敲了一下畫布，好像在對我說「你答對了」。

「他經營畫廊、蓋混合大樓，就是為了取得成為這座塔的泉源的東西。」

「不會吧……妳的意思是他故意選擇很快就會倒閉的店？」

「結果相同，但有點差別。這座塔的泉源就是——做白工。」

「做白工？什麼意思？」

「就是你的稿子啊。」

「我的稿子？」

聽到來自旁邊的聲音，我垂下視線，看到女孩站在那裡。

回想起來，第一個烏鴉女把這孩子從窗戶拋下去時，她好像也是邊墜落邊喊了同樣的話。

「我問過那個人，這座塔為什麼會一直長高？那個人說，是從另一個世界流過來的東西，把塔推高了。我問他是什麼東西？他說是做白工的人的結局。塔吸取那些結局，就會如發芽般不斷成長。」

「慢、慢著，做白工是什麼意思？他應該是說做夢吧？」

「不，是不能做成功。做不成功純度才高，純度高這座塔才能取得向上延伸的養分。所以，在那個世界，他只讓會做白工的人進入那棟大樓。」

我啞然失言，俯視從濃眉以下都很像小野洋子的那張臉。可能是因為掌握到核心表情，所以現在可以把她的容貌與初惠阿姨的模樣，清晰地重疊在一起了。連她批評大久朔招進來的承租店、罵他們「都是一些看起來不怎麼樣、無可救藥的店」的令人懷念的大提琴聲，都浮現耳際了。

「妳的父親……真的這麼說？」

「我們很少交談，所以偶爾說過的話我都記得。我要去湖邊接你時，發現最下面的房間突然變成有人住的模樣，就進去看。看到放在那裡的稿子，我心想大概又有哪個做白工的人的東西流進來了，就稍微讀了一下。裡面都是我看不懂的漢字，故事又很奇怪，所以我想應該是那種東西沒錯。那是你在寫的東西吧？」

我無言以對。

做白工。

也許是吧。

做著成為小說家的夢，在那棟樓的五樓虛耗了兩年的光陰，結果一事無成。寫的都是連第一次評選也不曾通過的作品，好不容易完成的大長篇也還沒取書名就錯過了截稿日，害我都想放棄成為小說家這件事了。

不，已經放棄了。

所以才會被大九朔誘惑，就不顧羞恥、不顧面子，描繪了兩次遙不可及的未來夢想。

「現在你知道九朔滿男經營畫廊的理由了吧？對他來說，收集的畫作在美術上的價值毫無意義。他要收集的是充滿畫作的徒勞無功的龐大熱情，以及附帶的失望與絕望。九朔滿男靠從那裡得到的泉源，在陰影底下成功地建立了巴別。當然，要有我們的指點才建得起來。因此，他學到了如何當個管理員管理巴別的基礎。如果只靠畫廊，最終只會是處處可見的小小巴別，但九朔滿男又啟動了下一個計畫。他在畫廊收購的畫大翻身，幸運地成為名畫，大賺了一筆，也成了背後的助力。很奇怪吧？人類對做白工的人隨意塗抹的絕望的評價，遠遠高過做夢的人描繪出來的希望。他用賣畫賺來的錢，開了保險代理店，賺取更大的利益，再把畫廊推倒重建。對，就是改建成你在當管理員那棟混合大樓。也就是說，建築你那棟巴別的目的，是有效率地收集塔的泉源。」

我默默在嘴裡唸著「巴別」。忘了從什麼時候開始，對我而言，說到巴別就是指那棟五層樓的混合大樓，現在卻可以毫不猶豫地把這個世界稱為巴別。

「潛藏在大樓陰影裡的這個巴別，從那時候開始增加了深度，很多陰影就從地上流向了這裡。現在這個瞬間，也正在流入。但是，不管囤積多少，對你們來說都沒有用。因為那些陰影都是人類丟棄不要的沉滯，以及充斥社會的污濁。但是，九朔滿男找到了方法，可以讓那些陰影轉為自己的力量。到目前為止，還沒出現過可以做到這件事的人類，也沒有人類會想到要這麼做。但是，九朔滿男找到了方法，可以藉由搬來這裡的湖泊的力量，把囤積在巴別的陰影占為己有。舉例來說，就像透過好幾層的濾網，把海水變成淡水——不對，應該說是把沉澱的石油變成淡水，簡直就是煉金術。人類控制陰影這種事，我們連想都沒想過，九朔滿男卻做到了。他利用從陰影得到的力量，在這裡築起了自己的世界。甚至把這個巴別的存在，連同與他相關的記憶，從我們眼前刪除，成了名副其實的巴別帝王。」

真相一點一點明朗化了。感覺就像四處散落的殘骸，慢慢恢復了原有的形狀。其中一個碎片反射回來，讓我忽然想起以前的房客說的話。三樓承租店的蜜村先生說，大九朔把店托付給他時，叫他要在這裡開店開到死。他說大九朔還稱讚過他，說他儘管沒有絲毫的經營眼光，「還是對世界有幫助」。他把這句話奉為圭臬，做過無數的嘗試。然而，這一切很可能都只是讓塔延伸的權宜之計。若是這樣，大九朔臨走前在他耳邊留下的甜言蜜語，是何等殘酷啊。

不，不只是蜜村。

我也是這座塔的「泉源」。

我在那棟樓的五樓一個人寫小說，不斷應徵新人獎的日子，說不定轉變成某種形態，流入了這座塔內。

「慢著——這座塔不再延伸，難道是……」

「沒錯，自從你不再寫小說後，這座塔就停止延伸了。」把手掌按在畫布上，彷彿想在上面留下手印的烏鴉女，放下手說：「九朔滿男失去實體後，那棟混合大樓做的泉源功能明顯下降，因為承租店的結構改變了。」

理由不用說也知道，是因為繼承大樓的母親，聽從初惠阿姨的建議，把經營的船舵轉向了選擇「像樣」的承租店。

「長期以來一直是泉源的三樓承租店，在轉行成租賃畫廊時，就幾乎失去了存在價值。僅剩的最後堡壘，就是你了。」

我張口結舌，注視著超大的太陽眼鏡。左邊鏡片、右邊鏡片，都映出了曲折的我與女孩站在一起。

「為什麼妳連這種事都知道……」

「我們是太陽的使者啊。為了找到門扉，我們做過種種調查。不過，九朔滿男曾銷聲匿跡，所以我們有段時間沒看出他是以什麼做為塔的泉源。是聽這孩子說起塔的事，我們才看出來的。」

「可、可是，再怎麼查，也不可能連我放棄寫小說的事都知道吧？」

「知道啊，因為還有很多留在這裡面呢。」

女人把太陽眼鏡朝向了畫布。又舉起手，把手掌貼到畫布上，用毫無感情的聲音說：

「你從來沒通過第一次評選吧？」

「少、少囉唆！這全都要怪妳啊，因為妳出現在頂樓，害我錯過應徵的截稿日，所以我才放棄了寫作。不要把責任推得一乾二淨，統統怪到我身上！」

「想必九朔滿男一定欣喜若狂吧。因為失去實體後，他再也無法干涉地上世界的事，沒想到塔的泉源自己越過界線來到了這裡。他只要留住你，測試你有沒有構成夢境的能力，再引你來這幅畫前面就行了。把你關進這幅畫裡，讓你永遠寫下去，塔再從中得到泉源為糧食開始往上成長，巴別就能永遠存活，做為容納陰影的容器。他讓你盡情地做美夢，乘機奪走你的一生，把所有一切都用在自己身上。你懂了嗎？這就是九朔滿男把你帶來這裡的理由。這就是九朔滿男這個男人的真面目。」

中途，女人的聲音明明通過了耳膜，卻像從手中飛走的氣球越來越遙遠。累積到極限的疲憊，開始強烈地襲向全身，我很想現在就蹲下來，不，是很想乾脆埋頭大睡。

祖父挑戰不屬於這個世界的一幫人，企圖得到不屬於這個世界的力量。他不惜竊取從那棟五層樓建築撤走的許多年輕人的未來、不惜把蜜村先生的三十多年人生當成墊腳石、不惜毀掉我的未來，也要保住的東西，竟然是一幅說大不大說小不小的畫。
我開始對這一切感到厭煩。
所以我到底會怎麼樣呢？管它巴別的真相是什麼、管它塔的結構是什麼，現在大九朔退出了，這個女人該做的就是清算巴別。關於這個混亂世界的解說就免了，只要讓我知道我會怎麼樣就行了。
這時，房間的明亮度起了變化，我反射性地往窗外望去。
原本被黑夜覆蓋的四片窗戶外的藍天復活了——我才剛這麼想，轉眼間又切換成黑夜了。這樣閃閃滅滅兩、三次後，彷彿不曾發生過什麼事般，烏漆抹黑的黑暗又降臨了。
「看來這樣已經成為正式模式了。」
「你在說什麼？」
女人疑惑地歪著頭。恢復藍天時，她也沒回頭，一直背對著窗戶。
「妳沒看到——？喂，妳總該看到了吧？」
我把臉轉向站在我旁邊的女孩，連她都以困惑的表情回應我。
「不會吧？在妳前面耶。剛才窗外不是像開燈一樣，咔嘰咔嘰作響，變成了藍天嗎？」
「天空一直都是黑的啊。」
那模樣看起來不像是在耍我，倒像是我在耍她。難道是我累到產生了幻覺？不，說不定還產生了幻聽，因為我聽到不知道從哪傳來的波浪聲。我顧不得女孩懷疑的眼光，環視屋內。窗戶緊閉，樓面沒有任何東西會發出聲響。然而，波浪聲不絕於耳，悠閒地描繪出波浪席捲而來又退去的水邊景象。我環視空蕩的房間一圈，最後視線如投鏢遊戲的飛鏢刺中鏢靶般，固定在後面的員工室的門上。

還來不及思考，腳就先動了起來。
我轉動門把，打開了門。
正面牆上掛著一幅裱在小畫框裡的畫。
我彷佛怕腳步聲會被聽見似的，悄悄地、悄悄地、小心謹慎地靠近。
波浪聲更清晰了，甚至發出波浪退去後，沙灘被浸染而「吱吱」作響的嘈雜聲。毫無疑問，聲音是來自眼前這幅畫。我屏住氣息，像看著正在播放的動畫般，盯著畫框裡反射出光粒子的湖面。
「這是什麼畫啊……」
女孩不知何時站在我旁邊。
在樓下的承租店看到時，畫著白色帆船的地方，漂浮著兩片長方形。現在右側那片門微微開啟，光線從縫隙瀉出來。我看著光線，用顫抖的聲音說：
「是門扉。」

「我現在才知道這裡有一幅畫……」
「妳沒進來過嗎？」
女孩環視這個隔間，但是，就跟在蜜村先生的畫廊，以及「泰式傳統按摩　蜜」看到的空間一樣，除了角落的小洗碗槽和瓦斯爐外什麼都沒有。
「妳有沒有聽見波浪聲？」

「波浪？」

女孩滿臉疑惑，我指向牆上的畫，把她的視線引到那裡。女孩在濃眉間擠出幾條直線皺紋，瞪視著位置與視線等高的畫。半晌後，轉向我說：

「畫怎麼了？」

「沒、沒什麼。」

我聽著依然嘈雜的聲響，心想女孩應該也看不見迎風掀起漣漪的波動湖面。

「這是妳父親畫的畫，可能是在那座瞭望台畫的。」

「為什麼你連這種事都知道？」

「在我那個世界也有相同的畫。現在也還細心保管這幅畫的主人，告訴我是大九朔畫的。但是，主人絲毫不知道這幅畫的意義。我也是什麼都不知道，莫名其妙地從這個門扉進入了這個世界。回神時，整個人就掉進湖裡了，當時我還以為我死定了。」

「喂，可以問你一件事嗎？」

「嗯。」

「你到底是什麼人？」

沒想到她會這麼問，我發出「咦」的尖細聲音。

「你跟那個人是什麼關係？為什麼你叫他大九朔？大九朔是什麼意思？」

我立刻全速啟動大腦，回想我之前跟女孩說過的話，以及在女孩面前與烏鴉女或大九朔說過的話。到目前為止，我沒有在女孩面前提過我的名字。四条叔和烏鴉女也沒有用「九朔」這個姓稱呼過我，所以還沒透露過大九朔是我祖父的訊息——。

「呃，這個嘛——妳父親是蓋大樓的老闆，現在也很有名。大樓又取名為『巴別九朔』，留著他的姓，所以，從以前房客們就稱妳父親為大九朔，表示對他的尊敬。可能是偉大的九朔先生的意思吧？我不知不覺就跟著他們叫了。」

在思考要不要告訴她真相前，嘴巴就自己編出了謊言。歐洲人為了表現某人與自己有血緣關係，會在某人的名字前面加個「大」字。我知道這個規則，是在高中的時候。所以女孩不知道也無可厚非。

可能是在認真思考我的話，女孩維持困惑的表情。

「我也有一件事要問妳。」我怕被問到細節，會馬上露出馬腳，所以趕快改變話題。

「妳是在哪裡遇見了那個女人？」

我問得很小聲，以免被在這個樓面的烏鴉女聽見。

「她是爬樓梯爬到流水麵店嗎？」

「是太陽眼鏡。」

「太陽眼鏡？」

「胸部被竹子貫穿的女人，死前不是把太陽眼鏡放在桌上嗎？在來這裡的途中，她跟我說太陽眼鏡只有一副，他們戴上太陽眼鏡就可以變成人類的樣子。那副太陽眼鏡就是放在流水麵店的桌上那副，你不是從窗戶丟下去了嗎？」

我順著女孩指的方向，從背後的門往樓面看。烏鴉女不知道有沒有在聽我們說話，合抱雙臂，把話題中的太陽眼鏡朝向我們。真沒想到，那句「像遺言」的話有這樣的意義——。

「因為你丟下去，她才能收到太陽眼鏡，從天空飛到流水細麵店，叫醒昏倒在廚房的我。我覺得那個人——你口中的大九朔，為了利用你，一定會做出什麼事，所以趕快爬上樓梯，從裂縫闖入了夢裡。」

果然全都要感謝這個女孩。不只一次了，這是她第二次把陷入無底泥淖的我救出來。

「妳為什麼這麼幫我……妳對我一無所知吧？」

她全然不知我的來歷，也沒發現鼻子的相似度，當然也不知道我跟她一樣，與大九朔有血緣關係。

「為什麼呢——」女孩把頭向左、向右傾斜，看著配合動作搖來晃去的髮梢，淡淡笑了起來。「你一直待在這裡，太奇怪了吧？我不希望你的遭遇跟我一樣，一直一個人獨處很痛苦。」

聽不太清楚的含糊聲音，無比沉重地壓在我心頭。儘管現在的她還有點像小野洋子，但以後的她將會告別這樣的形象，走向不同的路線，而且不斷地進化成更有個性的女強人。然而，這個女孩卻被關在空洞的塔內，身體連一秒鐘的成長都沒有，就這樣被迫度過了五十五年的漫長時間。把她關起來的人，竟然是她的親生父親。

「我們回去吧。」

我把手搭在女孩單薄的肩上，向她宣告。

「我得先告訴你們，」烏鴉女的聲音適時從樓面傳來：「只有巴別的管理員，可以使用那個門扉回到原來的世界。這樣的設計是為了防止管理員私自換人。管理員之外的人使用那個門扉，偏移會一舉擴大，搞不好崩塌會因此開始。一旦開始，就沒有救了，連我都會回不去。這個巴別囤積了成千成萬的陰影，你們絕對無法想像崩塌後所造成的損害。」

她的前任說過，收拾巴別失敗的結果，就是百年內發生了兩次世界大戰。是威脅、恐嚇、還是事實，無從確定。但是，在與烏鴉女往來之間，我知道了一件事。那就是她們要清算巴別時，一點也不害怕死亡。所以，她說的話應該有重大意義。

「九朔滿男可能是安裝了機關，讓他之外的人都不能使用那個門扉。我們的同伴進來時，就死了好幾個。」

連續不斷的柔和波浪聲，宛如傾聽著烏鴉女的發言。抬頭看著我的女孩，不知道有沒有聽懂烏鴉女說的話，直率的目光泛著強烈的緊張神色。如果大九朔真的安裝了機關，就是為了對付這個女孩——自己的女兒。

「妳說妳從來沒有跟父親吃過飯，那麼，到目前為止，父親有特別為妳做過什麼嗎？」

我自己也不知道為什麼會問出這麼唐突的問題，女孩瞬間浮現困惑的神情，但很小聲地回我說：

「幫我做過車子。」

「黃色那輛嗎？沒發動引擎也會自己跑……」

「他突然問我是不是很無聊？就把車子給了我。」

「那麼，妳說了什麼？」

「什麼也沒說。」

「妳父親呢？」

「他說小心點，不要開太快。很好笑吧？把我帶來這種地方，還叫我小心一點。」

女孩把臉轉向畫，避開了我的視線。

「那個人真的不在了吧？」

有點乾燥的嘴唇洩出吐氣般的聲音。

「我在流水麵店昏迷時，那個人做了什麼事？」

他假扮成妳，演出了殺父戲碼——這件事我絕對說不出口，也說不出我有多愚蠢，居然認為那種事大有可能，輕易認同了那個狀況。即便以人類來說，九朔滿男是屬於最差勁的那種男人，這孩子也絕對不會殺自己的父親。

看來，烏鴉女對大九朔身為巴別管理員的豺狼野心、貪得無厭、自私自利的人物描寫，全都是事實。但他真的只是這樣的男人嗎？至少，在混合大樓的經營上，大九朔對待房客並沒有到吃人不吐骨頭的地步。那麼做，對什麼「塔的泉源」肯定更有幫助，我卻聽說他看到房客的生意做不起來，就會在還有機會東山再起時說服房客放棄。至於蜜村先生……會不會是大九朔認為，他被綁在那個巴別活下去，對他來說反而是一種幸福呢？

「老實說──在我認識的人當中，有人非常了解妳父親。一位是男性，打從心底尊敬妳父親，另一位是女性，她說她很喜歡妳父親柔情的一面。」

這是母親三津子說的話。我也是根據她所說的話，塑造出了「大九朔」的形象。因為仰慕他的柔情，所以即便覺得麻煩，我現在還是直接拜訪房客，收電費和水費。

「妳討厭妳父親嗎？」

女孩咬著下嘴唇，搖頭表示「不知道」。我看到她臉上交錯著不是一句話可以形容的複雜感情，心中馬上確定了一件事──大九朔絕對不會針對這孩子安裝機關。

「我答應過妳，會帶妳離開這個世界吧？」

「那是那個女人為了利用我，隨便說說而已吧？這點我還看得出來。看你的樣子，就知道你是在什麼都不知道的狀態下被帶來的。」

「不，我會照約定讓妳回去。」

「我說過了，使用那個門扉，巴別說不定會馬上崩塌，這可不是恐嚇。」

如長矛般犀利的聲音，間不容髮地介入。

「可是，我就是從這裡進來的啊。」

「那可能是因為你與巴別之間的親和性高到異於常人，或是九朔滿男使用力量擴大了入口——不管怎麼樣，都不要以為你會有第二次機會。至於那孩子，完全不可能。連九朔滿男都束手無策，你還是放棄吧。」

「不是那樣。大九朔隨時可以放妳回去，可是他不想那做，他一定是希望妳能陪在他身邊。」

女孩滿臉驚訝地抬起了頭。

「他在流水麵店說的關於妳的事，我不認為全是謊言。」

「你這麼說有什麼根據？這種事可不能靠直覺或希望來判斷。」

烏鴉女的聲音有如泰山壓頂，重重敲響我的耳膜。

她說得沒錯。萬一失敗，巴別就會崩塌。陰影會溢出來，最後爆發世界大戰。這可不是下定決心去做，就能解決的事。

想到自己背負的責任多麼龐大，恐懼的情感就慢慢攀爬上來。

這時，站在樓面的烏鴉女的背後，天空又突然出現了變化。

藍天降臨的窗外，不到一秒又變成了黑夜。

「妳看得到剛才的景象吧？」

跟我一樣面向烏鴉女的女孩，回了一聲：「咦？」至於那個烏鴉女，完全沒察覺背後的變化，慢慢地走向了我們。

只有我察覺到。

天空的變化、波浪的聲音、畫的動態，都只透過我的眼睛、耳朵傳達。

可見是某種徵兆。
這樣的預感冷不防地閃過胸口。
那麼，傳達徵兆的人，是想告訴我什麼？第一次是波浪的聲音，把我引到了這個房間。當時出現在眼前的是——？
是門扉。
我聽著逐漸靠近的細鞋跟聲響，重新面對那幅畫。畫面呈現我從未見過明亮色彩、水波蕩漾、光芒四射，彷彿在呼喚我。
我屏住氣息，向畫框靠近一步。
剛進入這個隔間的員工室時，畫中確實只有一邊稍微敞開的門，不知何時變成兩邊都敞開了。
「回到那邊的世界後，說不定妳會遇見我。或許有很事讓妳煩心，但可能的話，希望妳可以對我稍微溫柔一點。對了，若是回到那邊，妳可能會遇到一個叫蜜村的怪人，他的出生地跟妳父親一樣。可以的話，請妳記住。」
女孩在濃眉之間擠出皺紋，訝異地看著我。
「不用怕，」我對她點點頭說：「把手往前伸。」
我用手抵著她的左手肘，把她纖細的手往上抬。
再繞到她背後，把手搭在她雙肩上，強行把她推到畫的正前方。
「quaaa！」
細鞋跟的聲響突然加快了，烏鴉女發出我從沒聽過的沙啞嘶吼聲。就在那個聲音刺穿我耳膜的同時，我咚地推了黑色洋裝的背部一把。

「呀！」

女孩向前傾倒，慌忙伸出手試圖撐住身體時，指尖碰到了畫中的門扉。

就在那一瞬間，女孩的身體變成了陰影。

跟在夢裡見到的大九朔一樣，變成人伸出手的形狀的黑影，化為朦朧的煙霧後，被吸進了左右敞開的門扉裡。

但是，我沒能看到最後，因為強烈的地鳴與驚天動地的搖晃，同時襲向了我的腳下。我根本站不住，輕輕撞上牆壁，被反彈力道摔在地上，背部著地。

這次世界真的完蛋了——

嚴重的搖晃讓我如此確信。

我抱著頭，蜷縮在洗碗槽下面，不知道過了多久。當搖晃靜止時，還是覺得很像在船上，地板左右波動翻滾。視野動盪不穩，沒辦法站起來。我試著匍匐前進爬向門，看到那幅畫掉在地上。往牆上一看，只剩一根釘子孤獨地留在那裡。

我爬過去，把畫撿起來。

塗滿小小畫布的所有顏色都模糊了。湖面、門扉都蒙上一層黯淡的藍、黑色煙霧，跟我第一次在蜜村先生的畫廊看到這幅畫時一樣，不，是更不清楚了，變成一幅陳舊的普通抽象畫。

我搖晃地站起來，把畫掛回牆上。

看來我還沒死。

巴別也還沒崩塌。

唯獨畫中的門扉死了。

從員工室走出來時，首先注意到的是明亮的天空又回來了。窗外不再咔嘰咔嘰地閃爍明滅，出現了一大片清澄的藍天。

烏鴉女彷彿成了風景畫的一部分，修長地站在窗邊，俯瞰著外面的景色。

「過來這邊。」

她用沉穩的聲音喚我過去，彷彿剛才的天搖地動不曾發生過。

「機會難得，你卻做了那樣的傻事。放那個孩子回去，也起不了什麼作用啊。影子回去了，也不會對實體產生任何影響。」

「可是，也有可能留下一點點在這裡的記憶吧？」

「那也不可能。」

被冷漠的回答潑了一身冷水的我，極盡所能地酸回去。

「那也沒關係，總比讓她在這裡跟妳焦躁地迎接末日好上幾萬倍。」

「也比你自己回去好？你真善良呢。」

我假裝沒聽見，正要橫越樓面時，發現畫掉在牆邊。可能是掉下去的力道把金色畫框折斷了，白色畫布正好掉在斷裂成木樁形狀的地方，從中間被整個割破了。

「很遺憾，那幅畫不能用了。原本是打算在清算時，讓你可以再逃進夢裡，所以沒弄破，把它留著。」

「我沒話再跟妳說了。要清算、要做什麼，都趕快做吧。」

「你看看外面。」

我站在跟烏鴉女相隔一片窗戶的地方，漫不經心地把頭靠向窗戶，動作就在中途固定住了。

「這是怎麼回事……」

窗外是一片都會的景色。

就像從高到離譜的瞭望台望出去的景色，在晴天下無限延伸。建築物櫛比鱗次地覆蓋地面，緊密到連螞蟻爬出去的縫隙都沒有。

「經過剛才的搖晃，就變成這個景色了。在這之前，還是一片湖泊呢。」

「大九朔真的死了嗎？」

「為什麼這麼問？」

「外面的景色不是又回來了嗎？妳的前任說過，塔外面的街景都是大九朔做出來的假風景。」

「九朔滿男已經死了，這件事絕對錯不了。是我們教會了九朔滿男建立這個巴別的方法，所以，最後也是我們把他處理掉了。」

女人突然破顏微笑。那副大得可笑的遮住上半張臉的太陽眼鏡下面，露出一口白牙，但沒聽見什麼聲音。是的，這傢伙笑的時機總是不對，我又重新找回了對方並非人類的真實感。

「我想知道的是，那裡看到的大模型與大九朔的關係。大九朔的力量還在某處發揮效用嗎？」

「九朔滿男被剷除後，融入了充斥這個巴別的陰影裡。要說他還在這個世界某處也可以，要說不在也可以。唯一可以確定的是，你現在看到的不是假的風景。」

「不是假的風景？」

「是真正的街道。」

我張口結舌，女人用手指示意我看「後面」。

我乖乖回過頭，看到的是門。

但哪裡不太對。

門的表面安裝著剛才進來時沒看到的長方形觀景窗。我對這個長方形框非常熟悉，因為每次經過「畫廊 蜜」，我都會從那個窗框窺視裡面。

「為什麼門變了？」

「不知道。」

「不知道？妳不是什麼都知道、高傲自負的太陽使者嗎？」

女人像是要把我的話消音，發出響亮的喀喀聲，踩過地板，從我前面經過，直接走出了門外。我緊跟在她後面，鑽過了敞開的門。

剛踏上樓梯平台，我就呆住了。

因為角落擺著眼熟的老鼠藥。

在角落堆積成山的紫色顆粒，的確是「SNACK HUNTER」的千加子媽媽桑給我的老鼠藥，是我自己放的。

「為什麼……？」

我好不容易發出聲音時，高跟鞋的聲音已經走向了上一層樓。

「等、等一下！」

很久沒這樣兩階當一階爬了。從剛才的樓梯平台一到上面的樓梯平台，就冷不防地出現了下一個承租店。

這才是大樓應有的結構，我卻有一種完全出乎意料的感覺。而且，知道是「HAWK．EYE．AGENCY」的門時，我以為是在做夢，一時無法思考。樓梯平台的角落，同樣放著老鼠藥。毛玻璃上的圖畫，是翅膀向左右張開的威風凜凜的老鷹。我面向老鷹，轉動門把，但鎖上了。

「怎、怎麼回事？這裡怎麼會有四条叔的事務所？」

女人直接走過偵探事務所，繼續爬上樓梯。我試著從背後叫住她，但她完全沒有停下來的意思。淺著波浪的長髮，配合鞋跟的喀喀迴響搖曳，銀色的黏膩光澤無聲無息地滑過緊緊吸附在身上的黑色布料。可能是髮型相同的緣故，淡淡喚起我第一次在樓梯與這個女人擦身而過時的記憶。當時，我正悠閒地抄寫水錶的度數，不知道她是來自地獄的使者，還出神地看著她毫不設防的乳溝、全身的線條。現在回想起來就覺得生氣。但是，再上去會看到什麼的預感，很快就把那些怒氣全沖走了。不安與期待交錯的情感，就快爆開了。踩上階梯的大腿，輕盈得難以置信，膝蓋的疼痛也不知道飛哪去了，我喘著大氣衝上樓梯。

間隔一個樓梯平台，在適當時機出現的上一層樓的樓梯平台，有扇老舊的白色鐵門理所當然地等著我。門表面的髒汙、貼在周邊的標籤、牌子、電錶上的「5F」貼紙等，樣樣都令人懷念。

我回來了。

「不是。」

從背後傳來的聲音，像是偷聽到我內心的話，潑了我一身冷水。

「你不是回來了。」

我臭著臉轉過身去。
在狹窄的樓梯平台上，我和女人以從未有過的近距離面對面。
「妳馬上給我說清楚，這是哪裡？既然我沒回來，為什麼四条叔和我的房間會在這裡？」
女人連視線都沒與我交會，說：「走吧。」又喀地踩響地板往樓梯走去。
「走？走去哪？」
「上面就只剩下頂樓啦。」
我的目光追逐著她爬上樓梯的修長雙腿，還不是忍不住試著轉動門把。這時候，腳下猛然閃過巨大的黑影。
「哇！」
我反射性地緊靠牆面，黑影在我視線前方停下來，如細繩般長滿身體的東西啪答服貼在地面。
是老鼠。
身體大概有四十公分長，是隻超巨大老鼠，又粗又長的尾巴上刻印著一條條宛如蚯蚓的橫線。緊靠著牆全身僵硬的我，用目光追逐著那條尾巴時，腦中忽然浮現一個名字。
米奇。
我與米奇相距不到五十公分。然而，牠非但沒有注意到我，還把臉湊近我放在角落的老鼠藥，哼哼動著鼻子聞一聞，就啪哩啪哩吃了起來。
「喂，別吃啊。」
我忍不住叫出聲來。

但是，米奇沒有反應。我心想不會吧，用涼鞋噹噹敲響地面、再併攏雙腳跳躍、然後嘎喳嘎喳轉動門把。門鎖上了。總之，不管我做什麼，米奇都沒有察覺我的存在。我試著跨過牠，走上樓梯，牠還是把黑鼻子塞在老鼠藥裡，動也不動。

難道是看不見我嗎？我這麼想，爬上樓梯，大腦一片混亂。頂樓的門敞開著，我聽著涼鞋的聲音向外擴散，鑽過了門。

藍天忽地簇擁而來。

原本應該塞滿正面視野的隔壁大樓牆壁不見了，側面也不看到任何一棟隔著馬路傲視下方的大樓。全都被天空取代了。那麼，下面是怎麼樣的風景呢？我正要往下看時，頭頂上有個聲音說：「這邊。」

烏鴉女站在最上部的水塔前，以手扠腰的姿勢俯視著我。

「上來。」

從那個地方，應該可以瞭望全方位。我經過晒衣台，邊閃躲處處淤積的水窪，邊走向梯子，握住油漆像樹皮般剝落的鐵棒，爬到最上部，再沿著保護套被烏鴉啃光光的管線走向水塔。

隨著我逐漸靠近烏鴉女而出現在最上部邊緣外的景色，令我啞然失言。

我抓緊水塔腳架的鐵柱，眺望四方。下面是街道壅塞的平原，我站在從平原正中央突出來的一棟建築物的頂點。我戰戰兢兢地從邊緣往下看，外牆正是那棟窮酸的混合大樓的色調，數也數不清的一長排窗戶從地表往上延伸。有黑線在大樓底下迤邐蜿蜒，宛如被鋪設在灰色街道的電線。我循著黑線看過去，中途發現那是通過正後方的高架鐵路線，不由得叫了一聲：「啊！」

從這個高度，完全聽不見車輪駛過的低沉鐵軌接縫聲、長長的煞車聲、車站喋喋不休的廣播、在大樓前面道路來來去去的救護車鳴笛聲。

「對了，這麼高的地方居然沒有風。」

「應該是吹不到這裡吧，因為我們同伴的聲音也傳不到這裡。」

「同伴？」

「不管我怎麼呼叫，都沒有人飛過來。」

搞清楚她所謂的同伴是烏鴉時，我又看了周遭一次。從這個高度，別說是鳥了，連電車、車子──所有會動的東西都看不清楚。

「這裡……是巴別嗎？」

「那孩子回到地上世界時，一舉擴大了偏移，絕不可能毫無損傷。那之後的搖晃更加大了偏移的幅度，結果好像讓彼此銜接了。」

「彼此銜接──哪裡跟哪裡？」

「地上世界與巴別。」

我直盯著女人臉。飄浮在萬里無雲的天空的太陽，在太陽眼鏡的鏡片上反射出光線。

「那、那麼，四条叔的事務所和我的房間……」

「是真的。從這裡看到的風景也都是真的，但只是看得到而已，不能干預。這一點，對方也是一樣。地上的人類看不見這座塔，也看不見你。我們不是回來了，只是進入偏移，一時被捲入了銜接的狀況。你現在也還在巴別，當然是九朔滿男的巴別。」

很意外，聽完女人的說明，我並不沮喪。反而有種原來如此的感覺，心想難怪米奇看不見我。這麼想，抬起頭仰望頭上的水塔時，心裡突然跳出一個疑問。

「妳不覺得奇怪嗎……米奇怎麼會在那裡？牠不是被妳……」

像是要打斷我的話似的，烏鴉女舉起了右腳。有十多公分高的鞋跟尖端，出其不意地踩了下去。

瞬間，我無法會意發生了什麼事。

因為女人從洋裝下伸出來的裹著黑色緊身褲襪的修長右腿，沒有發出任何敲擊水泥地的聲響，直接通過地面穿越而下。

那下面有隻老鼠。

先移動前腳，在跳躍地抬起後腳的老鼠，以這種滑稽的動作敏捷地爬到了通往頂樓的樓梯平台。細鞋跟的尖端就是瞄準這個時機，敲碎了佈滿深灰色的毛的頭蓋骨。

紅黑色液體飛濺到小小頭部的四周。

「吱！」

我好像聽到斷氣的聲音，但不是很確定。

回過神來時，女人正以單腳站立的姿勢，輕輕抬起右邊的大腿。她的腿修長如模特兒，但沒有長到可以貫穿地面直達樓梯平台。

恢復雙鞋跟併攏的姿勢後，女人低聲嘟囔：「我最討厭老鼠了。」

再怎麼看，她的左右腳都是一樣長。像帶著淡淡灰色的玻璃一樣透明的地面，又恢復成原來的冰冷水泥地。到處都看不到可憐的米奇。

「這個巴別已經進入非常危險的階段，連物質的界線都變得這麼模糊了。」

「我知道有多模糊了，可是，妳的細鞋跟必殺技為什麼可以擊中老鼠呢？妳不是說不能干預？」

「那是說你。別忘了，我是太陽的使者啊，所有世界都必須歡迎我們——」以充滿自信的口吻說完後，烏鴉女接著說：「差不多該開始了。」把太陽眼鏡朝向了太陽。

「清算嗎？」

「是的。」

「為什麼特地把我帶來這裡？妳一個人清算不就得了？」

「這裡風景很好吧？窩在你那個房間，還不如來這裡，心情多好。」

不知道為什麼，這個怪物女人似乎很貼心地給了我關懷。

「不用擔心，清算只是一瞬間，做完後一切就結束了。」

女人像是在測量什麼，把雙手伸向太陽，找到某個角度，脖子以上像烏鴉的動作般骨碌骨碌左右轉動，轉到一半，天空就毫無預警地變成了黑夜。

日光燈立刻恢復了亮度，好像在說剛才只是心情不好而已。

我以為女人沒先預告就開始清算了，心臟差點停止。沒想到女人似乎現在才察覺細鞋跟很髒，維持雙手高舉的姿勢，開始在地面摩擦踩死米奇的細鞋跟尖端。

「有沒有看到剛才的狀況？」

女人把太陽眼鏡朝向我，瞥我一眼，馬上又轉回去清理細鞋跟。

難道連這個都是徵兆——？

我緊緊抓住水塔腳架的鐵柱子，手都被汗濡濕了。要傳達給我的徵兆究竟是什麼？我眺望四方尋找暗示，然而，在藍天下無限延伸的風景裡，只有大大小小、各式各樣的建築物如拼圖般組合在一起。

那麼，這個頂樓本身就是目的地嗎？可是，在這裡發生的事，只有應該已經死亡的米奇還活著，然後頭蓋骨被女人踩碎了，是我原本就知道的事。當然，接下來的發展我也知道。我會在三樓的樓梯平台抄水錶的度數，在那裡聽到米奇被踩碎的聲音，也就是說，接下來我會出現在頂樓。

我會出現？

有東西從我大腦角落咚地發射出去了。那東西在所到之處逐一與對象接觸，改變前進路線，時而迂迴，再帶領著其他什麼東西，描繪出複雜的路線，眨眼間塑造出了形狀。

清理完細鞋跟的烏鴉女，把雙手舉成「Ｖ」字形，把身體正面朝向了我。胸前的高峰也被連帶往上拉，露出到目前為止最養眼的乳溝。

「這個巴別就快完全飽和了，」她平靜地開口說：「當超越容器的極限，陰影溢出來時，這個塔就會真的出現在地上的世界。我們現在看到的景色，將會成為現實。在那個瞬間，會如同栓子被拔開的狀態，積蓄在巴別的陰影一口氣擴散開來，整個巴別就崩塌了。我們太陽使者的任務，就是在那之前開始清算。我要在這裡跟你告別了。你真的幫了大忙，如果沒有你，要剷除九朔滿男會更加困難，所以我們對你的評價非常好。」

「慢、慢著，」我舉手打斷烏鴉女的話，問她：「離陰影溢出來還有多少時間？」

「這個嘛，以你們的時間來說，頂多十分鐘吧。」

「把那十分鐘給我。在清算前一次就好，聽聽我說的話。你們或許認為已經剷除了九朔滿男，但我一直似有似無地收到很像是來自大九朔的無形的訊息。」

「什麼樣的訊息？」

「好像在告訴我，我可以阻止巴別的崩塌，甚至可以讓巴別永遠在這裡存活下去。」

不覺中，我的手從鐵柱放開，緊緊握起了拳頭，向維持「Ｖ」姿勢的烏鴉女宣言。

為什麼我會站在這裡？

如果這件事有確切的理由，那麼，我現在該做什麼？

我不知道我找到的答案是否正確。不，沒有所謂的正確答案吧？因為我的思考、我採取的行動，都將會成為「未來」——

「再過一會，我就會出現在頂樓。當然，是原來的世界的我、還沒被拋到巴別的我、什麼都不知道的我。」

女人慢慢放下高舉的手，毫不害怕地走到沒有柵欄或任何東西環繞的最邊緣，邊眺望街道風景邊聽我說明。

「也就是叫我做第二次？」

「就是這樣。」

她撩起頭髮，隔著太陽眼鏡把視線轉向我。

「不愧是虎父無犬子，你繼承了九朔滿男的力量。但是，要那麼做，欠缺一項重大條件。」

「什麼條件？告訴我。」

「沒有管理員，巴別就不會動作。也就是說，失去九朔滿男的巴別，不管你做什麼都不會受到影響，崩塌的時間也不會改變。」

「那……」我絞盡腦汁想回應她，但想到的對策都只能應付非常根本的問題。「所以沒有救了嗎？」

「不，有一個辦法。」

「什、什麼辦法？」

「你來當就行了。」

「當什麼……當管理員嗎？」
「現在的你已經符合標準，只差一個替你做保證的太陽使者，以及你的宣言。」
女人先把塗成黑色的指甲前端，指向自己白亮亮的胸口，示意「太陽的使者在這裡」，然後指向我的臉。
「宣言……要怎麼做？」
「你忘了那女孩說的話嗎？」
在第二次的夢裡，大九朔從頒獎典禮會場消失後，女孩所說的話瞬間浮現耳際，宛如她就站在身旁。
「言語決定一切。把心裡想的話說出來就會成真，這就是這個巴別的規則。」
烏鴉女把成為管理員必須說的話告訴了我，那是我非常熟悉的標語。
「只能延後十分鐘，確定失敗，我就馬上進入清算，可以嗎？」
「隨便妳。所以，妳會幫我嗎？順利的話，可以逃過一死哦。」
「我是驕傲的太陽使者，不會害怕消失。」
「可是，最好還是能活下來吧？」
女人盯著我的臉好一會後，忽然把嘴角上揚到極限，展現滿臉的笑容，差點嚇死我。
「我幫你。」
這是我第一次看到女人在對的場合、對的時機笑了。
「宣言吧。」
我點點頭表示知道了，做個深呼吸。
這次我毫不猶豫地說出了這句話：「我要留在這裡。」

終章

巴別管理員

「你，過來。」

被叫住的我，在鑽過門之前猛然停下了腳步。

「老鼠在這裡。」

聽見接下來的話，我馬上就回頭了。

看到出現在那裡的烏鴉女，我的表情簡直無法形容，嚇得魂飛魄散。女人又抓起米奇的屍體拋出去說：

「不，你知道，因為你是巴別的管理員。」

她開始對我施壓，逼問門扉的下落，很快就陷入了慌亂。

不管我怎麼吼叫，烏鴉女都顯得不痛不癢。

「我已經對身為管理員的你，表示了我最大的敬意。我連你的一根寒毛都沒碰，就是最好的證據。」

說完，揚起嘴角笑了起來。

「對吧？」

然後猛然把頭撇向旁邊。在她視線前方的是我。我站在通往樓梯平台的門旁邊，背靠著牆壁，袖手旁觀看著離我不到一公尺的另一個我，被逼到走投無路的樣子。這個女人的確沒有碰我一根寒毛，但她前面、前面那個女人，在爆炸的「8×8」，抓住我的脖子，把我拋了出去。

「這個巴別快撐到極限了。」

女人接二連三發動嘴巴攻擊，我的混亂就快到達頂點了。我心想差不多是時候了，離開牆壁，對女人說：「我在下面房間等。」鑽出了門。

在樓梯平台差點踩到米奇的血時，我「哇」一聲，跳了起來，但另一個我當然看不到這樣的我。

我走下樓梯，站在五樓的門前。

先在心裡想像門打開的樣子，再把手伸向門把。果然打開了門，進入了玄關。

我脫掉涼鞋，腳底感受到木地板的冰涼。真不敢相信，剛才在屋頂上看到的畫面，是僅僅一天前發生的事。彷彿漂流了好幾天，不，是漂流了好幾年，才回到這個房間，好懷念房間裡的所有東西。

用來計算水費、電費的筆記，攤開擺在桌上。沒來得及寄出去的大長篇稿子，也丟在角落。扉頁那一張，當然還是白紙。

我抬頭看天花板，心想差不多是時候了，走到黑電話旁邊等待。

門突然打開，我衝進來，慌慌張張地鎖上門，嘴巴唸著「報警、報警」，直接穿著涼鞋走過來了。

我拿起了話筒。

氣喘吁吁的我，在我眼前的椅子坐下來時，前面的黑電話鈴響了起來。我看著戰戰兢兢的我，拿起在他那個世界還沒被拿起來的話筒，放到耳朵上。

「快逃。」

我稍微改變聲音發出了警告，與其說是對著話筒，還不如說是直接對著坐著的我警告。

「現在馬上逃走。女人快來了。一切都開始崩塌了。待在房間裡沒用。剛才的老鼠，你也看到了吧？」

話還沒說完，黑色的腳就從眼前穿過了。原來這麼快就踹下來了？儘管是第二次，我還是大叫一聲「哇」，嚇得跳起來。
受到高跟鞋攻擊的黑電話，破成了兩半。
我把視線轉向往天花板，看到站在頂樓的女人正要把腳收回去。
「我的任務完成了，接下來輪到你了。」
當女人的聲音從透明的天花板傳來時，另一個可憐的我發出慘叫聲，如脫兔般破門而出。
「在心裡想像。這裡已經是你的巴別了。你是新的管理員，把力量用在自己身上吧。」
我聽從女人的指示，閉上眼睛，在心裡想著接下來該採取的行動。
張開眼睛時，我站在樓梯中間，穿著皮鞋、黑西裝，正是我想像中的模樣。為了迎接慌慌張張衝下來的腳步聲，我爬上了樓梯。才走幾階，就撞見了往下衝到樓梯平台的我。
「門扉在哪？」
我盡可能抹去表情，一見面就槓上他。
無處可逃的我，直接打開「畫廊 蜜」的門，衝進去了。接下來只要逗弄這隻甕中鱉就行了。從樓梯走下來的女人，遞給我一把鐵鎚，說：「用這個。」
我站到觀景窗前，玻璃上映著現在的我的身影。當時映在這片玻璃上的是來檢查消防設備的男性業者的身影，戴著黑框眼鏡，有點顏色的鏡片閃爍著陰森的光芒。我馬上用鐵鎚敲破窗子，噴氣體進去，走投無路的我，只好逃進更裡面的員工室。
「你讓開。」
烏鴉女一碰到門，手就很自然地穿越了門，輕輕鬆鬆地打開了鎖。我踩過散落一地的玻璃碎片，故意發出腳步聲，跟女人一起走向員工室。
在門前面數完一、二、三，再把手伸向門把。

打開門一看，裡面空無一人。
我順利去了湖泊。
「只剩四分鐘。」
「妳在頂樓等我。」
我瞥一眼牆上那幅色彩黯淡、像普通抽象畫的畫，轉身離去，衝上樓梯。
回到房間時，變成T恤搭配短褲的裝扮。我走向餐桌，要拿起放在角落的大長篇時，忽然看到用來計算水、電費的筆記本上的鉛筆。
這時，一個書名浮上心頭，彷彿一開始就在那裡了。
我知道現在分秒必爭，但還是忍不住唸出聲來。這個書名非常簡單，但與小說內容完全吻合，我實在不明白之前為什麼都沒想到。
我拿起鉛筆，很快在空白的扉頁寫下書名，再把厚厚一疊稿紙夾在腋下。在穿上涼鞋前，我先俯瞰了窗外的景色，心想說不定是最後一眼了。如果巴別崩塌了，這棟建築物就會出現在現實裡。到時候，原本是第八十九間承租店的「畫廊 九朔」，還是會在八十九樓的位置吧？那麼，跳過偵探事務所，我的房間將會變成九十一樓吧？我邊計算樓層邊衝出房間。
「快點，只剩一分鐘了。」
剛到頂樓就聽見烏鴉女的聲音。
我爬上梯子，來到最上部。
涼鞋趴躂趴躂作響，踩過站在水塔前的女人的影子，停在建築物邊緣。
「只剩三十秒。」
我把因為是大長篇而分成三部的稿子的其中兩部放在地上，抱著其中一部，解開了右上方的裝訂繩。

總共花了三年的時間完成，所以計算起來是一部寫一年。我抽掉裝訂繩，把一年份的幾百張稿子拿到胸前。

毅然決然地撒向天空。

密密麻麻寫滿字的稿紙散開來，宛如鳥在天空翱翔，白色羽毛覆蓋天空。因為沒有風，稿紙很快就失去了上升的力氣，變成幾百片花瓣撲簌簌地翩然飄落。從邊緣往下看，有的白色旋轉墜落、有的白色與同伴繾綣纏綿、有的白色如高傲的白雪緩緩降落，各自以喜好的速度踏上了前往地面的旅程。

我又從地上抱起一部，問：「三十秒過了嗎？」

女人久久都沒有回應。

看來是沒救了，我嘆口氣，閉上了眼睛。

「有風。」

聽到回應，我轉過身去。女人站在水塔腳架前，維持剛才的「V」姿勢，抬頭看著天空。我以為她要清算了，卻看到她一手拿著太陽眼鏡，因此在臉上露出來的鳥眼珠炯炯發亮。

「塔長高了，巴別稍微變大了，陰影也持續流進來。」

她這麼對我說，平淡的聲音聽不出任何喜悅與安心。

「這表示什麼……」

「表示你贏了這場賭注。」

「清算呢？不用清算了嗎？」

「是不用了，不過，這樣的量，說不定連一天都撐不過。」

「只有一天？光寫剛才那些張數，就花了我一年的時間呢。」
「可能是內容寫得還不錯，做白工的部分不夠。」
女人把臉從天空轉回來，放下了雙手。說不定她是在跟我開玩笑，可是從她沒有眉毛的鳥眼珠臉，我無法判斷是不是在開玩笑。
「那麼，把這些撒下去，就可以多撐兩天。這樣，剛才的我就能以新管理員的身分回來這裡了。」
我抽出裝訂繩，再次把稿紙撒向天空。總張數實在太多，所以我沒有影印備份。每張都是手寫，所以也沒有檔案。想到可能再也寫不出同樣的東西，我的視野瞬間模糊了。不，是因為從極度緊張中解脫了。我咬緊牙關強忍著，絕不讓淚水掉下來。我面向建築物與其陰影雜亂擁擠地、漫無止境地覆蓋著地表的大平原，看著如鳥群般飛上天空的白色大隊伍，感覺這三年的光陰正從心底逐漸剝落消逝。
這究竟是不是正確的選擇呢？我不知道。但是，時間剩下十分鐘，身為巴別管理員的我，為了讓塔多少長高一些，在尋找可以成為泉源的東西時，只想到這份稿子。那是我花了三年的時間寫出來的故事，超過一千六百張，即便無處可投新人獎，也是還活著的我的「未來」。我想──這些稿子被拋到空中，或許多少可以成為泉源吧？或許從蜜村先生那裡被粗暴地拋出去，差點在湖裡溺水後走向湖邊的我，從塔的一樓出發再回到這裡的這段時間，這些稿子可以成為維持住巴別的基礎吧？這樣的嘗試能否被接納，我無從得知。若是成功了，把我送到巴別的人就是我自己。然而，在那個狀況下，我唯一的選擇就是用我的「未來」當賭注，即便會把過去的我的「未來」捲進來。
我彎下腰，拿起最後一部。

翻開前面幾頁時，做為故事起首的一頁映入眼簾，上面寫著：

「是烏鴉帶來了巴別的早晨。我一開門，就響起了等待這一刻似的一聲『啞』，接著又是一迭聲的『啞啞、啞』。」

整疊稿紙的右上方打了一個洞，我抽出從那裡穿過的裝訂繩，抓起一張封面，把剛用鉛筆寫下來的書名高高舉向天空，封面就在指間迎風飄蕩了起來。

「這風吹得好。」把太陽眼鏡戴回原處的烏鴉女，似乎覺得非常舒服，發出噁心的叫聲：「quaaaaaaaaaaaaaaaaaa。」

銀色的黏膩光澤宛如被發射出去的煙火，在她的身體盡情地奔馳。受女人的聲音影響，我彷彿聽見了「啞」、「啞」叫聲，但可能只是我的幻聽。

我在風中放開了封面。

然而，封面並未如我想像乘風而去，瞬間失速，很快就從邊緣消失了。這時，突然吹起狂風，封面又飄回來了。

紙中央草草寫著：

「巴別九朔」

就在這幾個字從眼前飛過的同時，胸前剩下的稿紙彷彿說了聲「走啦」，全部隨風而去了。

在發出歡呼聲漫天飛舞的幾百張稿紙的狂風中，我從建築物的邊緣望向前方。一根長長的黑影向前延伸，把放眼望去連綿不絕的街道分割成兩半。

「你也看得見嗎？」

「嗯，看得見。」

「那就是這個巴別的陰影，我們是在空中飛來飛去時發現了那個陰影。」

「可以問妳一件事嗎？」

「什麼事？」

「是關於這個巴別的規則。心裡想的話為什麼非說出來不可呢？連那個擁有一切的大九朔，費盡千辛萬苦，都只是為了讓我說出一句話。不過，也因為這樣我才能獲救。」

「我們要應付的對手，是你們人類這種不知道在想什麼、高深莫測的怪物。不使用言語，要使用什麼？言語是用來對付人類的最強的武器、最強的盾牌。所以，當然要訂定『在巴別說出口的話具有最強大的力量』的規則吧？」

我有很多話想反駁她，但都吞下肚了，只回頭問她：

「若是我和妳，會怎麼樣呢？」

烏鴉女看著天空，漫著波浪的長髮在風中優雅地飛揚。

「這個嘛……的確，言語或許不能代表一切，你是個奇特的人類。」

她發出與清澈的天空完全不搭調的宛如積木倒塌般的聲音，把大得離譜的太陽眼鏡朝向我。

我把臉轉回街道，看到巴別的陰影長長延伸的灰色風景逐漸淡去了。可能是與地上世界相銜接的偏移正在消失。我還沒有確認在地表取而代之浮現的景色，就對女人說：「差不多該走了。」吹著口哨走向了梯子。

遇見萬城目學

如果把自己
比喻成動物的話，
我應該是
爬蟲類吧。

1.——在《巴別九朔》中，主角認為創作歷程中最困難的當屬「取書名」。這是否也是老師的心聲？「取書名」對您來說是困難的嗎？老師筆下的作品，它們的書名都非常有意思。想問問老師，您最喜歡自己哪本書的書名呢？哪本書的書名最難取呢？

我覺得取書名很難。在創作《鴨川荷爾摩》的時候，因為很不會取書名，所以就想，乾脆取個怪書名好了。

我最喜歡的書名也是「鴨川荷爾摩」。剛出道的時候，我自己唸起這書名都覺得有點害羞，因為真的滿奇怪的，是說現在已經習慣了就是，這書名充滿許多難忘的回憶。

書名最讓我絞盡腦汁的書應該是《到此為止吧！風太郎》，因為想要表達「最後」這個意思，又想要找跟「荷爾摩」一樣有點怪怪氛圍的字，想了好久才終於想到。一直很期待這本書繁體版的書名會怎麼翻譯，沒想到會是直接把「最後」的意思翻譯出來。不過我覺得「到此為止吧」這幾個字的發音聽起來非常強而有力，也很棒。

2.——老師的小說裡常常會出現各種動物，這些動物某方面來說都很有「人性」，甚至小說裡的人，也常常顯露出動物的樣態。請問老師為什麼會這樣安排呢？也想冒昧請教老師，若用一種動物比喻自己的話，您覺得自己類似哪一種動物呢？

為什麼會有「人性」啊……到底是為什麼呢？嗯……應該是自然而然就寫出來了吧。寫作時不覺得這樣很奇怪，很自然就把動物寫出來，而且就算動物會講話也不覺得奇怪。創作時，很自然就這樣寫了。

若要把自己比喻成動物的話，因為生活沒什麼變化，而且總是待在同一個地方，我想我應該不是哺乳類，而是身體溫度低又不太行動的爬蟲類吧。就像小說家，通常不太移動，總是一直待在同個地方寫作。

3.——老師出道後，直到連載《豐臣公主》前，都一直做著管理員的工作，在那段時間，老師覺得最辛苦的事情是什麼呢？

我覺得掃地還滿辛苦的。我擔任管理員的公寓附近，有一座賞櫻花很有名的公園，每年賞櫻的時期，遊客留下來的垃圾量都很驚人，我每天都得花一個小時掃地，真的很辛苦。

4.——從《鴨川荷爾摩》出道至今已過了十年，老師覺得這十年之間變化最大的事情是什麼呢？

其實沒什麼改變，嗯……我想最大的改變就是變有名了吧。我有一次旅行去到九州的一個小島，竟然連那麼小的小島也有人知道我，真的很驚訝也很開心。

5.——老師覺得哪本小說可以說是自己的代表作？為什麼？最喜歡哪一個人物呢？

嗯～好難選。每個時期喜歡的作品都不一樣。我現在最喜歡的是《鹿男》，因為不管是主角，或是奈良這塊土地以及故事的背景歷史，《鹿男》平衡完美地呈現了這三個部分。

我最喜歡的角色是《鴨川荷爾摩》的高村。其實我不太喜歡主角，因為主角關聯整個故事的運行，必須去做很多事情，所以我反而比較喜歡配角，可以自由地發揮。

6.——老師平常不寫作的時候都在做什麼事情呢？與趣是什麼呢？現在依舊種植葫蘆嗎？

已經沒有種葫蘆了，超多人問我這個問題。現在真的很忙，幾乎都在寫作，沒創作的時候就在思考下一部作品，一直都在工作啊，這樣真的很不好對吧？

我現在的興趣是打電動。另外每週會上一次鋼琴課，我擅長的曲子是久石讓的〈SUMMER〉，因為我很喜歡北野武導演的《菊次郎的夏天》。

其實我高中時就已經開始彈鋼琴了，當時彈像是披頭四的作品，不過我只會彈前奏。那個時候我還上大人的古典音樂鋼琴課，最簡單的基礎班，高中三年都很認真的上課呢。

7.——老師現在喜歡的書籍和連續劇是什麼？

為了下一個作品，我現在都在讀有關下個作品的資料，所以沒辦法讀喜歡的書。我的下本作品是跟恐龍有關的作品，故事舞台是在中東，是中東跟恐龍的故事。

關於中東這個詞彙，其實日本有部分學者認為這是以英國為中心的講法，所以他們都很討厭使用中東這個詞彙，認為應該使用「西亞」。雖然讀資料很無聊，不過只要能從龐大的資料中找到一小部分有趣又有用的地方就值得了。

連續劇的話，我有看美國影集《絕命毒師》，是關於毒品的故事。故事內容其實普普通通，不過一直有持續在看。

還有現在正在看的是《真田丸》。因為這跟《到此為止吧！風太郎》是同一個時代的故事，風太郎說的是大阪城外的故事，而真田丸說的是大阪城內的故事。

8.——老師寫作時最注重哪些事情呢？

易讀和有趣。簡單易讀大概是最難的了。

9.——老師今後的目標是什麼？或是有想做的事情嗎？

現在想寫的東西大概有三、四個，按照一般的速度的話大概需要花上五年的時間，現在的目標就是把想寫的東西趕快寫完吧。

10. ——除了剛剛說的中東和恐龍的故事，老師可以再跟台灣讀者分享現在手邊在構思的作品嗎？

有一本小說即將出版，是有關「緣結神」的故事。主角是一間神社裡專管緣分的歐吉桑神明，已經快要寫完了，書名叫做《永遠的神喜劇》。

11. ——老師曾於二〇一二年來到台灣舉辦簽書會，台灣的讀者給老師留下怎樣的印象呢？請老師對台灣讀者說幾句話。

我記得所有的讀者每個人都笑咪咪的。跟日本的讀者相比，台灣的讀者比較會把表情放在臉上，這跟大阪的讀者還滿像的。我對台灣的簽書會留下很開心的記憶。

有讀者能讀我的書讓我覺得很高興，讀者們對於我的新作品會有什麼感想呢？想到這一點，總是讓我很興奮也很緊張。

國家圖書館出版品預行編目資料

巴別九朔 / 萬城目 學著；涂愫芸譯. -- 初版. -- 臺北市：皇冠, 2017.4　面；公分. --（皇冠叢書；第4607種)(大賞；96)

譯自：バベル九朔
ISBN 978-957-33-3292-3(平裝)

861.57　　106003188

皇冠叢書第4607種
大賞 | 096

巴別九朔

バベル九朔

作　者—萬城目 學
譯　者—涂愫芸
發 行 人—平雲
出版發行—皇冠文化出版有限公司
台北市敦化北路120巷50號
電話◎02-27168888
郵撥帳號◎15261516號
皇冠出版社(香港)有限公司
香港上環文咸東街50號寶恒商業中心
23樓2301-3室
電話◎2529-1778　傳真◎2527-0904
總 編 輯—龔橞甄
責任主編—許婷婷
美術設計—王瓊瑤
著作完成日期—2016年
初版一刷日期—2017年4月
法律顧問—王惠光律師

讀者服務傳真專線◎02-27150507
電腦編號◎506096
ISBN◎978-957-33-3292-3
Printed in Taiwan
本書特價◎新台幣399元/港幣133元

バベル九朔